VERGETEN

www.boekerij.nl

Cat Patrick

VERGETEN

BOEKERIJ

ISBN 978-90-225-5521-7
NUR 285

Oorspronkelijke titel: *Forgotten*
Oorspronkelijke uitgever: Little, Brown and Company
Vertaling: Inge Pieters
Omslagontwerp: Gail Doobinin en DPS, Amsterdam
Omslagfoto: Roger Hagadone
Illustratie vlinder: Sara Singh
Zetwerk: Mat-Zet bv, Soest

Ik draag dit boek op aan mijn meiden.
Ik hoop dat jullie trots zijn, als boeken straks om te lezen zijn in
plaats van om te eten.

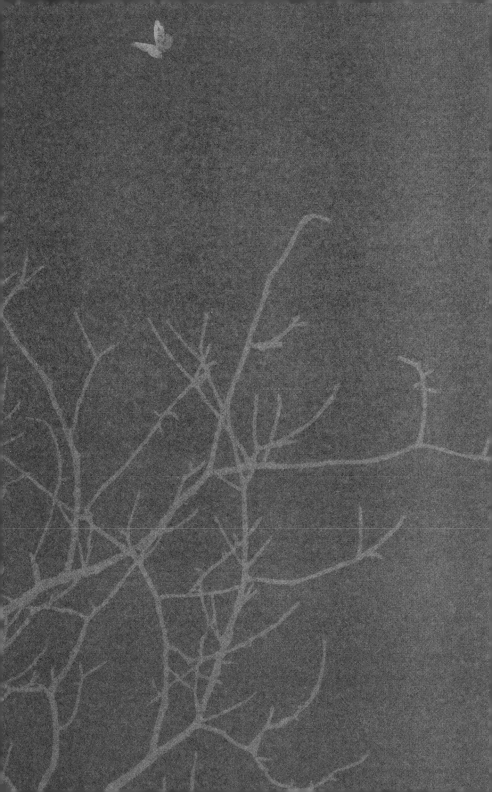

Niets etst een gebeurtenis zo diep in het geheugen
als de wens haar te vergeten.
Michel de Montaigne

vrijdag

14 okt. (do.)

Kleding:
- spijkerbroek met rechte pijpen
- donkerblauwe tuniek met de kleine bloemetjes
  (was niet vies, weer in kast)
- blaarverwekkende rode ballerina's

School:
- leerboek Engels mee
- mam toestemmingsformulier laten ondertekenen
  voor geschiedenis
- morgen so Spaans (niet uit syllabus)
- 's ochtends geschiedenishuiswerk doorlezen...
  nu te moe

Diversen:
- gigantisch veel koolhydraten gegeten vandaag
  (mam had pepermunt-chocoladeijs gekocht!)
  SPORTEN!
- legging voor Halloween besteld

1

Vrijdagen horen toch leuk te zijn?

Deze begon waardeloos.

Er stond niets nuttigs in de aantekeningen op mijn nachtkastje. Mijn ogen waren het liefst dicht gebleven, mijn lievelingsspijkerbroek zat in de was en er stond geen melk in de koelkast.

En het ergste van alles was dat mijn mobieltje leeg was, het glimmende, zuurstokrode telefoontje dat ik zal blijven gebruiken tot het in een put valt, het ding waar mijn agenda in zit, met al mijn alarmpjes en geheugensteuntjes, en dat in feite mijn draagbare, sociaal acceptabele reddingsboei is.

'Je redt je wel,' zei mijn moeder toen ze me vanochtend naar school reed.

'Hoe weet je dat nou?' vroeg ik. 'Misschien heb ik vandaag wel een gigantisch wiskundeproefwerk. Misschien is er vandaag wel iets in de aula waar ik nu dus niets vanaf weet.'

'Het is maar één dagje, London. Je kunt heus wel één dag zonder je telefoon.'

'Jij hebt makkelijk praten,' mopperde ik. Ik wendde me af en keek uit het raam.

Nu, op dit moment, nu ik hier sta, kan ik keihard bewijzen dat mijn moeder het mis had. Ik kan helemaal niet een dag zonder mijn telefoon.

Vandaag had ik dus een t-shirt mee moeten nemen voor gym. Als-ie niet leeg was geweest, die telefoon van mij, die mijn moeder en ik aan het begin van het schooljaar volgeprogrammeerd hebben met dergelijke belangrijke informatie, dan had-ie me met zijn piepkleine bloklettertjes mooi kunnen instrueren om vandaag een gymshirt mee te nemen.

Dus is het vandaag de dag dat ik me in een korte gymbroek en een wintertrui af sta te vragen wat ik moet doen.

Ik kan moeilijk gaan basketballen in een trui (want dat gaan we vandaag doen, volgens het bord naast de deur van de kleedkamer) dus vraag ik Page of ze een shirtje overheeft. We zullen nooit echt vriendinnen worden, maar ze reageert nog steeds overdreven enthousiast op me. 'Tuurlijk, London, alsjeblieft. Al weer je schone t-shirt vergeten?'

Al weer?

Ik neem me heilig voor om niet te vergeten dat ik dit vanavond op mijn 'niet vergeten'-lijstje moet zetten. Tegelijk vraag ik me af waarom er op mijn lijstje van vandaag niets over een gymshirt stond.

Page doorkruist mijn gedachtegang. Ze glimlacht en geeft me een knalgeel, oversized t-shirt met een grijnzende kat erop en de tekst: 'Prrrfect!'

'Dank je, Page,' brom ik, terwijl ik het shirt van haar aanpak en het snel aantrek. Het hangt bijna helemaal over mijn korte gymbroek heen. Korte gymbroek, nota bene! Ik heb letterlijk geen idee waarom er een korte gymbroek in mijn kluisje ligt en niet iets warmers en modieuzers.

Niet vergeten: ook nog even 'broek mee' op dat lijstje 'niet vergeten' zetten.

Ik heb het gevoel dat Page naar me staat te kijken. Ik werp een blik op haar en, ja hoor, ze kijkt. We knikken elkaar vriendelijk toe. Dan gooi ik mijn kleren in mijn kluisje, klap het dicht en loop naar de gymzaal.

Onderweg schieten er twee gedachten door mijn hoofd. Ten eerste vraag ik me af of ik van mevrouw Martinez even een pleister mag halen voor die pijnlijke blaar op mijn hiel, die ik bij elke stap tegen mijn gymschoen voel schuren. En ten tweede kan ik het lot alleen maar dankbaar zijn dat slechts twaalf sneue figuren me tijdens dit eerste uur gym te zien zullen krijgen in deze gruwelijke uitmonstering.

Helaas voor mij is mevrouw Martinez een harteloos mens.

'Nee,' zegt ze als ik voor de wedstrijd vraag of ik een pleister mag halen.

'Nee?' vraag ik ongelovig.

'Nee,' zegt ze weer, terwijl haar zwarte ogen zeggen dat ik het vooral niet moet wagen om haar tegen te spreken. Ze heeft haar fluitje al paraat.

Ik ben niet achterlijk, dus ik dring niet aan. Ik hobbel gewoon terug naar de bank, ga bij mijn teamgenoten zitten en neem me voor de pijn te negeren.

En dan, halverwege de wedstrijd – waarschijnlijk de minst enerverende basketbalwedstrijd uit de geschiedenis van de sport – weergalmt er door de hol klinkende gymzaal een geluid waarvan de haartjes op mijn armen subiet rechtovereind gaan staan. Mijn trommelvliezen bevriezen en mijn tanden beginnen te klapperen.

Heel even weet ik niet wat er gebeurt.

Mevrouw Martinez wuift ons met overdreven armgebaren naar de uitgang en mijn klasgenoten sjokken sloom naar de deuropening.

Dan snap ik het ineens.

Er wordt een brandoefening gehouden.

Wij, de leerlingen van de Meridan High School, gaan naar buiten. Met zijn 956'en. Terwijl ik, London Lane, een knalgeel kattenshirt aanheb met de tekst PRRRFECT! erop, plus een veel te korte gymbroek, een outfit waar het complete leerlingenbestand straks van kan meegenieten.

Ja hoor, echt een fijne vrijdag.

De gymzaal ligt vlak bij een uitgang, dus wij horen bij de eersten die veilig de lerarenparkeerplaats bereiken. Omringd door een bizarre verscheidenheid aan auto's, van een stationwagon hier tot een vuurrode Porsche daar, zie ik verveelde leerlingen naar buiten sjokken vanuit het blok beton dat zich onze school noemt, alsof ze immuun zijn voor brand.

Niet dat ik denk dat er brand is.

Vermoedelijk heeft een of andere imbeciel voor de grap het alarm af laten gaan, zonder erbij stil te staan dat hij of zij vervolgens een uur lang in de kou zou moeten wachten op de brandweer, die eerst het hele gebouw moet nalopen en pas dan, eindelijk, dat snerpende alarm uitzet.

Het waait nogal en volgens mij zie ik sneeuwvlagen. Bij elke windstoot kruip ik dieper in elkaar in een poging om nog een beetje warm te blijven.

Het helpt voor geen meter.

Ik ruk mijn haar uit de slordige knot onder aan mijn nek, in de hoop dat het een beetje het effect van een sjaal zal hebben. De wind laat mijn felrode lokken meteen alle kanten op wapperen, zodat ik niet alleen verblind raak, maar ook nog eens herhaaldelijk in mijn gezicht gemept word door mijn eigen haarpunten.

14

Terwijl de hele horde leerlingen samenschoolt hoor ik gefluister en gegrinnik, waarschijnlijk om mijn outfit. Ik zou zweren dat ik een telefooncamera hoor klikken, maar tegen de tijd dat ik weer door mijn wilde manen heen kan turen, heeft de fotograaf het bewijsmateriaal weggemoffeld. Toch zit het laatste restje gegiechel uit een hecht cirkeltje cheerleaders me niet lekker.

Ik tuur naar hun ruggen, tot Alex Morgan haar gezicht, gevolgd door haar glanzende zwarte haren, naar me toe draait en me recht in mijn ogen kijkt. Ze ziet eruit alsof ze voor de evacuatie nog even de tijd heeft genomen een extra laagje koolzwarte eyeliner aan te brengen.

Prioriteiten.

Alex grijnst spottend en draait zich weer om naar haar kringetje, waaruit nu nog meer gegiechel opstijgt.

Ineens verlang ik ernstig naar mijn beste vriendin Jamie. Die heeft ook zo haar mindere kanten, maar ze zou nooit terugdeinzen voor beledigingen van cheerleaderszijde.

Moederziel alleen met mijn blote benen en mijn prrrfecte t-shirt hoor ik stukjes en beetjes van gesprekken over weekendplannen, het 'proefwerk dat we nu missen' en 'zullen we gewoon wat te eten gaan halen bij Reggie's, want we staan nu toch al buiten'. Ik sla mijn armen nog wat steviger om mijn romp, half om mezelf te beschermen tegen de elementen en half om die kat te verdoezelen.

'Leuk shirt,' zegt een prettige jongensstem met maar een klein spoortje van spot. Ik grijp zo veel mogelijk haar bij elkaar met mijn linkerhand, die ik gebruik als geïmproviseerde paardenstaarthouder, en draai me om naar de stem.

En de tijd staat stil.

Eerst zie ik die glimlach. Er schemert onmiskenbaar iets liefs door het plagerige heen. Mijn afweer begint al af te brokkelen voordat mijn blik de ogen heeft bereikt, en wat er nog van over is smelt op slag weg als ik die zie. Fonkelend licht korenbloemblauw met donkere vlekjes erin, omringd door wimpers waar elk meisje jaloers op zou zijn.

En ze kijken naar mij.

Ze zijn op míj gericht.

Zijn ogen glimlachen nog duidelijker dan zijn mond.

Als er iets beschikbaar was – een meubelstuk of misschien zelfs een niet-vijandelijke medemens – zou ik dat misschien gebruiken om er even op te leunen, want ik word helemaal uit mijn evenwicht gebracht door zijn aanwezigheid. Op een goeie manier.

Wow.

En dan is het allemaal weg. Het shirt, mijn telefoon, het basketballen, Alex Morgan.

Er is alleen nog die jongen die voor me staat.

Hij ziet eruit alsof hij in Hollywood thuishoort, of anders in de hemel. Ik zou de hele dag wel naar hem kunnen kijken.

'Bedankt,' zeg ik na een stilte van ik-weet-niet-hoe-lang. Ik dwing mezelf om even te knipperen. Zijn gezicht komt me ergens bekend voor, maar zo te voelen alleen omdat ik dat zo graag wil.

Wacht, ken ik hem?

Alsjeblieft, alsjeblieft, alsjeblieft, laat ik herinneringen aan hem hebben.

Ik blader door jaren en nog eens jaren van gezichten in mijn mentale fotoalbum, maar dit gezicht is nergens te bekennen.

Een glimp van een seconde lang ben ik daar verdrietig over. Dan komt mijn optimistische kant weer omhoog. Waarschijnlijk vergis ik me gewoon. Hij moet ergens zitten.

Waar waren we? O, mijn kleren…

'Ik probeer een nieuwe rage te starten,' zeg ik bij wijze van grap.

Ik draai me half om, zodat de wind mijn haar uit mijn gezicht blaast. Ik dwing mezelf om ook andere dingen te zien dan zijn ogen.

'Leuke schoenen,' zeg ik.

'Uh, dank je,' zegt hij opgelaten, terwijl hij ook omlaag kijkt naar zijn chocoladebruine Converse All Stars. Verder valt er niet veel over schoenen te zeggen, dus hij ritst zijn bruine capuchonvest open en trekt het uit.

Voor ik doorheb wat er gebeurt drapeert hij het al om mijn schouders en meteen voelt het aan als een soort bescherming tegen de hele wereld, niet alleen tegen de elementen. Zijn lichaamswarmte zit nog in de fleecevoering, die vaag naar zeep ruikt en naar wasverzachter en... gewoon, jóngen. Een perfect soort jongen.

Hij staat iets te dichtbij voor een wildvreemd persoon. In alleen zijn T-shirt nu. Het lijkt vintage. Ik heb nog nooit van die band gehoord.

'Bedankt,' zeg ik nog een keer, alsof dit een van de maximaal tien woorden is die ik kan uitspreken. 'Maar krijg jij het nou niet koud?'

Hij lacht alsof dit de belachelijkste vraag in de hele wereld is en zegt alleen maar: 'Nee.'

Kunnen jongens het dan niet koud krijgen?

'Oké. Nou, bedankt,' zeg ik voor de miljoenste keer in twee seconden.

Wat heb ik ineens met dat woord?

'Het is echt wel oké,' zegt hij. 'Je zag eruit alsof je het wel kon gebruiken. Je ziet zowat blauw van de kou.' Hij knikt naar mijn benen. 'Ik ben trouwens Luke.'

'London,' zeg ik. Meer krijg ik er niet uit.

'Coole naam,' zegt hij met een soepele glimlach. Ik zie vaag een kuiltje in een van zijn wangen. 'Heel memorabel.'

Dat is tamelijk grappig, vind ik.

Mijn door Luke opgewekte trance wordt doorbroken door een gil.

'London, wat heb je ááén!' roept Jamie Connor zo hard dat minstens vijf mensen ophouden met praten en zich naar ons omdraaien. 'Vertel me alsjeblieft dat daar een broek onder zit.'

Ik trek mijn wens om haar te zien subiet in. Ze mag nu wel weer weg.

'Ssst, Jamie. Iedereen kijkt,' zeg ik en ik trek haar naar me toe om haar de mond te snoeren. Ik ruik het parfum dat mijn beste vriendin nog eeuwen zal gebruiken.

'Sorry,' zegt ze. 'Maar je bent een behoorlijke ramp.' Dat laatste zegt ze met een klein lachje.

Ik frons naar haar.

'Rampzalige ochtend?' vraagt ze, terwijl ze me een arm geeft.

'Yep,' zeg ik zachtjes, me nog steeds hevig bewust van Lukes aanwezigheid. 'Ik was mijn gymshirt vergeten. Wederom.'

Jamie geeft een meevoelend duwtje tegen mijn schouder en verandert meteen van onderwerp. 'Ik wil niet eens weten van wie je dit ding geleend hebt. Heb je Anthony hier ergens gezien?' vraagt ze. Ze tuurt de menigte af. Maar haar belangstelling voor Anthony komt met piepende remmen tot stilstand als ze Luke ziet. Mijn Luke.

'Hé,' zegt ze tegen hem.

'Hé,' zegt hij terug. Hij weigert rechtstreeks naar Jamie te kijken. Misschien vind ik dat stiekem wel leuk.

'Wie ben jij?' vraagt ze, en ze houdt haar hoofd schuin als een nieuwsgierige kat.

'Luke Henry,' zegt hij. Eindelijk richt hij een volle seconde zijn blik op haar. 'Dit is mijn eerste schooldag hier.' Hij kijkt weer weg en laat zijn blik over de menigte glijden, alsof hij zich begint te vervelen. Het valt me op dat hij zijn hoofd laag houdt, alsof hij niet wil opvallen.

Jamie is niet gewend dat jongens van haar wegkijken en eerlijk gezegd verbaast Lukes gebrek aan belangstelling me behoorlijk, gezien haar korte rokje en haar strakke top. Ze verplaatst haar gewicht naar haar andere voet, duwt haar heup opzij en praat gewoon verder.

'In welke klas zit je?' vraagt ze

'Vijfde,' antwoordt Luke.

'Cool. Wij ook,' zegt ze. Ik verwacht dat ze nu wel klaar is met haar vragen, maar helaas. 'Waarom begin je op een vrijdag?'

Luke werpt een blik op Jamie, dan zoeken zijn ogen de mijne en daar is het weer.

Daar is hij weer.

'Ik had vandaag toch niks beters te doen,' zegt hij op zakelijke toon. 'Al onze spullen zijn al uitgepakt. Dus waarom niet?'

'Oké... en waar kom je vandaan?'

Hou nou op!

'Ik ben hier net naartoe verhuisd vanuit Boston.'

'Je hebt geen accent,' zegt Jamie streng.

'Ik ben daar ook niet geboren.'

'Oké,' zegt Jamie. Ze zwaait haar blonde haren uit haar ogen. Het is zo'n typische beweging voor haar – ze zal hem blijven maken op de universiteit en ook later nog – en beste vriendin of geen beste vriendin, mijn stekels gaan omhoog.

Blijkbaar verstijf ik een beetje, want Jamie neemt wat afstand om mijn gezicht te bestuderen. Ze kijkt naar Luke en dan weer naar mij.

'Hmm,' bromt ze. Ik ben doodsbenauwd dat ze nu gaat zeggen wat zo ontzettend voor de hand ligt, maar ze gaat door met haar derdegraadsverhoor. 'Oké, en waar woonde je dan voor Boston...'

Jamie wordt onderbroken door de plotselinge, oorverdovende stilte. Alarm onder controle. De rector grijpt naar zijn megafoon en drijft ons weer naar binnen op een toon waaruit duidelijk blijkt dat hij iedere minuut die hij met ons door moet brengen haat met een diepe haat.

Jamie en ik kijken elkaar aan en barsten in lachen uit bij de dreunende stem die er uit dat kleine rectortje komt. Daar lach ik tenminste om.

Als we weer een beetje bijgekomen zijn, kijk ik opzij naar Luke. Dat was in elk geval de bedoeling.

Maar hij is weg.

Ik tuur de menigte naarstig af, maar alles wat er opvalt in die zee van doffe kleuren zijn het felle rood, wit en zwart van cheerleaderstruien. Bepaald niet waar ik naar op zoek ben. Ik begin langzaam in paniek te raken, zoals je in paniek kunt raken als je iets heel dierbaars kwijt bent, zoals je favoriete horloge of pen of spijkerbroek.

We beginnen te lopen, Jamie en ik, arm in arm. Dat is meteen ook de enige reden dat ik in beweging kom: Jamie trekt me mee.

Eindelijk zie ik het.

Mijn ingewanden maken radslagen als ik Lukes T-shirt in de richting van de school zie bewegen. Hij houdt zijn gezicht omlaag en loopt met langzame, maar trefzekere passen, waarmee hij een onbereikbaar soort coolheid uitstraalt. Mijn hart springt op als ik hem zie, maar tegelijk ben ik teleurgesteld.

Hoe kon hij zomaar weglopen?

We hadden toch even een soort klik?

We hadden een klik, hij leende me zijn trui en toen was hij weg. En nu loopt hij naar zijn lokaal alsof er niets gebeurd is. Alsof hij nooit een interessant, zij het tamelijk ondermaats roodharig meisje heeft ontmoet.

We hadden even een klik en nu is Luke Henry uit Boston er alweer overheen. Bij het zien van zijn achterkant grijp ik de arm van mijn beste vriendin zo stevig vast dat genoemde vriendin me bevreemd aankijkt en haar arm losrukt.

Ineens zakt mijn ochtend weer in en voel ik me nog ellendiger dan toen ik ontdekte dat mijn telefoon leeg was. Gek hoe nieuwe mogelijkheden je uit de put kunnen trekken. Gek hoe de realiteit je er weer in kan kwakken.

Ik kijk Lukes rug na van een meter of tien afstand terwijl hij de gang door loopt, langs de gymzaal, de kleedkamers, het computerlokaal en het maatschappijleerlokaal, in de richting van de kantine. Het lijkt net alsof er niets gebeurd is. Helemaal niets. En wie weet, misschien is er ook wel niets gebeurd.

Maar als Luke Henry de hoek om gaat en uit zicht verdwijnt, is er één ding dat ik wel zeker weet. Eén ding dat me een glimp van een fractie van een flintertje hoop geeft dat we elkaar nog wel eens zullen zien.

Ik heb zijn trui nog aan.

'Hoe was het vandaag?' vraagt mijn moeder als ik in de Prius spring.

'Wel goed,' zeg ik. Ik zet de radio aan.

'Je schijnt het wonderwel overleefd te hebben zonder je telefoon. Nog iets interessants gebeurd?' Ze rijdt de parkeerplaats af en slaat de weg naar ons huis in.

Ik haal mijn schouders op en zeg: 'Er was vandaag een nieuwe jongen op school.'

Mijn moeder werpt een snelle blik opzij en kijkt dan weer voor zich. Ze doet duidelijk haar best om niet te glimlachen, maar dat gaat haar niet al te best af.

'Leuke jongen?' vraagt ze.

Ik kan het niet helpen. Ik begin ook te glimlachen.

'Ja.'

'Hoe heet hij?'

'Luke.'

'Heb je met hem gepraat?' vraagt ze.

'Even. Er was een brandoefening en toen stonden we ineens naast elkaar. Hij is best wel cool.'

Het blijft even stil, waarschijnlijk omdat mijn moeder wel aanvoelt dat ik een eind aan het gesprek probeer te breien. Maar dan kan ze, nieuwsgierig als ze altijd zal blijven, de verleiding niet weerstaan om nog een vraag te stellen.

'Stond hij vanochtend in je aantekeningen?' vraagt ze quasinonchalant.

Ik overweeg om van onderwerp te veranderen of de radio nog harder te zetten, maar aangezien ze maar een van de twee mensen is met wie ik over mijn aandoening kan praten, draai ik me half naar haar om en geef antwoord.

'Dat is juist het rare!' zeg ik.

'Hoe bedoel je?' vraagt ze, duidelijk hevig geïnteresseerd.

'Nou, hij stond niet in mijn aantekeningen van vanochtend, maar ik heb wel een heel gesprek met hem gehad,' zeg ik. 'Het was gewoon bizar.'

'Misschien was je hem gewoon vergeten te vermelden,' oppert mijn moeder. We slaan de hoek om, onze wijk in.

Ik schud mijn hoofd. 'Misschien,' zeg ik. Ik wil eigenlijk niet meer over hem praten. Ik weet verdomd goed dat ik echt niet zou vergeten om Luke Henry te vermelden.

We zijn al bijna thuis als mijn moeders mobiel overgaat. 'Sorry, liefje. Ik moet echt opnemen.'

'Geen probleem, doe maar,' zeg ik, allang blij met deze kans om nog wat te dagdromen.

Midden in de nacht zit ik met een pen in mijn hand, terwijl het laatste restje hoop me langzaam verlaat. Lukes trui zit in de was, maar zijn gezicht is bijna weg. Drie uur lang heb ik geprobeerd hem te plaatsen in mijn herinneringen die nog moeten komen. Ik heb mezelf alle mogelijke vragen gesteld: komen we bij elkaar in de klas? Krijgen we iets met elkaar? Zal ik hem jaren en nog eens jaren kennen? Maar nu de klok aftelt naar 4:33 uur 's nachts – de tijd waarop mijn hersenen gereset worden en mijn geheugen zichzelf wist – moet ik toegeven dat Luke Henry nergens te vinden is.

Hij zit niet in mijn herinneringen, dus komt hij niet voor in mijn toekomst.

Als ik het eindelijk accepteer doet de waarheid pijn. Maar ik heb geen tijd om er lang bij stil te staan en ik heb maar twee keuzes: ik kan mezelf herinneren aan iemand die geen deel uitmaakt van mijn leven of ik kan hem buiten mijn aantekeningen houden, zodat ik hier morgen niet nog een keer doorheen hoef.

Het is al zo laat en het duurt nog maar een paar minuten voordat mijn mentale teller weer op nul gaat, dus eigenlijk is het helemaal niet zo'n moeilijke keus. Ik bijt op mijn tanden, grijp mijn pen wat steviger vast en doe wat ik moet doen.

Ik lieg tegen mezelf.

3

Het is stil in huis. Het is nog vroeg.

Ik kijk de slaapkamer rond en zoek de verschillen tussen twee bijna identieke plaatjes: de kamer die ik me van morgen herinner en het tafereel dat ik nu zie.

Op een onderzetter op het bureau staat een lege mok met een gebruikt theezakje om het oor gewikkeld. Er hangt een trui over de rand van de wasmand, alsof hij eruit probeert te kruipen. Morgen is die mok weg. Dan liggen er schoolboeken op het bureau en de wasmand is leeg.

Ik heb een briefje voor me dat duidelijk maakt wat ik heb gemist. Of in elk geval de hoogtepunten.

17 okt. (zo.)

Kleding:
- Superzacht, jongensachtig capuchonvest (volgens briefje van vrij. uit gevonden voorwerpen op school)
- Zwarte legging
- Sherpalaarzen

School:
- Pleisters mee voor blaar (bijna over)
- Joggingbroek en T-shirt mee voor gym
  (moest vrij. afgrijselijke kleren van Page lenen)
- MOBIELTJE (heeft mam in de auto)

Diversen:
- J. was dit weekend in LA bij haar vader
- Page deze week mijden
- vanochtend dokter (vrij. gestruikeld bij gym)

Ik leg het briefje weg en lees nog wat soortgelijke boodschappen van de afgelopen week door, waarbij ik vooral let op mijn aantekeningen van vrijdag over kleding en school. Dan hijs ik mezelf uit bed en begin ik aan mijn dag, maar ik heb nog steeds het gevoel dat ik half blind de wereld in loop.

Op weg naar de dokter neemt mijn moeder Hudson Avenue, die dwars door de gemeentelijke begraafplaats voert. Bij het kruispunt met Washington Avenue komen we voor een rood licht te staan.

'We komen te laat,' mompelt mijn moeder. Ze trommelt met haar handen op het stuur en ik vraag me af of ze een werkafspraak heeft moeten afzeggen om mij naar de dokter te brengen.

Ik laat mijn hoofd naar rechts hangen en tuur naar de graven. Ze staan keurig in formatie, in kaarsrechte rijen die in de verte vaag afbuigen.

Het stoplicht springt op groen en als mijn moeder optrekt, wordt mijn aandacht ineens getrokken door iets. Twee mensen, een man en een jongetje, blijven staan bij een grafsteen. Rationeel bekeken weet ik dat ze een overleden familielid bezoeken. Niks engs aan. Maar iets in het tafereel verkrampt mijn schouders en laat een schok door mijn lichaam gaan. Ik zit te rillen in mijn stoel. Mijn moeder merkt er niets van.

'Weet je nog wat je moet zeggen als de dokter vraagt hoe het gebeurd is?' vraagt mijn moeder, dwars door mijn gedachten heen. We draaien de parkeerplaats op.

'Ja,' antwoord ik, dankbaar voor de afleiding. 'Ik ben met gym gestruikeld over een bal.'

'Goed zo,' zegt ze en ze stapt uit. Ik doe hetzelfde. We steken snel de parkeerplaats over, lopen de receptie door en gaan zwijgend twee verdiepingen omhoog met de lift. Intussen ben ik nog steeds met mijn gedachten op de begraafplaats.

4

'Je moest naar de dokter?'

'Ja,' zeg ik met mijn onschuldigste glimlach tegen Henne Fassbinder van de administratie, een geheide kattenliefhebster.

Ze typt fronsend iets in mijn computerdossier met nagels zo lang dat ze een blikje fris alleen van opzij kan openen.

Ik wip van de ene op de andere voet, hopend dat ze een beetje opschiet, want ik wil voor de lessen uitgaan bij mijn kluisje zijn. Dat geeft weer minder kansen op vergissingen.

'Heb je haast?' vraagt Henne.

'Nee, hoor,' zeg ik, terwijl ik er nog een glimlachje uit probeer te persen.

Ze fronst weer.

Eindelijk is mevrouw Fassbinder klaar met typen en schuift ze zichzelf achteruit in haar draaistoel. Ze trekt een kast open, waar ze binnen de kortste keren de dossiermap met mijn naam erop weet te vinden, en stopt het briefje dat mijn moeder zojuist geschreven heeft erin.

Ik neem aan dat mevrouw Fassbinder even wacht tot ik weg ben voor ze het handschrift van vandaag gaat vergelijken met dat op oudere briefjes.

Ik draai me om en kijk op de industriële klok op de muur achter me. Het is 9.52 uur. Over drie minuten gaat de bel en ik weet niet waarom, maar daar word ik een beetje zenuwachtig van. Ik heb gym gemist, een huiswerkuur en wiskunde B. Niet slecht.

Eindelijk laat Henne van de administratie me gaan en ik zie nog net dat haar nagels versierd zijn met piepkleine sierkatjes. Het lijkt net alsof ze nietsvermoedend door felrood cement liepen dat toen ineens hard werd, zodat ze niet meer weg konden.

Arme beestjes.

Ik hijs mijn tas op mijn rechterschouder en race de administratie uit. Ik snelwandel door de kantine zonder stil te staan bij de 'ernstig gekneusde enkel' die op mijn doktersbriefje staat en loop de centrale gang bij de bibliotheek in. Halverwege begint de bel voor het einde van het derde lesuur te rinkelen en moet ik stroomopwaarts zwemmen door een zee van onoplettende leerlingen, stelletjes die hand in hand lopen en kliekjes die net zo goed kunnen rondlopen in T-shirts met de tekst: WAAG HET NIET ONS IN TE HALEN.

Ik probeer alle oogcontact te ontwijken, maar soms lukt dat gewoon niet. Page Thomas, die eruitziet alsof ze net uit bed komt rollen, komt me tegemoet lopen en wuift naar me, net iets te enthousiast naar mijn smaak. Heel even heb ik geen idee waarom ze zo blij is om me te zien. Ik verplaats mijn tas naar mijn linkerschouder, zodat ik beleefd kan terugwuiven als we elkaar passeren

Dan weet ik het weer.

Binnenkort zal ze me in een hoekje dringen en vragen of ik haar in contact kan brengen met Brad van wiskunde. Blègh. Zie ik er soms uit als een soort Cupido?

Bij de afslag naar de wiskunde- en natuurkundelokalen staat Carley Lynch de gang te blokkeren met haar kringetje. Ze zijn allemaal in hun zwart-met-rode tenue en een paar cheerleaders maken zelfs aantekeningen van wat Carley zegt.

In het voorbijgaan zie ik een kleine opplaktattoo van een tijgermascotte hoog op Carleys volmaakte rechterjukbeen zitten. Ik zie ineens voor me hoe ze die ochtend in de spiegel heeft staan koeke-loeren om dat ding precies goed te krijgen en daar moet ik een beetje om grinniken.

Carley ziet me kijken en knijpt haar ogen tot spleetjes. Ze mi-met een overdreven inspectie van mijn kleding en verklaart: 'Hé, loser. Respect dat je je vandaag in iets semifatsoenlijks hebt weten te hijsen. Bij de Kmart gekocht?'

Ik heb geen flauw idee waar mijn kleren vandaan komen of waarom Carley me zo haat. Ik voel een brok in mijn keel komen. Die opmerking kwam hard aan, hoewel ik het voordeel heb dat ik weet dat ik er alleen maar mooier op zal worden, terwijl Carley er nooit beter uit zal zien dan nu. Ik begin al te vrezen dat ik tranen in mijn ogen zal krijgen ten overstaan van de complete cheerlea-dersploeg, maar dan pakt iemand mijn hand.

'Wegwezen,' zegt Jamie zachtjes en ze trekt me om de cheerlea-ders heen naar mijn kluisje.

'Ik snap het gewoon niet,' fluister ik bijna.

Jamie schudt haar hoofd en maakt mijn kluisje voor me open. Ik gooi mijn boekentas leeg en haal een paar keer diep adem om de belediging te boven te komen. Intussen staat Jamie tegen het kluis-je naast het mijne geleund. Ze lijkt onrustbarend veel op een hoer.

'Mooie benen, J.,' zegt Jason Rodriguez in het voorbijgaan te-gen Jamie.

'Dank je,' antwoordt ze met een twinkeling in haar ogen.

Ik kijk naar mijn vriendin en bedenk dat ik haar niet alleen be-wonder, maar me ook zorgen over haar maak, hoewel ik weet hoe alles uiteindelijk zal uitpakken. Jamie heeft de moeiteloze schoon-heid van een surfmeisje, hoewel ze nooit op een surfplank zal staan. Haar halflange, donkerblonde haar ziet eruit alsof ze het in zeewater heeft gewassen en laten drogen in de warme zon. Haar ogen zijn zeegroen. Ze is zo dun als een fotomodel, zongebruind en loopt met blote benen onder een superkort rokje, zonder legging. In oktober.

Verderop in de gang geeft Jason zijn vriend een high five. Ik wil niet eens weten of dat iets met Jamie te maken heeft.

Jamie zal altijd dat ene meisje blijven, dat meisje met wie jongens altijd wel willen flirten – maar geen verkering – en aan wie meisjes altijd een enthousiaste hekel zullen hebben. En ik zal altijd de enige vriendin van dat ene meisje blijven.

'Hoe was het bij de dokter?' vraagt Jamie. 'Ik kan gewoon niet geloven dat je weer gevallen bent. Je bent ook zo'n klungel.'

'Ha, ha,' zeg ik sarcastisch. 'Het was wel oké bij de dokter. Hij vroeg niet zo veel, dus ik hoefde ook niet te liegen.'

'Dat is mooi.'

'Ja,' zeg ik en ik pak mijn boek voor Spaans uit mijn kluisje. 'Hoe is jouw dag?'

'Waar-de-loos!' begint Jamie. Ik klap mijn kluisje dicht. 'Ik moet nablijven.'

'Waarom?'

'We hadden een geschiedenisproefwerk en ik had het niet geleerd, dus wierp ik een heel klein blikje op Ryan Greenes proefwerk en toen stond Burgess ineens voor mijn neus. Het ergste is nog wel dat het niet eens echt nablijven is, maar voorblijven. Het begint om zeven uur 's ochtends, een onchristelijk vroeg tijdstip, en dat twee weken lang. Vind je dat nou niet een heel klein beetje oneerlijk?'

Ze wacht niet eens op antwoord en gaat meteen verder: 'Ik weet niet eens waar ik dan naartoe moet. Laat ik dat maar snel uitzoeken voor zeven uur morgenochtend, hè?'

Jamie zwijgt even en dan bedenkt ze ineens iets.

'Hé!' zegt ze met een zachte stomp tegen mijn arm. 'Waarom heb je me niet gewaarschuwd voor Burgess? Je zag toch wel aankomen dat ik betrapt zou worden?'

'Blijkbaar niet,' zeg ik schouderophalend. 'Het stond vanochtend niet in mijn aantekeningen. Sorry.'

'Ach, het geeft niet,' zegt Jamie. 'Na morgen heeft het nablijven geen geheimen meer voor me.'

We lachen en ik bedenk dat dit niet de laatste keer zal zijn dat Jamie mag nablijven. Maar het zal wel de eerste keer zijn dat ze aan het flirten slaat met de nablijfsurveillant, meneer Rice, wat het startsein wordt voor een kwalijke affaire die zal eindigen in een scheiding voor hem en een zomer in een meisjeskamp voor Jamie, een kamp waar ze het verschil tussen goed en kwaad aangeleerd zal krijgen door middel van poëzie, pottenbakken en Jezus.

Jamie ratelt maar door terwijl we naar Spaans lopen. We zijn vandaag bijna even lang, want ik heb laarzen met hakken aan, maar zij loopt meer rechtop, vol zelfvertrouwen, en kijkt alle tegenliggers recht in de ogen. Ik kijk alleen maar naar hun schoenen, me afvragend bij wie ze horen.

Witte gympen met veters en Nike-merkje in het exacte rood van het schoolembleem?

Veel te makkelijk.

Cheerleader.

Adidassen met sportsokken?

Voetballer buiten het voetbalseizoen (ik zag harige benen).

Zijn dat pantoffels? Krijg nou wat.

O, daar komt een paar leuke rode laarzen aan. Een soort cowboylaarzen in moderne uitvoering, ik zou ze zo willen lenen. Wie kan dat zijn? Misschien Lisa Dinges, de koningin van het komende schoolfeest? Die is echt trendy.

Ik kan de spanning niet meer verdragen, kijk op en zie dat ik ernaast zit. Het meisje in de laarzen is Hannah Wright. Ik kan alleen maar glimlachen, want Hannahs toekomst ziet er zonnig uit. Over een paar jaar wordt ze een enorme countryster.

Jammer dat ik haar dat niet kan zeggen.

Verder met mijn spelletje. Ik zie bruine All Stars mijn kant op komen – regelrecht op me af, zelfs – maar voordat ik ze onder de voet kan lopen of identificeren trekt Jamie me uit de weg. We zijn aangekomen bij Spaans.

'Was je weer bezig met dat achterlijke voetenspelletje?' vraagt ze. Ze laat mijn arm los.

Ik haal ontwijkend mijn schouders op.

'Je moet echt kijken waar je loopt, hoor. Je werd bijna van de sokken gelopen door die mafkees,' zegt ze, terwijl we de klas van mevrouw Garcia binnenlopen.

'Welke mafkees?' vraag ik geïntrigeerd. In mijn aantekeningen van vanochtend stond niets over een mafkees.

'Die rare jongen met wie je stond te praten tijdens de brand-oefening. Jake. Nee, Jack. Lance? Weet ik veel. Je weet wel, die jongen die hier net is komen wonen. Het leek er net even op dat hij iets tegen je wilde zeggen, maar jij had het te druk met zijn voeten. Wat verder niet uitmaakt, want je moet helemaal niet omgaan met mafkezen. Je bent zo al maf genoeg.'

Jamie draait zich naar me toe met een scheve grijns, maar dan gaat de bel en is ons gesprek afgelopen.

Als mevrouw Garcia een bordenwisser heeft gepakt en de les-punten van vandaag op het bord begint te schrijven, buig ik me naar mijn beste vriendin toe en fluister zachtjes: 'Jamie, je ziet er leuk uit vandaag.'

'Dank je, London,' zegt ze met een warme glimlach. Dan draait ze zich om naar Anthony Olsen, die open en bloot naar haar benen zit te staren.

5

Het was geen droom. Ik sliep niet.

Bijna, maar niet helemaal.

Precies op dat punt tussen rust en rem-slaap knalde dat beeld mijn hoofd binnen als een dieseltrein. Nu zit ik rechtovereind, knipperend als een waanzinnige, alsof mijn ogen zich dan sneller kunnen aanpassen, hijgend als een oud paard en zwetend als een gek, hoewel de kachel uit staat, zoals elke nacht, zo lang als ik hier zal wonen.

De herinnering wil niet weg, net als die gore foto in mijn anatomieboek die ik over een paar maanden zal tegenkomen en die ik nu al niet meer uit mijn hoofd krijg.

Ik zou het liefst de gang op lopen en bij mijn moeder in bed kruipen.

Maar ik probeer mezelf te sussen. Ik haal minstens vijf keer diep en kalmerend adem, misschien zelfs vaker. Ik onderzoek elke duistere omtrek in mijn kamer op potentiële dreigingen. Dan kruip ik weer weg in de nog warme cocon tussen twee overdreven dikke kussens die een omgekeerde v vormen aan het hoofdeinde van mijn bed.

Nu ik me weer iets beter voel probeer ik snel aan andere dingen te denken. Die irritante dokter van vanochtend. Jamies geflirt met

Jason. Jamies geflirt met Anthony. Witte schoenen, rode laarzen, rare pantoffels, zwarte schoenen, bruine gympies...

Klabam!

Mijn ogen staan weer wijd open.

Ik probeer het kwijt te raken door mijn hoofd te schudden. Ik probeer weer aan de schoenen te denken. Ik probeer het zelfs met andere onaangename gedachten, zoals Jamies toekomstige... situatie.

Het helpt allemaal niets.

Ik adem met een luide zucht uit en besluit mijn gedachten hun eigen gang te laten gaan. Het wordt alleen maar erger als ik probeer er niet aan te denken.

Ik trek de dekens op tot aan mijn kin en knipper met mijn ogen in de pikdonkere kamer.

En ineens sta ik op een kerkhof.

Ik ril ervan.

Ik ben bij een begrafenis aanwezig. Geloof ik tenminste.

Ik kan niet veel onderscheiden, behalve vage zwarte gedaanten die misschien mensen zijn en verder aan alle kanten neutrale stukken steen. In mijn neusgaten hangt de onmiskenbare geur van versgemaaid gras. Het zou half negen 's ochtends kunnen zijn of kwart over drie 's middags. Het is zo bewolkt dat ik dat niet kan uitmaken.

Ik begrijp de scène niet, maar ik voel me er toch zwaarmoedig door.

En alleen.

En bang.

Ik overweeg de lamp aan te steken en details over deze herinnering toe te voegen aan mijn aantekeningen van vandaag – pal onder mijn gedachten over de 'mafkees' van Jamie – maar uiteindelijk blijf ik waar ik ben.

Ik begrijp wel dat die mensen op de begraafplaats van vanochtend deze herinnering hebben bovengebracht. Maar die wetenschap verzacht nog niet de klap van de harde, onderliggende realiteit.

Ik herinner me wat komen gaat.

Ik herinner me wat komen gaat en vergeet wat achter me ligt.

Mijn herinneringen – akelig, saai of mooi – zijn nog niet gebeurd.

Dus of ik het nu leuk vind of niet – en ik vind het dus níét leuk – ik zal me blijven herinneren dat ik in het versgemaaide gras sta met die in het zwart geklede figuren, omringd door stenen, totdat het echt gebeurt. Ik zal me die begrafenis herinneren totdat ze werkelijkheid wordt, tot er iemand sterft.

En daarna zal ik haar vergeten.

Ik ben een beetje te vroeg voor het huiswerkuur.

Ik heb me na gym snel omgekleed om het simpele verzoek van Page Thomas te omzeilen, wat nergens op slaat, want ik weet wanneer het komt en het is niet vandaag. Maar toch maakte ik haast. Ik sloeg de nutteloze omweg naar mijn kluisje bij het wiskundelokaal over en voilà, hier ben ik.

Veel te vroeg.

Waarschijnlijk is dat niets voor mij, want mevrouw Mason kijkt me aan alsof ik iets walgelijks ben dat iemand zojuist op haar bordje heeft gelegd. Ik glimlach naar haar en ze wendt haar blik af.

Er arriveren nog wat leerlingen. Ik haal mijn boek en mijn werkboek voor wiskunde B uit mijn tas, plus een rood vulpotlood. Gelukkig komen er geen andere leerlingen aan mijn tafeltje zitten, dus ik kan mijn spullen lekker wijd uitspreiden.

Ik begin aan het huiswerk dat ik gisteravond niet gedaan heb, volgens het briefje van vanochtend. De andere leerlingen zitten wat te kletsen en laten de laatste roddels doorkomen voordat de bel gaat.

'Komen we elkaar toch weer tegen,' zegt een prettige jongensstem vanuit het niets.

Ik neem aan dat hij het tegen iemand aan een naburig tafeltje heeft, maar ik kijk toch op van mijn werk.

Dan haal ik diep adem.

De jongen die daar tegenover mijn tafeltje staat en eruitziet alsof hij tegenover me wil komen zitten ziet er adembenemend goed uit.

'Hoi?' zeg ik, meer vragend dan begroetend.

'Ik wist niet dat je dit uur ook huiswerkuur had,' zegt de jongen, die zijn tas soepeltjes op een stoel laat vallen en de stoel ernaast naar achteren trekt. Hij gaat zitten zonder zijn blik af te wenden van de mijne.

Ken ik hem?

'Blijkbaar,' zeg ik terug, wat er een beetje kortaf uit komt omdat ik ergens anders mee bezig ben.

Zit ik wel in de goede les?

Ik laat mijn blik over de gezichten van mijn klasgenoten glijden. Andy Bernstein. Check. Hannah Wright. Check.

Morgen is het woensdag dus vandaag is het dinsdag. Check.

Tweede lesuur?

Ja hoor, ik heb zonet gym gehad.

De jongen praat weer.

'... want na de brandoefening moest ik nog die rondleiding krijgen en toen was het tweede uur ook alweer voorbij. Maar jij was hier gisteren niet. Waar was je?'

Ik tik met mijn potlood op mijn schrijfblok. Ik word zenuwachtig van dit gesprek. Ik denk aan mijn aantekeningen voordat ik antwoord geef.

'Ik moest naar de dokter,' zeg ik, zonder verdere bijzonderheden te noemen.

'O. Sorry,' zegt de jongen. Hij kijkt even op. 'Ik wou niet nieuwsgierig zijn of zo.'

Hij kijkt gegeneerd, maar hij ziet er nog steeds leuk uit.

'Maakt niet uit,' zeg ik, nog steeds tikkend met mijn potlood.
'Ik was met gym over een bal gestruikeld. Mijn moeder dacht dat mijn enkel verstuikt was.'

'En was dat zo?'

'Nee, alleen gekneusd,' zeg ik.

Ik ga steeds sneller tikken.

Hij kijkt me nog steeds recht in mijn ogen.

Recht in mijn ziel.

Ken ik hem nou of niet?

'Gelukkig maar,' zegt hij. De bel gaat en we zitten elkaar nog steeds aan te staren. Hij geamuseerd en ik waarschijnlijk met een blik alsof ik elk moment kan ontploffen. Zo voel ik me althans.

'Alles goed?' vraagt hij met een nauwelijks zichtbaar knikje naar mijn neurotisch tikkende potlood. Ik word op slag onhandig van die verwijzing naar mijn nerveuze gedoe. Ik raak de controle kwijt en het potlood vliegt de lucht in. Dan valt het op de grond. Ik voel me volkomen belachelijk. Ik schuif achteruit in mijn stoel en buig me voorover om het te pakken. Als ik weer overeind wil komen zie ik ineens iets interessants.

Chocoladebruine Converse All Stars.

Mijn hart springt op bij de herinneringen aan mijn briefje van vanochtend. Die jongen is mijn mafkees.

Mijn mafkees is een lekker ding.

Ik krijg het uiteindelijk voor elkaar om weer recht aan tafel te komen zonder mezelf volkomen onmogelijk te maken. Ik glimlach naar hem. Hij glimlacht terug en ik glimlach nog maar wat.

'Je hebt trouwens mijn trui gejat, hè,' zegt hij met een schittering in zijn ogen. 'Je mag hem wel een tijdje lenen, zolang je…'

'Sssst.' Mason met het boze oog onderbreekt ons met een scherp gesis vanaf haar uitkijkpost.

'… belooft dat je…' Mafkees probeert verder te fluisteren, maar mevrouw Mason beukt met de platte hand op haar bureau.

'Meneer Henry!' schreeuwt ze.

De mond van Mafkees klapt dicht en hij werpt haar een kwaadaardige blik toe. Ik ben blij dat ik nu in elk geval een deel van zijn naam weet.

'Het spijt me,' zegt hij.

'Dat mag ik wel hopen. Je bent nieuw, dus voor deze ene keer zal ik het door de vingers zien. Maar je moet goed begrijpen, jongeman, dat er niet gepraat wordt in mijn lokaal. Dit lesuur is bedoeld om te studeren. In alle rust. Praten doe je maar in de pauze.'

Een paar meisjes giechelen zachtjes, maar mevrouw Mason kapt dat wreed af met een enkele blik. Ze doet me denken aan een vogel. Een uitermate valse vogel.

'Het spijt me,' zegt de jongen nog een keer en dan haalt hij een schetsblok en wat houtskoolstiften uit zijn tas.

Ik ben blij met alle beetjes informatie die ik krijgen kan. Zijn achternaam is Henry. Hij is nieuw op school. En hij tekent.

Voordat hij aan het werk gaat glimlacht de jongen nog een keer naar me. Terwijl ik wegsmelt slaat hij zijn schetsblok open en bladert hij door een paar schetsen, op zoek naar een blanco bladzijde. En ik zie twee dingen waar ik niet omheen kan, namelijk dat hij talent heeft en dat zijn onderwerpkeuze tamelijk… intrigerend is.

Oren?

Alsof hij mijn gedachten kan horen veegt Mafkees Henry een verdwaalde pluk haar uit zijn ogen en werpt me nog een laatste blik toe. Hij haalt zijn schouders op en glimlacht leep, alsof hij wil zeggen: nou en? Ik hou van oren.

Ik haal ook mijn schouders op en glimlach terug. Wat ik probeer te zeggen, zonder woorden, en wat ik hoop dat hij ook oppikt is: wat zou het, we hebben allemaal wel wat.

Voordat ik er nog meer over kan bedenken is hij alweer aan het tekenen, zodat mij niets anders rest dan in stilte verder gaan met mijn wiskundehuiswerk. Maar halverwege som 3 komt er ineens een gedachte bij me op: dat jongensvest in mijn kamer moet wel de trui zijn waar Mafkees Henry het zonet over had. Blijkbaar komt hij niet uit de gevonden voorwerpen, zoals mijn aantekeningen zeiden.

Dus blijkbaar heb ik gelogen.

Rond middernacht zet ik mijn laptop aan. Ik kan sneller typen dan krabbelen. Bovendien is het papier naast mijn bed al volgetekend met hartjes in de marges en bloemrijk proza over een jongen die ik vandaag ontmoet heb.

19 okt. (di.)

Afgrijselijke herinnering dook op in mijn hoofd toen ik in slaap viel. De ergste die ik me kan herinneren, in feite. Ik zie niet echt veel... alleen dat ik in een menigte mensen sta, allemaal in het zwart. Hun gezichten zijn vaag en er is iemand dood. Eerst dacht ik dat het misschien ma's begrafenis was, maar toen herinnerde ik me haar gesnik. Zij is er ook bij. Levend en wel.

Ik hoor nu en dan een vogel en er wordt gehuild. Het huilen is afschuwelijk, dus ik concentreer me op de vogels. Volgens mij is het ochtend, maar de lucht is grijs dus ik weet het niet zeker.

Angstaanjagend standbeeld van een heilig uitziende vrouw (misschien een engel?) op het graf ernaast, een plek naar links... gebeeldhouwd uit groene steen. Het lijkt net alsof ze naar ons kijkt.

Ik hou op met typen en save het bestand op het bureaublad van mijn computer onder de passende naam 'Duistere herinnering'.

Ik print de pagina en leg het getypte vel onder het handgeschreven papier. Hartjes en bloemetjes over het zwart-witte verslag van toekomstige misère.

Ik kruip weer in bed en doe voor de tweede keer vanavond de lichten uit, denkend aan de jongen wiens voornaam ik niet ken. Ik voel me een beetje schuldig omdat ik aan hem denk terwijl er grotere gebeurtenissen op komst zijn.

Op de een of andere manier weet de slaap tussen al die conflicterende emoties mijn hand te grijpen en me onder water te sleuren.

En dan is alles wat ongeschreven bleef verdwenen.

7

Op weg naar school overweeg ik mijn moeder over de begrafenisherinnering te vertellen, maar dan bedenk ik ineens dat ze er misschien wel van schrikt. Niet iedereen hoeft te weten wat hem te
wachten staat.

Als ze me heeft afgezet, ga ik regelrecht naar de bibliotheek.
Vandaag heb ik geen gym en daar ben ik nog nooit zo blij om geweest. De eerste bel is nog niet gegaan, maar ik wil er vroeg bij zijn,
zodat ik straks helemaal klaarzit voor die jongen uit mijn aantekeningen.

Een jongen die Henry van zijn achternaam heet.

Ik loop naar de tafels achter in de bieb en haal een zakspiegeltje
uit mijn tas. Ik werk mijn oogschaduw bij met mijn mouw en ruil
het spiegeltje dan in voor mijn leerboek Spaans.

Ik hoor hem niet aankomen. Dan staat hij ineens, zonder waarschuwing, tegenover me. Hij leunt op de tafel en kijkt me strak
aan.

'Hé.'

Ik laat mijn boek zakken en mijn mond valt open. Ik dacht dat
ik op alles voorbereid was, maar nee. Niet hierop.

'Hoi,' weet ik eruit te krijgen.

'Goeie dag tot dusver?' vraagt hij.

'Niet echt,' antwoord ik naar waarheid.

Zijn blik staat ineens bezorgd en daar word ik helemaal warm van. 'Wat is er dan?' vraagt hij.

'O, niks,' antwoord ik. 'Ik heb me alleen verslapen en mijn moeder deed irritant en... niks. Niet de moeite van het vertellen waard.'

De bel gaat en hij en ik blijven elkaar aankijken. Als de bel stopt fluistert hij: 'Oké, maar als je er toch nog een keer over wilt praten, kun je het wel bij mij kwijt.'

'Dank je,' zeg ik. En ik meen het.

'Niks te danken,' zegt hij terug op een intieme fluistertoon, voordat mevrouw Mason hem de mond snoert.

'Luke Henry en London Lane, dit is jullie laatste waarschuwing. Er wordt niet gepraat!'

Er spoelt een warme golf over me heen bij het horen van zijn naam en de mijne in één zin en terwijl hij in zijn overvolle tas duikt voor zijn huiswerk, zeg ik zijn naam zo zachtjes voor me uit dat ik hem zelf nauwelijks kan horen.

'Luke.'

De rest van het negentig minuten durende lesuur kunnen we niet praten, maar zijn aanwezigheid alleen al geeft me een goed gevoel. Ik vergeet op slag de chaotische ochtend en zelfs mijn briefje van vanmorgen.

Halverwege het uur strijken mijn vingers per ongeluk langs die van Luke, op tafel. Het voelt als een shot adrenaline, recht in mijn hart. Ik haal snel en diep adem en leg mijn hand gauw in mijn schoot. Luke kijkt op en glimlacht. Ik kijk blozend weg. Ik hoor hem nauwelijks hoorbaar grinniken en dan een bladzijde omslaan.

Ik ben me er maar al te bewust van dat ik me Luke niet lijk te herinneren van morgen of de toekomst, dus het liefst zou ik nu aan het spijbelen slaan en de rest van de dag gebruiken om hem te leren kennen, voordat hij weer verdwijnt. Maar ik blijf gewoon zitten, terwijl ik zo nu en dan een stiekeme blik op hem werp en voor de rest zo normaal mogelijk probeer te doen.

Ik neem de telefoon op voor mijn moeder hem hoort overgaan en ze me op mijn kop kan geven omdat ik zo laat nog op ben.

'Hé, alles goed?' fluister ik.

'Sliep je?' vraagt Jamie, eerder verbaasd dan bezorgd dat ze me misschien wakker heeft gebeld.

'Nee, maar mijn moeder denkt van wel.'

'Wist je niet dat ik zou bellen?' vraagt ze.

'Je weet toch wel dat ik me vandaag niet herinner, alleen morgen en verder,' zeg ik met een sarcastische blik, hoewel ze die toch niet kan zien.

'Weet ik wel. Ik maak maar een grapje.'

'O,' zeg ik vermoeid. 'Waarom bel je eigenlijk?'

'Ik moet dat ontzettend leuke groene shirtje van je lenen dat je die keer hebt gekocht toen je moeder met ons naar de stad ging voor je verjaardag.'

Ik zwijg. Ik heb natuurlijk geen idee over wat voor uitje uit het verleden ze het heeft, maar ik denk even vooruit naar wat ze morgen aanheeft.

'Hallo?' zegt Jamie.

'Sorry, ja, ik ben er nog. Tuurlijk, dat is prima,' zeg ik zachtjes.

'Je komt het morgen voor school ophalen, toch?'

'Ja, maar bedenk wel dat ik voor straf extra vroeg moet komen, dus het wordt…'

'Ssst!' zeg ik snel. De planken voor mijn kamer kraken. 'Mijn moeder komt eraan. Ik moet ophangen!'

Ik hang op en mik mijn telefoon op mijn nachtkastje, precies op het moment dat mijn moeder naar binnen gluurt.

'Schatje, het is laat,' zegt ze.

'Ik weet het, ik ging net slapen.'

Mijn moeder kijkt me scheef aan.

'Wat?' zeg ik.

'Weet je zeker dat je niet zat te bellen?'

Haar glimlach laat duidelijk zien dat ze me betrapt heeft. Maar toch ontken ik, zomaar, zonder echte reden.

'Ik weet het zeker,' zeg ik en ik kruip nog wat dieper onder de dekens. 'Wil jij het licht uitdoen?' vraag ik.

Ze doet het.

'Truste, mam,' zeg ik met een uitgebreide gaap voor het juiste effect, maar eigenlijk is het ook een echte gaap.

'Welterusten, London,' zegt ze en voor ik haar haar eigen slaap-kamerdeur dicht hoor doen slaap ik al.

Ik sta te bibberen in mijn kast met alleen een beha, een hemdje en een onderbroek aan, terwijl mijn natte haren over mijn rug druipen, als ik me ineens rotschrik omdat Jamie in de deuropening verschijnt.

'Môgge,' zegt ze zonder enige waarschuwing.

'Krijg nou de…' gil ik en ik spring een meter verder mijn kast in.

'Last van je geweten?' zegt Jamie plagerig. Haar blik glijdt over de kleren die netjes in de rekken hangen. 'Dat moet je aantrekken,' zegt ze, en ze wijst naar een geruit minirokje.

'Dat is veel te kort,' protesteer ik. 'Ik heb geen idee waarom ik die in mijn kast heb hangen.'

'Dat moest je kopen van mij,' zegt ze trots. 'Ik vind het zo'n geweldig rokje.'

'Je mag het hebben,' zeg ik. Ik wend me af en ga verder met kleren uitzoeken. 'Wat doe je hier zo vroeg?' vraag ik terloops

'Jij bent echt gestoord,' zegt Jamie. 'We hebben gisteravond afgesproken. Ik leen vandaag…' Ze loopt door naar een rij shirtjes en kijkt die vluchtig na. Ze vindt de mouw die ze zoekt en trekt het kledingstuk van het hangertje. '… dit groene shirtje van je.'

'Leuk ding,' zeg ik.

'Weet ik,' zegt Jamie. Ze laat haar tas en jas op de grond vallen, ruilt haar eigen shirtje in voor het groene shirt en pakt haar spullen. Haar shirt blijft als een verfrommeld hoopje op de grond liggen.

'Wil je dit niet mee hebben?' vraag ik, terwijl ik het opraap. Jamie haalt haar schouders op. 'Komt wel een keer. Zie je bij Spaans.'

En weg is ze weer.

'Ga je al?' vraagt Page Thomas bekommerd als ik mijn kluisje in de kleedkamer dichtsla. 'Jij bent ook snel weg.'

'Ja, ik moet rennen,' antwoord ik over mijn schouder. 'Zie je morgen.'

'Maandag,' verbetert Page. De teleurstelling druipt van haar stem.

'O ja, maandag,' antwoord ik luid, omdat ik al bijna bij de grote deuren van de kleedkamer ben.

Page loopt mee. 'Wacht even. London?' vraagt ze. 'Heb je even?'

Ik zucht. Ik weet wat er nu komt. 'Tuurlijk,' zeg ik met het kleine beetje enthousiasme dat ik nog kan opbrengen in mijn hevig teleurgestelde staat. Ik wil weg. Ik wil hém ontmoeten.

'Dank je,' zegt Page stralend. Het valt me op dat haar ijsblauwe ogen zo licht zijn dat ze bijna wegvallen tegen haar oogwit. Met die ogen en dat bijna zilverblonde haar lijkt ze net een ijsprinses.

Een ijsprinses met een ouderwetse bril op en zakkerige, slecht bij elkaar passende kleren, die haar op een dag best eens een enkeltje make-overshow zouden kunnen opleveren.

Ik blijf Page aankijken tot ze begint te praten.

'Oké, het is misschien wel een beetje raar om dit te vragen,' begint ze, 'maar die dag dat ik de administratie moest helpen, toen ik dat briefje van je moeder naar je toe moest brengen tijdens wiskunde, toen zag ik dat Brad Thomas naast je zit en ik vroeg me af of je toevallig weet of hij een vriendin heeft?'

Brad Thomas. Die de rest van het jaar naast me zal zitten met wiskunde. Zijn handschrift ziet eruit als dat van een zesjarig kind. Dat weet ik omdat ik over een paar weken een stiekeme blik op zijn toets werp. Bovendien is hij verre van briljant in wiskunde. Om tijd te rekken kijk ik om me heen, om te kijken of iemand ons ziet. Mijn blik komt uit bij Page' rugzak. Haar naam staat erop geborduurd: PAGE THOMAS.

'Jij vindt iemand leuk met dezelfde achternaam als jij?' vraag ik vaag.

'Yep,' geeft Page grif toe, alsof ze het zelf zo gepland heeft. 'Wel zo handig.'

Eerder weerzinwekkend.

Nu is Page degene die mij blijft aankijken. Vol verwachting. Ik weet dat ik nu iets moet zeggen, maar ik weet niet goed wat. Ik kan haar moeilijk vertellen dat ik me herinner wat er met haar zal gebeuren – dat Brad haar hart zal breken – maar ik moet weg. De klok blijft kostbare minuten wegtikken en naast het feit dat ik wanhopig graag die Luke Henry wil ontmoeten, kan ik ook niet te laat komen. Nablijven met Jamie en haar catastrofe is niet iets wat ik met eigen ogen wil meemaken.

'Page, ik moet weg. Ik kom te laat,' zeg ik.

Haar glimlach glijdt van haar gezicht, maar ze zegt niets.

'Moet je horen, ik ken Brad eigenlijk niet zo goed,' ga ik verder. 'We zijn niet bevriend of zo, dus ik heb geen idee of hij al iets met iemand heeft. Sorry.'

Haar mondhoeken zijn zo diep gezakt dat ze bijna tot op de grond hangen. Blijkbaar ben ik haar enige hoop, wat behoorlijk ironisch is als je er even bij stilstaat. Dat ze op de enige die het einde kan zien rekent voor het begin.

Ik wil alleen maar weg, maar ik voel me klemgezet door de smekende blik van Page. En ik zie geen uitweg, dus denk ik nog even na over wat ze wil. Zou ze haar interesse in Brad kwijtraken als ik vertelde dat die op zeer vernederende wijze haar hart gaat breken? Waarschijnlijk niet. Ze zou gewoon zeggen dat ik gek was en een andere manier zoeken om in contact met hem te komen.

Die gedachte doet het hem. Ik geef het op.

'Oké. Ik zal proberen een gesprekje met hem aan te knopen en aan informatie te komen. Binnenkort. Oké?'

Page straalt helemaal. Ze slaakt een gilletje, slaat haar armen om me heen en gaat er dan vandoor. Ik volg haar naar de kantine en sla rechts af waar zij rechtdoor gaat. Ik ren door de gang naar de bibliotheek en neem me onderweg voor om mijn belofte op te nemen in mijn overzicht van de dag. Ik neem me ook voor om niet meer zo te zitten met de ellende die hier alleen maar van kan komen.

Page weet misschien niet wat ervan komt, zoals ik, maar alle relaties kunnen mislukken. Ergens diep vanbinnen moet ze weten dat dat een mogelijkheid is. En toch wil ze het. Dan is het wat mij betreft ook in orde.

Ik probeer niet stil te staan bij mijn eigen waarschuwingssignaal bij Luke – dat gigantische, fel oplichtende bord met de tekst: JE HERINNERT JE NIETS OVER HEM! – maar dat negeer ik in ruil voor de mogelijkheid van een relatie. Wat dat betreft ben ik net Page, denk ik.

Een jongen die ik niet herken botst per ongeluk tegen me op in het voorbijgaan. Hij ziet er best leuk uit en ik vraag me meteen af of dat Luke was. Ik bekijk nog wat langswaaiende jongensgezichten, ineens gegrepen door het besef dat ik geen idee heb hoe Luke eruitziet. Hij zou pal naast me kunnen lopen zonder dat ik het in de gaten had. Stel dat hij denkt dat ik gek ben omdat ik niks tegen hem zeg? Stel dat hij vindt dat ik er stom uitzie?

Ik verschuil me in het meisjestoilet om mijn zenuwen onder controle te krijgen. Dan onderzoek ik mezelf in de spiegel op dingen die Luke misschien kunnen afschrikken. Goddank ben ik volkomen alleen terwijl ik een rare pluk haar rechttrek en vervolgens mijn tanden, mijn neus en mijn kont bekijk in de spiegel. De bel gaat als ik de wc uit kom. Ik ren de rest van de weg naar de bibliotheek.

'Te laat komen is geen acceptabel gedrag,' zegt mevrouw Mason zonder op te kijken van haar tijdschrift. Ik loop door naar de enige overgebleven stoel, tegenover een jongen die eruitziet alsof hij dolblij is om me te zien.

Op de een of andere manier weet ik gewoon dat dit Luke is.

Als ik ga zitten, schuift hij onopvallend een blaadje uit een schrijfboek over de tafel en gaat dan weer verder met zijn werk. Ik pak mijn schooltas uit voordat ik het blaadje lees. Het wachten is bijna ondraaglijk, maar ik wil niet te gretig overkomen. En als ik eindelijk lees wat hij heeft geschreven, moet ik hard knokken om mijn gezicht in de plooi te houden.

London,
In de klas kletsen schijnt niet echt te werken.
Geef me anders je telefoonnummer, dan kunnen we
het later proberen. Oké?
Luke
PS: Je ziet er goed uit vandaag.

Ik druk mijn wang tegen mijn schouder om een proestbui te onderdrukken. Luke heeft dat briefje geschreven voordat ik hier binnenkwam. Voordat ik tegenover hem kwam zitten, had hij geen idee hoe ik erbij liep.

De rest van het uur dagdroom ik wat over een toekomst met Luke, zoals normale meisjes die zich de toekomst niet herinneren doen als ze een zwak voor iemand hebben. Dat is in elk geval een voordeel van het feit dat ik hem elke nacht vergeet: ik kan me van alles afvragen.

Twee minuten voor de bel krabbel ik mijn nummer onder aan Lukes briefje en geef het terug. Tot mijn verbazing riskeert hij een portie nablijven door zijn mobieltje tevoorschijn te halen en mijn nummer ter plekke in te voeren. Gelukkig ziet mevrouw Mason het niet.

Als de bel gaat staan Luke en ik tegelijk op en lopen we samen naar de uitgang van de bieb, dicht naast elkaar, maar zonder elkaar aan te raken. Hannah Wright is ons voor en houdt de deur open, zodat we die niet recht in ons gezicht krijgen. Ze kijkt van mij naar Luke en weer terug en glimlacht bemoedigend voor ze de hoek om slaat. In de gang gaan Luke en ik uit elkaar, elk een andere kant op.

'Ik spreek je gauw,' zegt hij.

'Klinkt goed,' antwoord ik. Ik wil best nog meer zeggen, maar we blokkeren de gang en zo veel tijd is er nu ook weer niet tussen twee lesuren. Dus zwaai ik alleen en draai me om en dwing mezelf om gewoon naar mijn kluisje te lopen, zonder gehuppel.

Later, bij geschiedenis, kondigt meneer Ellis aan dat hij ons een film over nazi-Duitsland wil laten zien.

'Er komen schokkende beelden in voor, maar ik verwacht wel dat jullie je een beetje volwassen gedragen. Wie dat niet kan opbrengen, mag meteen naar de conrector.'

Na het huiswerkuur met Luke voel ik me meer een giechelig schoolmeisje dan een volwassen mens. Ik probeer mijn chronische glimlach te bedwingen, maar die laat zich niet muilkorven. Ik wend me af naar het raam, zodat meneer Ellis het niet ziet, voordat hij het verkeerd opvat.

Vol verbazing zie ik enorme witte sneeuwvlokken die lui uit de lucht dwarrelen. De sneeuw bedekt het schoolplein als het laagje schuim op een perfect kopje cappuccino. Het is prachtig, ongerept, en het brengt me tot rust.

Met mijn geluksgevoel onder controle durf ik weer naar meneer Ellis te kijken, die een schrijfblok op zijn bureau bestudeert. Hij werkt een lijstje af met zijn wijsvinger als gids. Dan kijkt hij op, naar mij.

'London Lane, heb je je toestemmingsformulier nu bij je?' Al mijn klasgenoten draaien zich naar me om. Ik begin onwillekeurig te blozen van al die aandacht. Heel even is mijn grijns verleden tijd.

'O, sorry,' zeg ik. Ik buig me voorover en gris mijn tas van de vloer onder mijn stoel. Maar ik weet dat daar geen toestemmingsformulier in zit, of ik moet het er gisteren in gestopt hebben en vergeten zijn mezelf daaraan te herinneren. Toch maak ik een hele show van het zoeken.

'Sorry,' zeg ik een paar tellen later. 'Ik ben het zeker weer vergeten.'

'Dan moet je naar de bibliotheek,' zegt meneer Ellis.

'Oké,' zeg ik. Ik sta op, tas in mijn hand. Met een kop als een boei loop ik het lokaal uit, maar in de gang ebt mijn gêne al snel weer weg. Dit soort vergissingen zal ik altijd blijven haten, die kleine foutjes waardoor ik eeuwig overkom als een spast.

Maar vandaag zit ik er niet mee.

Vandaag ligt er sneeuw op het schoolplein.

Vandaag is Luke er.

Ondanks de vallende sneeuwvlokjes die mijn zicht belemmeren zie ik Jamies silhouet achter het woonkamerraam als ik de hoek om ploeter naar haar huis.

'Waarom heb je die leuke jas niet aan die je toen gekocht hebt bij de kringloop?' vraagt ze, nog voordat de voordeur van haar jarenzeventighuis goed en wel open is. 'En waarom ga je gekleed als een poolreiziger?'

'Waarom stond jij op de uitkijk?' Ik beantwoord haar vragen keihard met een wedervraag, schop de sneeuw van mijn laarzen en duw haar opzij om binnen te komen. Ik begin laag voor laag een berg kleren uit te trekken.

'Het is donker,' zegt Jamie vaag. Ze zal het nooit toegeven, maar ze is ontzettend beschermend, ten opzichte van mij althans wel.

'Waarom ben je eigenlijk komen lopen?'

'Weet ik niet,' zeg ik. Ik zwaai een kledder natte haren uit mijn gezicht. 'Het leek me niet zo'n slecht idee.'

Ik pel een laatste laag winterkleren af en leg ze netjes op elkaar op het bankje in de gang. Wel pik ik nog snel mijn telefoontje mee, voor het geval Luke vanavond belt.

We willen net naar Jamies kamer gaan als haar moeder om het hoekje gluurt en me een stralende glimlach toewerpt. Ze heeft een schort met retroprint aan over haar serieuze, dure werkkleren.

'Hoi, London!' roept ze.

'Hoi, Susan,' zeg ik met een vriendelijk wuifgebaar.

Jamie rolt met haar ogen, grijpt me bij mijn hand en trekt me naar de trap.

'Hoe is het, liefje?' vraagt Susan in het voorbijgaan.

'Goed, dank je,' roep ik, terwijl ik de trap af gesleurd word naar Jamies hang-out in het souterrain.

Halverwege de trap belt mijn moeder om te kijken of ik wel veilig ben aangekomen. Ik zeg snel dat alles goed is en hang op.

Een half uurtje later zit ik op Jamies bed, waar ik uit alle macht probeer om geen bloedrode nagellak op haar dekbed te knoeien.

'Waarom kijk je zo raar?' vraagt Jamie. 'Ik word er helemaal zenuwachtig van.'

'Geen idee,' zeg ik. 'Ik heb gewoon een blij gevoel.'

'Vanwege die mafkees?' vraagt Jamie pesterig.

'Hij is geen mafkees, hij is een lekker ding,' zeg ik terug.

Jamie haalt haar schouders op.

'Oké, hoe zit het dan? Weet je al dat je baby's met hem krijgt of zoiets?'

Ik zet mijn nagellak weg en kijk mijn beste vriendin strak aan.

'Nee,' fluister ik.

Jamie schuift wat dichter naar me toe.

'Ik herinner me hem helemaal niet.'

'Wat moet je er dan mee?' vraagt ze. Ze rolt met haar ogen, werpt me een teleurgestelde blik toe en richt haar aandacht weer op haar nagels. 'Waarom moeilijk doen?'

'Nou, kijk,' zeg ik. 'Als je er even bij stilstaat klopt het niet dat hij niet in mijn toekomst voorkomt.'

Dat trekt wel even haar aandacht. Ze kijkt op. 'Huh?'

'Nou, ik heb mijn aantekeningen van deze week nog eens doorgelezen. Op maandag herinnerde ik me Luke niet van dinsdag.

Maar ik heb dinsdag wel met hem gepraat en zo. Snap je?'

'Eh… nee.'

'Hij zat maandag wel in mijn toekomst, ik herinnerde het me alleen niet. het is dus niet zo dat hij niet vóórkomt in mijn toekomst…'

'Dan komt dat waarschijnlijk omdat hij je iets zal aandoen. Je blokkeert hem.' Jamie zet haar nagellak weg en kijkt me ernstig aan. 'London, blijf nou liever uit de buurt van die jongen.'

'Het hoeft niet per se zoiets ergs te betekenen,' zeg ik, omdat ik het gevoel krijg dat ik Luke moet verdedigen. 'Ik bedoel, hij gaat me niet vermoorden of zo.'

'Hoe weet je dat?' vraagt Jamie

'Dat wéét ik gewoon!' zeg ik, hoewel ik het eigenlijk niet echt weet. Maar ik herinner me dingen van ver, heel ver in de toekomst, dus het is best logisch om aan te nemen dat ik niet binnen afzienbare tijd vermoord word.

'Oké, oké,' roept Jamie lachend en ze steekt haar handen op ten teken dat ze het opgeeft. 'Ik vind alleen dat je best wat hoger mag mikken.'

Ik geef geen antwoord uit angst voor wat er nu gaat komen. Ik zet me schrap voor het gesprek dat hier vanavond zal plaatsvinden, volgens mijn aantekeningen van vanochtend.

'Neem Ted, bijvoorbeeld,' zegt Jamie. Ze bedoelt de surveillant tijdens het nablijven, die toevallig ook docent ICT is. En die toevallig ook getrouwd is.

'Wat is er met Ted?' brom ik.

'Hé, dat is niet aardig,' zegt Jamie met een kinderachtig pruillipje.

'Hij is getrouwd, Jamie,' zeg ik zonder haar aan te kijken

Ik probeer niet te denken aan die keer dat ik Jamies hand vasthoud in het ziekenhuis als een potje pillen niet genoeg blijkt, maar hoe harder ik er niet aan probeer te denken, des te steviger haakt de herinnering zich vast in mijn gedachten.

'Hij is ongelukkig getrouwd en hij is gewoon ontzettend leuk.'
Jamie verdedigt meneer Rice net zoals ik Luke zonet verdedigde.
Ik denk zonder het te willen aan haar eigen ongelukkige huwelijk,
aan het ongelukkige huwelijk van haar ouders, dat haar misschien
op de een of andere manier een bepaalde kant op zal dwingen.
Het doet me denken aan een aantekening van vorige week die ik
vanochtend las.

'Hé, hoe is het met je vader?' vraag ik luchtig. Als Jamie en ik gaan
studeren, zullen we een keer een voorjaarsvakantie doorbrengen in
zijn huis in L.A. 'Was je laatst niet bij hem langs geweest?'

Ze werpt een dubieuze blik in mijn richting. 'Waarom doe je
net alsof je hem kent? Je hebt hem nog nooit ontmoet.'

'O, sorry,' zeg ik. 'Maar hoe was het daar?'

Jamie kijkt me sceptisch aan en kwast wat nagellak op. 'Hier
hebben we het al over gehad. Het was leuk. Niks mis mee. En met
hem ook niet. Die stomme nieuwe vrouw van hem is nog steeds
stom.'

'Ik vraag me af of mijn vader een stomme nieuwe vrouw heeft,'
fluister ik onhoorbaar. Ik draai het dopje op de knalrode nagellak.
'Heb je ook zwart? Mijn nagels zijn beschadigd,' zeg ik, terwijl ik
de schade overzie.

'Onder rood en boven zwart? Ben je zo'n grote fan van school?'
zegt Jamie. Ze graaft wat in een mandje met piepkleine glazen fles-
jes in alle kleuren van de regenboog. Ze vindt de zwarte en mikt
hem naar me toe. Maar ze laat zich niet afleiden.

'Waarom wil je nou ineens over vaders praten?' vraagt ze, maar
ze geeft me niet de kans om antwoord te geven. 'Ze zijn weg. Punt,
uit. En probeer nou niet steeds van onderwerp te veranderen. Ik
ben heel serieus over Ted. Hij is echt geweldig.'

'Mmm,' mompel ik al lakkend.

'Hij wilde maandag na school met me afspreken,' zegt ze, alsof
het de gewoonste zaak van de wereld is.

Ik stop midden in een nagel met lakken. 'Jamie, kom op, dat kun je niet maken.'

'Waarom niet?' Ze lacht, alsof het allemaal niks voorstelt. Ze ziet niet wat ze zich allemaal op de hals zal halen met deze affaire, maar ik wel.

'"Waarom niet?" Dat zal ik je even haarfijn uitleggen.'

'Toe maar, ik luister,' zegt ze, maar tegelijk pakt ze een flesje zuurstokroze nagellak en begint aan haar tenen.

'Hij is een leraar, jij bent een leerling. Hij is een volwassene, jij bent minderjarig. Het is hartstikke tegen de wet, Jamie. Hij kan wel ontslagen worden en de gevangenis in draaien.'

'Welnee. Dat gebeurt toch nooit.'

Dat gebeurt toch nooit? Sinds wanneer leven wij in een wereld waarin dit zo gewoon is dat Jamie met recht kan zeggen dat zoiets toch nooit gebeurt?

Ik negeer haar en ga verder.

'Hij is oud.'

'Hij is nog maar vierentwintig,' werpt Jamie tegen. 'En heb je hem niet gezien of zo? Hij is gewoon een lekker ding.'

Ik herinner me dat ik meneer Rice volgende week tegenkom in de gang en ze heeft gelijk: een lekker ding. Maar daarmee is het nog steeds niet oké.

Ik blader in gedachten door mijn aantekeningen en denk aan de paar jongens met wie Jamie de laatste tijd omging. 'Vind je Jason dan niet leuk? Of Anthony?'

'Dat zijn jongens. Leuk voor de afleiding, maar Ted is een man.'

'Niet de meest normale man, als hij achter een schoolmeisje aan zit.'

'Ik ben niet zomaar het eerste het beste schoolmeisje. En London, echt, ik verander toch niet van gedachten. Ik vind hem leuk! Waarom kun je niet gewoon blij voor me zijn?'

Mijn argumenten zetten geen zoden aan de dijk. Het wordt tijd voor zwaarder geschut. 'Moet ik je nu echt vertellen hoe dit afloopt?' vraag ik zachtjes.

Jamies gezicht komt met een ruk omhoog. Ze kijkt me aan. Haar ogen branden van verontwaardiging. 'Je wilt me niet vertellen dat ik gepakt word met spieken, maar je gaat wel doodleuk alles met Ted verpesten?'

'Niet doodleuk, ik denk alleen...'

'Hou op,' zegt ze, en ze steekt haar hand op. 'Ik wil het niet weten. We zien wel. Oké? We zien wel hoe het afloopt. Misschien zit je er wel naast.'

'Ik zit er niet naast,' zeg ik, volkomen zeker van mijn zaak.

'Dan niet,' zegt Jamie bits.

Het blijft even stil. Ik denk aan de lange weg terug naar huis, door de sneeuw, en besluit toch maar in te binden.

'Sorry, J. Ik maak me gewoon zorgen om je.'

'Dat weet ik wel,' zegt ze. 'Maar hou er maar over op. Het gaat prima met me.'

'Weet ik,' zeg ik.

'Echt hoor, London. Luister.' Jamie gaat iets rechterop zitten op het bed. 'Je kunt je eigen rotzooi precies zo inrichten als je wilt, maar hou je herinneringen over mij alsjeblieft voor je. Het is al raar genoeg om te weten dat jij weet wat voor leven ik krijg. Ik ben niet zo iemand die naar waarzegsters gaat. Ik hou juist van verrassingen. Laat me gewoon mijn leven leiden.' Voor ik mijn mond kan openen, zegt ze nog snel: 'Alsjeblieft?'

'Oké,' beloof ik verdrietig.

'Dank je,' zegt Jamie met een trieste glimlach.

Ik geloof dat het weer goed is tussen ons, maar als we haar kamer uit lopen om boven spaghetti te gaan eten, mompelt Jamie: 'Schrijf dat meteen ook maar op in je aantekenboekje, zodat je het niet vergeet.'

'Komt goed,' zeg ik zachtjes. 'Dat doe ik.'

10

Ik ben op het kerkhof.

Mijn moeder staat rechts van me te snikken. Links van me staat een dreigende stenen engel. In de halve kring van in het zwart geklede begrafenisgasten vallen een paar gezichten op: een oudere vrouw met een wit kanten zakdoekje, een jongere vrouw in een laag uitgesneden jurk, een imposante kale man die eruitziet als een bakstenen muur.

Mijn ogen blijven even hangen bij een kleine, zwarte broche op de trui van de oudere vrouw. Van waar ik sta lijkt het net een kever met edelsteentjes erop en hij ziet er vreemd frivool uit voor een begrafenis. Aan de andere kant herinner ik me vaag dat ik later in mijn leven een artikel lees over Egyptenaren, die begraven werden met kevers. Misschien is die broche belangrijk voor haar. Of misschien heeft ze gewoon iets met torren.

Ik haal voorzichtig adem, bang voor de stank van rottende lijken, maar in plaats daarvan ruik ik twee van mijn lievelingsgeuren: gras en regen. Sommige begrafenisgasten hebben paraplu's. Sommige worden nat.

Ik kijk naar het pad dat naar ons groepje leidt. Het is een modderig stenen paadje, op sommige plekken voornamelijk modder. Er staan voetstappen in vanwege de regen. Kleine afdrukken, grote afdrukken. Heel veel voetstappen.

Ik wil door die voetafdrukken heen lopen en ze onherkenbaar maken, maar ik doe het niet. Ik blijf stilstaan in de regen en vraag me af wat er nu gaat gebeuren.

11

Mijn ogen zijn inmiddels ingesteld op de oktoberochtend en ik probeer mijn aantekeningen in het donker te lezen, maar het lukt niet.

Ik rol opzij en kruip onder mijn knusse dekbed vandaan. Ik reik naar de lamp op mijn nachtkasje, die ik nog jaren zal hebben, en stoot een beker water om. Ik herinner me niet dat ik die daar heb neergezet.

Domme vergissing.

Ik klik snel de lamp aan en dweil het plasje water op met de mouw van mijn pyjama. Ik heb een rode thermopyjama aan. Ik kan me niet herinneren dat ik die heb aangetrokken.

De situatie is onder controle en ik leun weer achterover in de kussens. Ik knijp mijn ogen half dicht tegen het licht en begin te lezen, met mijn aantekeningen vlak voor mijn gezicht.

24 okt. (zo.)

Kleding:
- Rode thermopyjama (grootste deel van de dag)
- Blauwgroene trui en skinny jeans (mam en ik hebben bij Casa de Amigos gegeten... tacosaus op bovenbeen geknoeid... even checken of de vlek weg is)

School:
- Woordenboek Spaans mee voor vertaling
- Bioproefwerk (zie studiegids bij computer)
- Beginnen met grafisch ontwerpproject

Diversen:
- J. deed vandaag nog steeds raar over het gesprek van vrijdag (zei weer dat ik haar NIET mag inlichten over haar toekomst)
- Nieuwsgierig geworden omdat J. en ik het over vaders hadden... vandaag in ma's kamer rondgeneusd toen ze weg was. Iets heel krankzinnigs gevonden. Envelop in rechterbureaula. Weet niet goed wat ik ermee moet, behalve voorlopig even verborgen houden voor ma.
- Luke heeft vandaag weer niet gebeld (zie oude aantekeningen, hij klinkt geweldig, afgezien van dat niet bellen)

Ik smijt de zware sprei van me af en slof naar mijn bureau. Ik pak de studiegids van tafel en de overvolle envelop die in de la ligt. Onderweg terug naar mijn bed dwaalt mijn blik af naar de ingelijste foto's van mij en Jamie, die zo te zien teruggaan tot de brugklas. Er hangt een maffe collage van foto's en tijdschriftknipsels tussen die Jamie en ik zeker samen gemaakt hebben. Het ziet er kinderachtig uit, maar ik vind haar leuk. Ik krijg er het gevoel van dat de dingen toen een stuk simpeler waren, hoewel ik me niet kan herinneren of dat ook echt zo was.

Een half uur later klopt mijn moeder aan en moet ik me haasten om de dingen uit de envelop die ik blijkbaar verduisterd heb te verstoppen. Als ik geen antwoord geef, doet ze de deur open.

'Ik heb geklopt,' zegt ze.

'Weet ik.'

Ze kijkt me vragend aan. Blijkbaar vertoont mijn gezicht een mengeling van gelijke delen woede en schuldgevoel. Dat vermoed ik althans.

'Je komt te laat op school,' zegt ze.

'Oké, ik zal opschieten,' zeg ik terug.

'Wat is er?' vraagt ze. Er zit nog steeds een vreemde uitdrukking op haar gezicht geplakt.

Dat kan ik jou net zo goed vragen, denk ik.

'Niks, hoezo?' zeg ik in plaats daarvan.

'Je komt een beetje... vreemd over. Gisteravond ook al,' zegt ze met één hand tegen de open deur en de andere tegen de deurpost.

'Helemaal niet,' werp ik tegen.

Ze geeft het op en gooit haar handen in de lucht. 'Oké, prima, London. Maar schiet een beetje op, oké? Anders kom je te laat.' Ze draait zich om en doet de deur achter zich dicht.

Twintig minuten later, tijdens de rit naar school, onderbreekt ze mijn gedachten.

'Komt het door die jongen?'

Ik kijk met een ruk opzij. 'Heb je mijn aantekeningen gelezen? Dat is een totale aantasting van mijn privacy,' snauw ik.

'Ho, ho,' zegt mijn moeder rustig. 'Ik heb absoluut je aantekeningen niet gelezen, London Lane. Dat zou ik nooit doen. Waarom zou je zoiets zelfs maar suggereren?'

'Omdat je het weet van die jongen.'

'London, je hebt het me zelf verteld,' zegt mijn moeder met een irritant glimlachje.

'O,' zeg ik beschaamd. 'Maar ik wil niet over hem praten.'

'Wat jij wilt,' zegt mijn moeder met een lachje waarvan ik bijna uit mijn vel spring. Goddank zijn we net bij school.

Zodra de auto tot stilstand komt op de afzetstrook, spring ik eruit, sla de deur dicht en stamp resoluut de school in.

In de loop van de ochtend groeit mijn irritatie over mijn moeder uit tot woede op de hele wereld. Als Jason Samuels per ongeluk een basketbal tegen mijn schouder gooit met gym smijt ik hem linea recta terug.

En hard ook.

Als Page Thomas het waagt naar me toe te komen over die stomme verliefdheid van haar, snoer ik haar met één messcherpe blik de mond.

Als het beeldschone gothmeisje dat de rest van het jaar vooral veel tijd op de parkeerplaats zal doorbrengen tegen me aan botst in de gang, zeg ik geen sorry.

En als ik de deur van de bibliotheek opensmijt, door het metaaldetectiepoortje heen storm en naar mijn tafel stamp voor het huiswerkuur, ben ik ruimschoots in staat om Luke op zijn kop te geven omdat hij niet belt of om hem botweg te negeren.

Maar dan komt hij aanlopen. En hij zegt iets.

'Heb je zin om vandaag bij mij thuis te lunchen?' vraagt hij, een en al blauwe ogen en kuiltjes in zijn wangen.

'Ja,' zeg ik. 'Ja, leuk.'

'Wat is dat?'

Jamie is veel te nieuwsgierig. Ik doe mijn tas twee seconden open om mijn leerboek Spaans erin te doen en ze heeft de hele inhoud al gescand.

'Niks,' zeg ik met een blik op de lichtgele envelop. Ik rits mijn tas weer dicht en hijs hem op mijn schouder.

Jamie staart me aan. Ze gelooft niks van dat 'niks'.

'Oké dan,' zeg ik. Ik trek haar bij mijn kluisje vandaan en duw haar in de richting van het lokaal voor Spaans. 'Ik wil het wel vertellen, maar het is niks bijzonders.'

'Klinkt interessant,' zegt ze en ze geeft me een arm. Jamie en ik zullen altijd zo lopen, arm in arm. Dat is ons ding en ik vind het fijn, vooral vanochtend, nu ik het gevoel heb dat ik haar kracht nodig zal hebben om alles te doorstaan wat komen gaat.

Aan de andere kant weet ik uit mijn aantekeningen van vanochtend dat ze mijn kracht vandaag ook nodig heeft.

Jamie kijkt me verwachtingsvol aan.

'Het zijn wat oude foto's en zo,' zeg ik zachtjes, alsof het een geheim is.

'Van wie?'

'Van mijn vader,' zeg ik, en ik ril een beetje.

'Jij en vaders de laatste tijd…' Jamie maakt haar zin niet af. Ze kijkt recht vooruit om ons door de drukke gang te navigeren.

'Ze zaten verstopt in een doos in mijn moeders kast, samen met wat oude dassen en dat soort dingen van mijn vader.'

'Je hebt in je moeders kast lopen snuffelen?' vraagt Jamie, volkomen voorbijgaand aan het belangrijkste.

'Ja,' zeg ik zonder verdere uitleg. 'Maar dat is niet het ergste.'

'Wat is dan het ergste?' Jamies mooie ogen zijn nu weer op mij gericht.

'Hij heeft me een paar verjaardagskaarten gestuurd toen ik klein was,' zeg ik. Ik voel me ineens niet goed worden. Precies drie. Precies drie verjaardagskaarten, die mijn moeder blijkbaar voor me verborgen heeft gehouden.

'Wat staat erin?' vraagt Jamie geïntrigeerd.

'Gewoon, niks bijzonders,' lieg ik. De waarheid is dat de kaarten nogal deprimerend zijn. Er staat niet veel in, maar wat erin staat, zijn verontschuldigingen.

Maar ze zijn er.

Jamie en ik leggen de rest van de weg naar Spaans zwijgend af. Ik denk aan mijn vader, Jamie drukt mijn arm wat steviger tegen zich aan, want ik denk dat ze weet dat dat nu even nodig is.

12

'Is dat hem?' fluistert Jamie, die zich naar me toe buigt. Onze tafeltjes staan tegenover elkaar. We worden geacht een Spaans krantenbericht te vertalen.

Intussen zit Jamie te flirten met Anthony en ik zit te kijken naar verbleekte foto's, die ik handig verborgen hou tussen de bladzijden van mijn woordenboek Spaans.

'Ik denk het wel,' fluister ik terug.

Ik weet niet goed waarom we fluisteren. We horen juist te praten in het taallab. Mevrouw Garcia werpt ons bevreemde blikken toe, dus Jamie vertaalt de krantenkop.

AARDBEVING SCHOKT MEXICO-STAD.

'*El terremoto...*' Ze leest hardop in het Spaans terwijl ze de zin opschrijft, met een overdreven rollende r om mij aan het lachen te maken. Het is wel duidelijk dat ze de stemming er weer een beetje in probeert te brengen.

Ik hoor Amber Valentine achter me worstelen met de uitspraak van *hambre*, oftewel 'honger'. Ze geeft het op en besluit haar vertaalpartner aan het lachen te maken met de uitspraak '*Tengo hamburger.*' Dat hij zo hard lacht om haar suffe grapje is waarschijnlijk te danken aan het feit dat Amber Valentine er precies zo uitziet als je van een Amber Valentine zou verwachten.

'Laat er nog eens een zien,' commandeert Jamie als ze klaar is met schrijven. Ik geef haar het woordenboek met de foto's erin.

Terwijl zij ze bekijkt, bekijk ik ze ondersteboven en achterstevoren en ik bedenk bij mezelf dat mijn vader er precies zo uitziet als hij er volgens mij uit zou moeten zien.

Hij heeft lieve ogen en een enorme, brede lach. Ik heb mijn haarkleur duidelijk van hem, maar zijn huid is spookachtig wit en sproeterig, terwijl de mijne meer op crèmewit porselein lijkt, net als die van mijn moeder. Met factor 90-zonnebrandcrème word ik zelfs een heel klein beetje bruin. Op de foto's zie ik dat mijn vader ofwel spierwit, ofwel roodverbrand is.

Ik hoor bijna een gemoedelijke bulderlach uit die verweerde foto's opstijgen. Zijn gebruikelijke tenue schijnt te bestaan uit verbleekte spijkerbroeken en niet ingestopte overhemden en zo ziet hij er groot en sterk uit, klaar om monsters te bevechten, of ze nou echt zijn of ingebeeld.

Jamie blijft wat langer kijken naar een foto waarop mijn vader mij leert zwemmen. Ik ben nog een peutertje. Je ziet hem naar die jongere, frommelige versie van mij kijken met een mengeling van bewondering, nieuwsgierigheid en onversneden liefde. Ik moet er bijna van huilen.

Jamie kijkt even op en slaat de bladzij om.

'Is dit je oma?' vraagt ze zachtjes.

'Waar?' vraag ik. Ik buig me naar haar toe. Ze draait het boek naar me om en wijst naar de achtergrond van een foto waarop mijn vader mij als baby in zijn armen heeft.

Daar achter ons staat iemand die me nog niet was opgevallen.

Iemand die ik niet ken, maar wel herken.

Iemand die ik nog niet heb ontmoet, maar wel zal ontmoeten.

Mijn hart gaat sneller kloppen. Ik grijp het woordenboek en schuif het bruusk naar mijn kant van het bureaueiland. Ik buig me er steeds dieper overheen en ik wilde maar dat ik zo'n klein loepdingetje had dat diamanthandelaren gebruiken.

Midden in het lokaal, midden in de Spaanse les, terwijl Jamie me aanstaart alsof ze zich voor me schaamt, klikt er iets.

De vrouw op de achtergrond van die foto is overduidelijk mijn grootmoeder. Ze kijkt naar mij als baby met een blik zo vol liefde en toewijding dat het bijna pijn doet.

Haar uiterlijk verraadt nog meer dan haar gezichtsuitdrukking. Haar haar is precies dat van mij en mijn vader, en ook de rest van haar komt grotendeels terug in hem en hier en daar ook in mij.

'Nog twintig minuten,' roept mevrouw Garcia tegen de klas, mijn analyse onderbrekend.

Jamie vloekt onverstaanbaar en grist onze vertaling naar zich toe. Ze begint woest te vertalen.

'Hulp nodig?' bied ik aan.

'Nee, blijf jij maar gebiologeerd naar je foto's staren,' zegt ze zonder op te kijken.

'Dank je wel.'

'Geen dank.'

Twintig minuten later heeft Jamie de vertaling ingeleverd, die we volgende week terug zullen krijgen met een knalrode 9- erop en we pakken onze spullen. Ik laat het woordenboek voorzichtig in mijn tas glijden en probeer alle foto's binnenboord te houden.

'Wat doen we in de lunchpauze?' vraagt Jamie, die haar tas over haar schouder hangt. Dan herinner ik me ineens wat ík in de lunchpauze doe. Ik sta op en kijk mijn vriendin aan.

'Luke heeft me vandaag meegevraagd voor de lunch,' zeg ik.

'O,' zegt ze. Het klinkt teleurgesteld en volgens mij zie ik heel even iets opflakkeren in haar ogen. Ergernis? Jaloezie? 'Maakt niet uit, ik ga wel met Anthony lunchen.'

'Sorry, J.'

Dan zie ik dat Anthony al bijna de deur uit is en ik vraag me af wat ze écht gaat doen in de lunchpauze.

Op weg naar mijn date met Luke blijf ik nadenken over de foto's. Over één foto in het bijzonder. Eén persoon in het bijzonder: mijn oma.

Ik kan maar niet geloven dat ik haar vanochtend niet herkend heb. Nu overweeg ik wat het betekent dat ik haar herken. Aan de ene kant heb ik een ouder, wijzer rolmodel dat (vermoedelijk) van me houdt en wie weet wel koekjes voor me wil bakken en mijn haar wil vlechten. Nou, oké, alleen die koekjes dan.

Aan de andere kant heb ik maar één toekomstige herinnering aan haar en dat is meteen ook de macaberste die ik heb: mijn oma is de oudere vrouw met die mooie keverbroche op de begrafenis.

Mijn gedachten draaien om elkaar heen terwijl ik de hoek omsla naar de kantine. Ik zie Luke aan de overkant tegen de muur staan. Zijn tas ligt naast zijn voeten. Hij kijkt omlaag, blijkbaar diep in gedachten verzonken. Maar voor ik echt de kans krijg me af te vragen waar hij aan denkt, kijken zijn ogen al in de mijne. Hij glimlacht, maakt zich los van de bakstenen muur en pakt zijn tas op.

Om de een of andere reden kiezen mijn hersenen exact dat moment uit om alles te snappen. Halverwege de kantine blijf ik staan. Er botst bijna een jongen tegen me op. Luke kijkt verbaasd.

De begrafenis.

Mijn grootmoeder.

Mijn moeder.

Er is maar één logische verklaring. Ik wil het niet denken, maar de gedachte dringt zich hoe dan ook met geweld naar voren.

Het is mijn vaders begrafenis.

Mijn vader gaat dood.

Shit.

Nu denk ik het toch.

Ik ben al bijna helemaal afgeleid door Luke tegen de tijd dat we langs rijen en nog eens rijen auto's van leerlingen zijn gelopen en aankomen bij zijn…

mpv-busje?

Hij lacht om mijn verblufte uitdrukking bij het zien van een auto die voornamelijk gebruikt wordt door moeders die hun kinderen continu naar sportclubjes moeten brengen. Het was dan ook de auto van zijn moeder, voor die hem verving door een o zo economische fourwheeldrive.

Terwijl hij de auto start vraagt Luke of ik het nog steeds oké vind om bij hem thuis te gaan lunchen in plaats van ergens een stuk pizza of zoiets te halen. Blijkbaar is zijn moeder vandaag met zijn kleine zusjes naar de stad voor nieuwe kleren.

Blijkbaar heeft Luke kleine zusjes.

'Hoe oud zijn ze?' vraag ik, rondkijkend in de auto.

'Bijna drie,' zegt Luke. Ik frons mijn hele gezicht terwijl ik moeizaam uit probeer te rekenen hoe dat zit.

'Vraag je je soms af of een van mijn ouders hertrouwd is?' vraagt Luke met een lach.

'Iets in die richting,' geef ik toe. 'Het is nogal een leeftijdsverschil.'

'Ja, dat is zo,' zegt Luke. 'Mijn ouders hebben mij jong gekregen.'

'En later besloten ze om nog meer kinderen te krijgen?'

'Ja,' zegt Luke. 'Ze zijn eerst gescheiden, toen weer getrouwd en toen kregen ze de tweeling.'

Waarschijnlijk kijk ik nog steeds bedenkelijk, want Luke vertelt verder.

'Het is raar, ik weet het. Wil je het hele verhaal?'

'Ja,' zeg ik vol overtuiging.

'Oké,' zegt Luke glimlachend. 'We woonden dus in Chicago toen ik geboren werd. Mijn ouders hadden op school al verkering. Ze zijn jong getrouwd, vlak na hun eindexamen. Kun je je daar iets bij voorstellen?' vraagt hij, maar hij geeft me niet de kans om antwoord te geven.

'Goed, ze kregen mij dus toen ze iets van vijfentwintig waren. Ze waren zo arm als wat, dus we woonden bij mijn grootouders in het souterrain. Mijn vader studeerde rechten en mijn moeder zorgde voor mij en werkte 's avonds om mee te betalen aan alles. Volgens mij waren ze behoorlijk gelukkig, ondanks dat armoedegedoe.

Na zijn afstuderen werd mijn vader aangenomen door een groot advocatenkantoor in New York. Daar verhuisden we naartoe toen ik een jaar of vijf was.'

'Heb jij in New York gewoond? Dat is echt cool,' zeg ik, terugdenkend aan tripjes naar die stad die ik als volwassene zal maken. Ik kan niet wachten tot het zover is.

'Ja, dat was het ook. Ik bedoel, ik was nog klein, maar ik herinner me nog heel veel. Mijn moeder ging de hele stad met me door. Het was echt leuk. Je hebt van die jeugdherinneringen die je altijd bijblijven, weet je wel?'

'Ja,' lieg ik en ik probeer naarstig een nostalgische blik in mijn ogen te krijgen.

Luke houdt even op met praten en glimlacht naar me. Het lijkt even alsof hij me iets wil vragen, maar hij doet het niet. Hij gaat verder met zijn verhaal.

'Maar goed, het bleef niet lang leuk. Mijn vader werd partner op dat kantoor en mijn ouders begonnen te ruziën omdat hij zo veel tijd op zijn werk doorbracht. Ik bedoel, écht veel tijd. In mijn herinnering is hij een paar jaar nauwelijks thuis geweest.'

Jij herinnert je tenminste nog íéts van hem, denk ik.

Luke neemt een afrit en slaat rechts af, naar de nieuwere wijk die vanuit mijn wijk gezien aan de andere kant van de grote weg ligt. Het komt als een aangename verrassing dat we zo dicht bij elkaar wonen.

Luke gaat verder met zijn verhaal. 'Dus toen ik een jaar of tien was, gingen ze scheiden. Twee jaar lang heb ik mijn vader helemaal niet gezien. Hij stuurde wel verjaardagskaartjes en zo...'

Au.

'... en ik weet dat hij alimentatie betaalde. We verhuisden naar Boston. Mijn moeder ging in een meubelzaak werken. Ze werkte ontzettend veel, dus bracht ik de zomervakanties bij mijn oom en tante door.'

Luke houdt weer even op, alsof hij verwacht dat ik nu iets zal zeggen. Ik weet niet goed wat ik moet doen, dus ik kijk terug tot hij zijn ogen weer op de weg moet richten. Hij vertelt verder.

'En op een dag stond mijn vader op de stoep met bloemen en hij smeekte mijn moeder om hem terug te nemen. Uiteindelijk deed ze dat. Hij ging in Boston bij een kleiner advocatenkantoor werken en was elke dag om half zes thuis. Net alsof New York nooit gebeurd was. Het was allemaal best wel raar, maar zo zijn mijn ouders. En toen kwamen ze op een dag met het schokkende nieuws dat ze een tweeling verwachtten.'

'Wow,' zeg ik als hij uitverteld is.

'Ik weet het. Sorry. Dat was een lang, saai verhaal,' zegt Luke.

'Nee, helemaal niet. Het klinkt als een film.'

Luke lacht en zegt: 'Ach, waarschijnlijk heeft iedereen zijn eigen filmdrama.' Hij zegt het op een manier alsof hij recht in mijn ziel kan kijken.

'En hoe zit het met jouw ouders?' vraagt hij ongedwongen.

'Mijn moeder is makelaar,' zeg ik, turend naar de huizen die we passeren.

'En je vader? Wat doet die?'

'Ik zou het niet weten,' zeg ik zachtjes.

Luke kijkt even opzij. 'Sorry dat ik erover begon,' zegt hij.

'Is niet erg,' lieg ik. Maar eigenlijk is het wel erg, behoorlijk erg zelfs, zeker vandaag, al is het niet iets wat ik per se moet delen met een mogelijk vriendje dat geen enkele rol in mijn toekomst lijkt te spelen. Het komt als een opluchting als we bij Lukes huis zijn. Lukes bijzonder nieuwe, bijzonder grote huis.

We gaan naar binnen en na een korte rondleiding op de benedenverdieping gaat Luke naar de keuken om broodjes kalkoen te maken, terwijl ik de schoorsteenmantel in de bibliotheek bekijk, die vol staat met ingelijste foto's van hem en zijn zusjes. Ik voel een steekje van jaloezie bij het zien van al dat blije grut.

Mijn aandacht wordt getrokken door een foto van Luke, waarop hij eruitziet als elf of twaalf, en de eerste paar keer dat mijn blik verder glijdt, wordt hij als een magneet weer teruggetrokken. Hij zit op die foto duidelijk in een fase waarin hij stoer probeert te zijn. Maar ik kan mijn blik er niet van lostrekken.

Uiteindelijk concentreer ik me op de kiekjes van zijn kleine zusjes.

'Wat zijn ze schattig,' zeg ik als Luke binnenkomt met de lunch.

'Ja, zeker weten. Je zou ze eens in het echt moeten zien. Ze zeggen de meest hilarische dingen.' Luke straalt als hij dit zegt en de gedachte dat hij fungeert als oudere boer van deze twee snoepjes voelt goed. 'Maar je zult ze nog wel leren kennen,' zegt hij. 'Hier, alsjeblieft.' Hij overhandigt me een bord.

'Ik wist niet dat jij roeide,' zeg ik, voordat ik een hap neem van het lekkerste broodje kalkoen aller tijden.

Hij fronst en ik ben ineens bang dat hij me dat allang verteld heeft. Maar hij antwoordt alleen: 'Ik moet jou een beetje weghouden bij de foto's, geloof ik.'

'Nee, het is juist schattig,' mompel ik met een mond vol brood en kalkoen en een vertederde blik op een foto van Luke en zijn roeiteam. Hij ziet er raar ontheemd uit tussen al die juristjes en politici in spe, maar gek genoeg lijkt hij ook prima op zijn gemak.

'Ha, ha,' zegt hij sarcastisch, maar dan glimlacht hij. 'Ik ben niet zo van de teamsporten, maar roeien was eigenlijk best leuk. Je hebt geen idee wat kou is voor je een keer om zes uur 's ochtends in het water van de Charles bent gesmeten.'

We lachen wat en eten onze broodjes en daarna leidt Luke me rond door de rest van het huis. Het is een schitterend huis en in elke kamer probeer ik sporen van hem te ontwaren.

Hier doet Luke zijn huiswerk. Hier kijkt Luke tv. Hier zit Luke meestal te gamen. Aan deze eettafel eet Luke 's avonds.

Boven liggen de vier slaapkamers rond een u-vormig balkon dat uitkijkt op oprit. In de ene hoek ligt de slaapkamer van zijn ouders. De kamer ernaast is die van de tweeling. Dan komt de logeerkamer.

En dan komen we aan bij Lukes kamer.

Mijn hart gaat wat sneller kloppen bij het zien van het donkere hout en de diepblauwe muren, die sterk contrasteren met de lichte tinten in de rest van het huis. Ik zie een bijna stukgepeelde gitaar in een hoek staan, leunend tegen een lage stoel. Er staat een gigantisch olieverfschilderij van een meisjesoor tegen de muur. Het is vreemd en mooi tegelijk en ik vraag me onwillekeurig af wiens oor het is. Zou Luke mijn oor willen schilderen?

Het dekbed is over het bed gegooid in een bescheiden poging

om het bed op te maken en ik krijg de bijna onbedwingbare neiging om ernaartoe te rennen en aan het kussen te ruiken. Gelukkig weet ik me net op tijd te bedwingen, zodat ik niet meteen overkom als een totale stalker.

Veel tijd hebben we niet meer, dus ik kom niet veel verder dan de deuropening en voor ik het weet leidt Luke me alweer met zachte hand bij de enige plek vandaan waar ik op dit moment wil zijn.

'We moeten gaan,' zegt hij zachtjes en hij legt een hand op mijn rug. 'Ik wil je geen strafwerk bezorgen.'

Ik geef hem met tegenzin gelijk, maar als we afdalen door het statige trappenhuis en naar Lukes MPV lopen, voel ik zijn kamer onmiskenbaar aan me trekken.

Er is gewoon zo veel Lúke in die kamer. En ik wil er meer van zien en voelen.

We rijden terug naar school in gemoedelijk stilzwijgen en lopen hand in hand het gebouw binnen. Vlak voordat we, midden in de kantine, elk onze eigen kant op gaan, komt Luke tegenover me staan.

'Heb je zin om zaterdagavond iets te doen?'

'Ja,' zeg ik meteen, misschien zelfs voordat hij zijn vraag heeft afgemaakt. Ik grijns breed naar hem en hij lacht terug.

En dan komt hij dichterbij staan.

Ik hou mijn adem in, rekening houdend met de mogelijkheid dat Luke me hier, midden in de kantine, zou kunnen kussen. Net als ik probeer te beslissen of ik wel kan zoenen met publiek erbij, heft Luke, die geconcentreerd in mijn ogen kijkt, een hand op naar mijn gezicht. Heel langzaam en heel zacht laat hij zijn duim over mijn wang glijden. Ik ben volslagen gehypnotiseerd door deze volmaakte vorm van aanraking. Het voelt vreemd genoeg nog intiemer aan dan een kus.

'Tot later,' fluistert Luke. Dan verbreekt hij de trance en loopt weg in de richting van zijn volgende les.

'Doei,' adem ik hem na.

Ik blijf nog even staan, nagenietend van het moment. En dan, net als ik me omdraai om naar geschiedenis te zweven, valt mijn oog op een bekende kledingcombinatie. Aan de andere kant van de enorme kantine staat Jamie me aan te staren, pal voor de frisdrankautomaat.

Ik zwaai en ze zwaait terug, maar bij haar ontbreekt er iets aan dit eenvoudige gebaar. Ik sta op het punt om naar haar toe te lopen en iets te zeggen, maar voor mijn voeten in beweging kunnen komen, draait Jamie zich om en weg is ze.

14

'Jamie?'

'Hé, hoi! Waarom neem je zo op?'

'Ik ben gewoon verbaasd dat je belt, waarschijnlijk,' geef ik toe.

'Hoezo?' Jamie doet net alsof er niets aan de hand is.

'Het leek vandaag net of je ergens mee zat,' zeg ik zachtjes.

'Ik heb geen idee waar je het over hebt.'

Ik zie de schuldbewuste blik op haar gezicht bijna voor me, aan het andere eind van de lijn. Ik hoor het in haar stem en dat is genoeg. Ik hou erover op.

'Nog wat gedaan vanavond?'

'Niet echt,' zegt ze. 'Gegeten, beetje tv-gekeken.'

'Ik ook.'

'Heb je nog iets tegen je moeder gezegd over die foto's die je gevonden hebt?'

'Wat? Nee!' schreeuw ik bijna door de telefoon. 'Daar kan ik niet zomaar over beginnen,' ga ik iets zachter verder.

'Nee, tuurlijk niet,' zegt Jamie op een manier die ik irritant vind. Jamies moeder zal nooit iets achter haar rug om doen, zoals de mijne. Ze zal Jamie door dik en dun blijven steunen, wat er ook gebeurt.

'Maar goed, ik heb het dus gedaan,' zegt ze.

'Wat heb je gedaan?' vraag ik.

'Zucht, dat kapotte geheugen van jou kan soms zo irritant zijn,' zegt ze met een diepe zucht. 'Ik had na school met Ted afgesproken.'

En dan weet ik het weer.

Ik herinner me de relatie die een huwelijk zal verwoesten, een carrière zal ruïneren en het hart van mijn beste vriendin zal breken. Ik herinner me aantekeningen over de keren dat ik haar ervan af probeerde te brengen en nog meer aantekeningen dat ik er maar beter over kan ophouden.

Ik herinner me de toekomst, waarin het zich allemaal ontvouwt, en ineens word ik straalmisselijk. Jamie is koppig, maar ik had toch beter mijn best moeten doen.

'O, Jamie. Is alles goed?'

'"Goed"? Wat bedoel je daarmee? Natuurlijk is alles goed. Beter dan goed. Hij is geweldig.'

Ik kan het niet helpen, maar ik vraag me meteen af of dit komt doordat Jamie mij met Luke gezien heeft.

'Jamie, ik vind echt dat je nog eens goed moet kijken waar je mee bezig bent. Dit is niet niks.' Ik probeer te klinken als een bezorgde vriendin en niet als een bezorgde moeder, maar het komt er precies verkeerd om uit.

'Ik dacht dat je wel blij voor me zou zijn.'

'J., ik wil gewoon dat je gelukkig wordt. Ik denk niet dat dit goed is. Ik maak me echt zorgen om je.'

'Nergens goed voor,' snauwt Jamie.

Ik weet dat ze pissig is, maar ik moet het toch blijven proberen. Ik negeer de briefjes waarin ik mezelf op het hart druk om nooit over Jamies toekomst te beginnen.

'Hij gaat niet bij zijn vrouw weg en je wordt er alleen maar ongelukkig van. Je doet uiteindelijk zelfs een poging...'

'HOU JE KOP, LONDON!' schreeuwt Jamie in de telefoon. 'Ik zei toch dat je me niks mocht vertellen en je hebt het opgeschreven, dus ik weet dat je het weet. Probeer vooral niet net te doen alsof dat niet zo is.'

'Oké,' zeg ik op harde toon. 'Dan vertel ik het niet. Maar je hebt geen herinneringen aan de toekomst nodig om te weten dat een volwassen man maar één ding kan willen van een schoolmeisje.'

'Doe niet zo trutterig, London.'

'Oké. Als jij niet zo sletterig doet.'

Het blijft even stil en meteen zou ik die harde woorden het liefst weer inslikken. Maar het is te laat. Mijn herinnering klopt: Jamie en ik zullen hierna een tijdje niet meer met elkaar praten. Toch probeer ik de situatie nog een beetje te redden.

'J., ik maak me gewoon zorgen om je.'

'Nou, dat hoeft dus niet meer. Want dat was het dan met onze vriendschap. Ik hoef je niet meer te zien.'

Klik.

27 okt. (woe.)

Kleding:
- Marineblauw vest met geel topje eronder
- Verbleekte Levi's

School:
- Wiskundetoets (voor school hst. 5 en 6 lezen)
- Paar coole logo-ideeën gedownload voor grafisch vormgeefproject (in rugzak)
- Opstel afmaken en printen voor vrijdag

Drama:
Check bestand 'Duistere herinnering' op computer. Ik denk dat het misschien mijn vaders begrafenis is. Kan er gewoon niet bij hoe oneerlijk dat is! Vandaag bijna aan mam gevraagd hoe het met hem zit, maar toch maar niet gedaan (zie envelop met dingen die ze voor me verborgen heeft gehouden). WAAROM?? Ik wil hem leren kennen voordat het misgaat.

Jamie is echt loeikwaad! Ze heeft me bij Spaans niet

eens aangekeken (volgens mijn aantekeningen gaat het de hele week al zo) en na school kwam ze ineens langs om geleende kleren uit te wisselen, alsof we het uitgemaakt hadden. Ze zei bijna niks en scheurde toen onze vriendinnenposter doormidden!! Oké, het is niet leuk voor haar, maar dit is gestoord.

Wat wel leuk is:

Luke en ik hebben een date voor za. avond!! Helaas hebben we vandaag niet veel gepraat tijdens huiswerkuur. Hij zat het grootste deel van de tijd een enorm oor (?) te schetsen en moest met de lunch naar huis om zijn moeder te helpen. Volgens mij wou hij me eigenlijk kussen voordat hij wegging. Misschien za.

'Heb ik ooit iets veranderd wat zou gebeuren?' vraag ik mijn moeder als we de parkeerplaats van de school op draaien. Mijn hoofd voelt loodzwaar aan en het is nog maar 7.24 uur.

'Hoe bedoel je?'

'De toekomst,' zeg ik en voor deze ene keer zou het me wel handig lijken als ze mijn gedachten kon lezen, zodat ik niet alles hoef uit te leggen. 'Mijn herinneringen. Heb ik wel eens een herinnering veranderd?'

'Hmm, even denken,' zegt ze. Ze peinst iets te lang door. Eindelijk heeft ze iets te pakken. 'Je hebt Jamies dertiende verjaardag overgeslagen.'

'Waarom?'

'Je herinnerde je dat je je neus zou breken,' zegt ze met een gniffellachje. Niet grappig, vind ik, maar ik hou mijn mond en luister. 'Het was een zwemfeestje in het sportplaza. Er waren glazen schuifdeuren en je herinnerde je dat je in volle vaart tegen zo'n deur op zou rennen. En toen ben je niet naar het feestje gegaan.'

'En wat gebeurde er?' vraag ik.

'Je hebt het hele feest gemist en later dat jaar brak je je neus alsnog toen je struikelde over een zwerfhond die je mee naar huis had genomen.'

We staan stil op de afzetstrook en ik moet nu uitstappen. Ze kijkt naar me en aait even over het puntje van mijn neus, die er vanochtend in de spiegel eigenlijk piekfijn uitzag.

'Dus eigenlijk heb ik niet echt iets veranderd?' vraag ik, half ontmoedigd, half geïrriteerd. Eigenlijk vind ik het behoorlijk moeilijk om niet te vragen waarom ze al mijn hele leven tegen me liegt, zoals mijn aantekeningen van vanochtend wisten te melden.

'Ik denk van niet,' zegt mijn moeder. Ik adem zuchtend uit en dan zegt ze: 'Maar dat wil nog niet zeggen dat het niet kan, natuurlijk. Misschien heb je het alleen toen niet gedaan. Wat is er met je, London?'

'Ik voel me gewoon niet lekker,' zeg ik, want inmiddels is dat ook echt zo.

Een andere moeder toetert kort om ons beleefd te vragen door te rijden. Mijn moeder werpt een blik in de achteruitkijkspiegel en kijkt me dan aan met ernstige ogen.

'Weet je, London, het punt is: als je het niet aan mij vertelt en het niet opschrijft, kun je eigenlijk niet weten of je de toekomst verandert, zelfs niet als dat zo is. Begrijp je wat ik bedoel?'

Ik denk even na over haar woorden. Stel dat ik me nu, op dit moment, ineens herinner dat ik morgen onder een bus kom. Maar ik vertel niets aan mijn moeder en ik schrijf vanavond niets op. Dan is die kennis morgenochtend volkomen verdwenen. Maar morgen kan ik toch een andere route naar school nemen en onbewust vermijden dat ik platgereden word door een bus. Dan heb ik mijn toekomst veranderd zonder het te weten.

Voor het eerst die ochtend komt er een echte glimlach op mijn gezicht.

'Ik begrijp heel goed wat je bedoelt,' zeg ik. Ik maak mijn gordel los en doe het autoportier open. Ik wuif en ren naar binnen voor het eerste uur.

Ik ben nog niet binnen of ik word al aangeklampt door Page Thomas.

'Heb je het al gevraagd?' vraagt ze. Ze staat er een beetje gek bij in haar zakkerige gymkleren.

In het kluisje van Page zie ik een soort kostuum hangen in plaats van gewone kleren. Ik heb een zwart truitje met een ronde hals aan, een zwart spijkerrokje en de oranje-met-zwart gestreepte maillot die ik in mijn kledingkast aantrof. Geen verkleedkleren, maar toch best feestelijk.

Page kijkt me strak aan met haar armen over elkaar, alsof het mijn plicht is haar romantische lot te bezegelen. Heel even overweeg ik haar de waarheid te vertellen. Maar dan denk ik aan Brad Thomas en wat hij haar aan zal doen. Ik denk aan de publieke vernedering die ze te verduren zal krijgen. Ik denk aan haar verdriet, als het gebeurt.

En dan denk ik aan mezelf.

Als ik heel eerlijk ben wil ik dolgraag proberen iets te veranderen, iets kleins, om te kijken of ik misschien ook iets groots zou kunnen veranderen.

Ik overweeg het allemaal en dan, in plaats van Page Thomas de waarheid te vertellen – namelijk dat ik geen woord met Brad gewisseld heb – buig ik me een beetje naar dat meisje in die wijde joggingbroek toe en braak een botte leugen uit, recht in haar gezicht.

'Page,' zeg ik quasimeelevend. 'Het spijt me ontzettend, maar het schijnt dat Brad Thomas homo is.'

17

'Doei!' roep ik naar mijn moeder. Dan doe ik de voordeur dicht en spring het stoepje af, naar Luke toe.

Het is zover: onze eerste date.

Ik heb de hele dag door mijn aantekeningen gebladerd, giechelend en blozend, totdat ik me klaar ging maken voor vanavond. Dat duurde een uur en toen was ik nog een uur bezig om alles een beetje af te zwakken, om het er een beetje nonchalant uit te laten zien.

Hij is te laat, maar dat is niet erg. Hij is er.

Luke troont me mee naar de roodbruine MPV op de oprit (en ik ben blij dat mijn aantekeningen me daarvoor gewaarschuwd hebben, anders zou ik nu toch wel bezorgde blikken op hem werpen). Hij houdt de deur voor me open op een manier die eerder naturel overkomt dan geforceerd. Hij is blijkbaar een echte heer, waarschijnlijk het product van ouders met goede manieren.

We stappen in en snoeren ons in met onze veiligheidsriemen.

'Sorry dat ik te laat ben,' zegt hij.

'Maakt niet uit,' zeg ik.

'Ik raakte verstrikt in een schilderij,' legt hij uit. Hij draait de contactsleutel om en zet de verwarming wat hoger. 'Ik was de tijd vergeten.'

Er komt iets van irritatie in me op. Was hij aan het schilderen? Ik haal diep adem en duw het weg. Hij is er nu immers.

'Alles goed?' vraagt hij zo vertrouwelijk dat ik hem het liefst tegen me aan zou drukken. Ik ben alweer helemaal over dat te laat komen heen.

'Ja, hoor,' zeg ik glimlachend. 'En met jou?'

'Alweer een stuk beter,' zegt hij. Hij zet hem in zijn achteruit en draait vakkundig de oprit af, de stille straat op.

'Ruik ik nou pizza?' vraag ik. Voor ik het weet loopt het water me in de mond. Luke kijkt vluchtig opzij en richt zijn blik dan weer naar voren.

'Sorry,' zegt hij. 'Ik heb pizza gehaald voor de rest van het gezin, voordat ik wegging.'

'O,' zeg ik, en ik zet het van me af. Luke zet de auto in beweging en geeft gas.

De radio staat zachtjes aan en Luke navigeert door de straten van mijn wijk alsof hij hier al jaren woont. Binnen de kortste keren scheuren we noordwaarts over een van de twee grote wegen die ons stadje doorkruisen.

'Wat is er met de film gebeurd?' vraag ik. Hij heeft mijn moeder verteld dat we ergens gaan eten en dan naar de film, maar het maakt me eigenlijk niet uit waar we heen gaan. Ik wil desnoods wel naar een blinde muur staren, als het maar in het gezelschap van Luke is.

'Maak je geen zorgen, ik heb je moeder niets voorgelogen,' zegt hij cryptisch.

'Ik maak me helemaal geen zorgen en al had je haar wat voorgelogen, dan was het nog oké,' zeg ik. Ik kijkt naar buiten. Het is een heldere, koude avond.

We rijden noordwaarts en noordwaarts en noordwaarts, een heel eind ten noorden van ons stadje, en een seconde lang vraag ik me af of ik dat meisje uit de horrorfilms ben dat recht op het monster afloopt in plaats van er als een haas vandoor te gaan. Ik laat me doodleuk mee de rimboe in nemen door een leuke jongen die ik me niet herinner. Maar meteen duw ik die gedachte ook weer weg. Luke Henry heeft niets monsterlijks. Er is werkelijk niets angstaanjagends te bekennen aan deze jongen, die ik ken uit mijn aantekeningen. Ik voel me volkomen veilig in deze naar pizza geurende auto.

Ik kijk onder het rijden naar de lucht en hoe verder we uit de stad zijn, des te meer sterren er verschijnen. 'Weet je eigenlijk wel waar je heen gaat?' vraag ik, hoewel het me niks zou kunnen schelen als we verdwalen. 'Je woont hier toch nog maar net?'

'Ik heb onze bestemming vanmiddag verkend,' geeft hij toe.

'Wat supergeorganiseerd van je,' zeg ik. Ik leun weer achterover in mijn stoel, totaal op mijn gemak. Ik ben volkomen kalm, ook als Luke van de snelweg gaat, de parallelweg op, dan rechts afslaat via een kleinere woonstraat en nog een keer rechtsaf, een grintweg op die zachtjes heuvelopwaarts glooit, het pikkedonker tegemoet.

Ik voel me veiliger dan ik me in jaren zal voelen terwijl deze wildvreemde zijn moeders MPV van het grint af stuurt en langzaam door het gras rijdt, recht op de rand van een klein heuveltje af.

Luke parkeert pal voor een bord met VERBODEN TOEGANG erop aan een prikkeldraadhek dat ons scheidt van de helling. Hij zet de motor af en de koplampen erbij. Ik kijk uit over het twinkelende, uitgestrekte stadslandschap onder ons, dat zich uitspreidt over meer dan dertig kilometer, gewoon omdat het daarvoor de ruimte heeft.

'Cool,' zeg ik.

'Ja, dat vond ik ook al,' zegt hij. Hij kijkt recht vooruit.

Ik vind het fijn dat hij dit stadje zo mooi vindt. Niet iedereen zal dat vinden, maar het zal altijd deel van mij uit blijven maken.

'Dus je was hier nog nooit geweest?'

Goeie vraag, denk ik. 'Eh, nee,' antwoord ik. 'Ik heb zelfs geen flauw idee waar we zijn.'

Luke wendt zijn blik voor het eerst van het landschap af en kijkt naar mij. Zijn handen liggen nog steeds losjes op het stuur. 'Je bent wel goed van vertrouwen, jij. Ik had wel een moordenaar kunnen zijn.'

'Had gekund, maar ik betwijfel het,' zeg ik, als gehypnotiseerd door zijn lichtblauwe ogen. 'Ik voel me veel te veilig bij je.'

'Ben je ook,' zegt hij poeslief. Hij is even stil en een paar tellen lang denk ik dat hij zich naar me toe wil buigen om me te kussen, maar hij doet het niet.

'Oké,' zegt hij iets luider en hij slaat zachtjes op het stuur. 'Het feest kan beginnen. Honger?'

'Ja, maar ik denk niet dat ze hier bezorgen,' zeg ik, uitkijkend over het lege landschap om ons heen.

'Geen paniek, ik heb overal op gerekend. Eén momentje.' Luke trekt aan de hendel waarmee de kofferbak opengaat, stapt uit en verdwijnt achter de auto. Ik draai me om om te kijken wat hij doet en zie ineens dat de middelste rij stoelen weg is. Op de achterste rij liggen twee kussens die eruitzien alsof ze afkomstig zijn van een bank. Een zachte, gebreide deken ligt netjes opgevouwen op de stoel en op de deken staat een kleine koelbox.

Luke ziet dat ik zijn nieuwe inrichting zit te bewonderen en glimlacht schaapachtig als onze blikken elkaar kruisen. Mijn maag wankelt bij de aanblik van het kuiltje in zijn rechterwang.

Hij slaat de kofferbak dicht met een zachte bons. Maar in plaats van weer in de bestuurdersstoel te gaan zitten, doet hij de schuifdeur aan de zijkant open en klimt in de auto. In zijn rechterhand heeft hij iets wat op een pizzabezorghoes lijkt en in zijn linker- een plastic tas.

'Liegbeest!' zeg ik plagerig.

'Kom achterin,' zegt hij lachend.

Ik probeer maar niet gracieus tussen de stoelen door te klimmen, maar stap uit en neem de schuifdeur aan mijn kant. Ik loop bukkend door naar achteren en ga naast Luke zitten, die de deken en de koelbox van de achterste stoelen heeft gehaald en een kussen voor me tegen de rugleuning heeft klaargelegd om tegenaan te zitten. Uit een of ander geheim vakje tovert hij een afstandsbediening tevoorschijn.

'Oeps,' zegt hij. Dan staat hij op en baant zich een weg naar de voorkant van de auto. Hij reikt naar het dashboard, draait de contactsleutel om, frunnikt aan de verwarming en nog wat knopjes en komt weer op ons bankje zitten. En nu zie ik de dvd-speler pas, waarvan het scherm omlaag komt. Het verlicht de hele achterbank. De copyrightwaarschuwing doet dienst als nachtlampje en Luke trekt een wonderbaarlijk warme pizza uit de bezorghoes (die hij naar eigen zeggen 'geleend' heeft). Hij haalt papieren bordjes en servetjes uit de plastic tas en pakt wat blikjes fris uit de koelbox.

Ik herken de film aan de eerste vijf noten van de soundtrack. De overbekende opening van *Star Wars* rolt over het kleine schermpje en ik schuif dichter naar Luke Henry toe op onze geïmproviseerde bank, ver verwijderd van de bewoonde wereld. Ik ben gelukkiger dan ik in jaren zal zijn.

'Dit is een van mijn lievelingsfilms,' fluister ik.

'Ja,' glimlacht hij zonder zijn ogen van het scherm af te wenden.

'Hoezo "ja"?' vraag ik.

'Zoiets vermoedde ik al.' Luke kijkt me aan alsof hij recht in mijn ziel kan kijken en ineens voel ik me naakt. Om de spanning te breken reik ik naar de pizza aan mijn voeten en begin te eten. Luke volgt mijn voorbeeld en met zijn tweeën hebben we het hele ding snel op.

Vol en tevreden kijken we zwijgend naar onze film. Halverwege trek ik de deken over mijn benen. Iemand sms't Luke, maar hij stuurt geen antwoord. Hij zet de beltoon af en mikt zijn telefoon op de voorbank. Hij legt zijn arm om mijn schouders en we kruipen tegen elkaar aan alsof we elkaar al eeuwen kennen.

Na de film kruipt Luke naar voren om de auto even af te zetten, zo legt hij uit, om de accu te ontzien.

'Anders komen we hier straks niet meer weg,' zegt hij.

'Dat zou ik niet eens erg vinden,' antwoord ik.

'Ik ook niet,' zegt hij ernstig. 'Maar je moeder waarschijnlijk wel.'

Ik verwacht dat hij weer naast me komt zitten, maar in plaats daarvan doet hij het dakraam open en vraagt of ik hem de kussens wil geven. Hij legt ze naast elkaar tegen de ruggen van de voorstoelen en gaat liggen met zijn hoofd op een ervan.

'Kom je?' vraagt hij, en het is ook echt een vraag, geen bevel. Het wordt snel koud in het busje, dus ik sleep de deken mee naar voren en ga naast Luke liggen. We trekken de deken over ons heen en stoppen die stevig in om onze lichamen, om de warmte binnen te houden.

Luke en ik staren door het grote dakraam omhoog naar een winterhemel die vol hangt met sterren. Mijn tanden beginnen te klapperen en mijn lichaam begint te bibberen, maar niet van de kou. Luke komt dichter tegen me aan liggen en pakt mijn hand onder de deken.

'Fijn is dit,' zegt hij zachtjes, na een korte stilte.

'Ja,' zeg ik bijna onhoorbaar.

'Net alsof we elkaar al heel lang kennen, hè?' vraagt hij.

'Uh-huh,' mompel ik en ik kruip nog wat dichter tegen Lukes warme schouder aan.

'Wil je mijn theorie horen?' vraagt Luke. Hij draait zich voorzichtig op zijn zij met zijn gezicht naar mij toe. Zijn ogen staan komisch-geheimzinnig, alsof hij een groot geheim te onthullen heeft.

'Graag,' zeg ik. Ik lig nog steeds op mijn rug, maar in plaats van naar de sterren kijk ik nu naar hem.

'Reïncarnatie.'

'Reïncarnatie?'

'Ja. Je weet toch wel wat dat is?'

'Tuurlijk, ik ben niet achterlijk. Ik vraag me alleen af wat het met ons te maken heeft.'

'Nou, mijn theorie is dat we ooit, in een vorig leven, getrouwd zijn geweest. Misschien was ik wel een grote koning en jij mijn koningin en zijn we vermoord tijdens een volksopstand.'

'Waarmee hadden we het volk dan zo kwaad gemaakt dat het ons wilde vermoorden?' vraag ik plagerig.

Luke moet lachen en gaat verder. 'Oké, vergeet dat laatste maar. Misschien waren we ook wel gewone mensen die zomaar ergens woonden. Elders. In een andere tijd.'

'Eldertijds.'

'Dat woord bestaat niet eens,' zegt hij, even van zijn à propos.

'Weet ik. Ik verzin het net. Ga verder.'

'Oké, we waren dus getrouwd, eldertijds. En we stierven aan iets waaraan mensen nou eenmaal sterven, zoals natuurlijke oorzaken. Maar we hielden van elkaar, dus onze zielen blijven elkaar vinden in alle vormen die onze lichamen aannemen.'

'Ben je een hindoe of zo?' vraag ik, compleet negerend dat mijn maag in de knoop springt van zijn schitterende theorie.

'Nee, we waren vroeger katholiek. Maar op mijn vorige school hadden we wel godsdienstlessen die over verschillende religies gingen. En ik vind reïncarnatie wel een goed concept.'

'Moet je als katholiek niet geloven in hemel en hel en zo?'

'Ik zei dat ik vróéger katholiek was,' antwoordt hij.

'Geen hemel dus?' blijf ik doorvragen.

'Wie weet? Dat kun je pas zeggen als je zover bent. Ik denk dat de hemel en reïncarnatie allebei manieren zijn om ons een beter gevoel te geven over het lot van de ziel na de dood. Ik hoop dat minstens een van beide klopt. Alleen maar opgevreten worden door de wormen vind ik niet zo'n fijne gedachte.'

'Nee, ik ook niet. Ik denk liever helemaal niet aan de dood,' antwoord ik naar waarheid.

We blijven allebei een paar minuten zwijgen, dan verbreekt Luke de stilte. 'Volgens mij hoor je dat doodsgesprek pas op de derde date te voeren.' We grinniken wat halfslachtig en Luke rolt zich weer op zijn rug.

Om de stemming wat te verlichten vraag ik: 'Hoe heetten we?'

' "Hoe heten we"?' vraag Luke een tikje verward.

'Nee, "hoe heetten we". Eldertijds. Toen we zielsveel van elkaar hielden en getrouwd waren en zo.'

'Het klinkt zo afgezaagd als je het zo zegt.' Luke wendt zijn blik even af en ik heb het idee dat hij bloost, maar ik kan het niet met zekerheid zeggen.

'Nee,' zeg ik snel. 'Ik vind het leuk klinken. Je hoeft je niet te generen.'

Hij kijkt weer in mijn ogen en een paar ogenblikken lang kijken we elkaar roerloos aan. En dan, voor ik kan schrikken, buigt Luke zich naar me toe en kust hij me. Eerst nauwelijks voelbaar, dan iets resoluter. Het is een zachte en tegelijk opzwepende kus. Hij is zo volmaakt dat ik, voordat hij voorbij is, al zielsbedroefd ben omdat ik hem zal vergeten.

Als onze lippen uit elkaar gaan blijven Lukes ogen op de mijne gericht. Het moment is nog intenser dan zelfs hij kan vermoeden; ik wend mijn blik af.

'Alles goed?' vraagt hij. 'Was dat oké?'

Ik kijk hem snel weer aan. 'Ja!' zeg ik iets te hard. 'Meer dan oké. Het was geweldig.' Ik ben blij dat ik in het donker lig, want ik voel mijn gezicht rood worden.

'Mooi,' zegt Luke. 'Want dat wilde ik al een tijdje doen.'

'Ik ben blij dat je het gedaan hebt,' antwoord ik grijnzend. Misschien komt het door het benoemen van de situatie, maar ik voel me ineens een beetje schaapachtig. En Luke misschien ook wel. Hij gaat weer op zijn rug liggen, maar laat genoeg ruimte voor me over om dicht tegen hem aan te kruipen.

Er hangt weer een ongemakkelijke stilte.

Totdat ik er een steen doorheen smijt.

'Dus eldertijds... Ik denk dat ik Heloïse heette. Of Elizabeth. Nee, ik weet het al. Het was Caroline.'

Luke is een seconde stil en doet dan ook een duit in het zakje.

'Dat is een goeie,' zegt hij ernstig. 'En ik heette Benjamin.'

'Of William,' zeg ik snel.

'O ja, da's ook een goeie. Ik heette William. En ik was steenhouwer.'

'Uiteraard. En ik was huisvrouw en voedde onze drie kinderen op: Eliza, Mathilda en....'

'Rex, vernoemd naar onze huisdinosauriër.'

'Réx?' gier ik. Al mijn blije zenuwen komen in één klap naar buiten gieren. Ik barst in lachen uit en ik kan niet meer ophouden. Ik heb het niet meer. Luke lacht even mee, maar weet zijn lachen dan te bedwingen en blijft me verbluft aanstaren terwijl ik dubbelklap van het lachen en bijna ga hyperventileren. Tegen de tijd dat ik weer een beetje bijkom stromen de tranen over mijn wangen en doen mijn buikspieren pijn.

'Vond je het zo grappig?'

Er komen nog wat laatste giechels uit terwijl ik weer recht ga liggen en de deken weer over mijn benen trek. 'Best wel,' zeg ik. 'Of misschien is er gewoon niet zo veel voor nodig om me aan het lachen te krijgen.'

'Wel zo makkelijk,' zegt hij plagerig.

Ik buig me naar hem toe en geef hem een speelse stomp met mijn linkerhand, die hij pakt en blijft vasthouden.

'Je komt wel verrassend uit de hoek,' zeg ik, omhoogkijkend naar de lucht.

'Hoezo?' vraagt hij.

'De meeste jongens verzinnen niet zulke verhalen,' zeg ik zachtjes, denkend aan de jongens en mannen die ik in mijn leven zal tegenkomen. 'Vooral jongens die er zo uitzien als jij niet.'

'En de meeste meisjes die er zo uitzien als jij zijn minstens cheerleaders,' zegt Luke op dezelfde geluidssterkte als ik. 'Maar jij lijkt alle aandacht juist te schuwen. Je hebt één goeie vriendin en je gaat je eigen weg. Dat vind ik mooi.' Hij kust mijn knokkels en er schiet een vonkje door me heen.

'Waar woonden we eigenlijk?' vraag ik zachtjes. Ik trek voorzichtig mijn hand weg, zodat ik iets comfortabeler kan liggen, plat op mijn rug. Ik schuif nog dichter naar hem toe, voor zover dat mogelijk is. 'Even denken... Ik geloof dat we in... Ierland woonden,' beantwoord ik mijn eigen vraag.

'O, tuurlijk,' zegt Luke, die het blijkbaar prima vindt om het weer over verzonnen dingen te hebben. 'En we verbouwden aardappels.'

'We hadden het er flink druk mee,' mompel ik, ineens doodmoe. De emotie, het lachen, de warmte, ineens drukt het allemaal zwaar op me.

'Ja, zeker weten. Hartstikke druk.'

'Ik had rood haar,' ga ik verder en ik voel me zo op mijn gemak alsof ik in mijn eigen bed lig. Waar Luke natuurlijk niet naast me zou liggen, dus ik ben blij dat ik hier ben.

'Je hebt nu ook rood haar,' zegt hij.

'Weet ik. Ik denk dat ik altijd rood haar zal hebben.'

'Ik hoop het wel. Het is een van de leukste dingen aan je.' Lukes woorden vloeien een beetje samen en ik raak gehypnotiseerd door de gelijkmatige toon van zijn stem en het gigantische diepzwart van het heelal boven me.

'Dank je,' zeg ik nauwelijks hoorbaar.

Lukes ademhaling gaat heel rustig en de mijne past zich aan. Ik ben zo dankbaar voor deze dag, de jongen naast me en de deken die ons warm houdt.

Een verre vraagt vormt zich in de peilloze diepte van mijn gedachten.

Hoe laat is het?

De vraag is vluchtig, luchtig, en wordt opzijgedrongen door een sterkere, heerlijke gedachte: volgens mij ben ik verliefd aan het worden.

Ik weet het wel zeker.

Ik ben verliefd op Luke.

Ik doe mijn ogen dicht voor de overweldigende veelheid van dit alles, een paar tellen maar.

Heel eventjes.

Een tijdje.

En nu ben ik in Ierland.

Of tenminste in het Ierland dat ik ken uit films. Ik sta in een immens groen weiland met een laag stenen muurtje eromheen, zover het oog reikt. Ik weet dat dit ons land is, van Luke en mij. Het kleine stenen huisje achter ons, met die schoorsteen waar rook uit kringelt, is ook van ons. Luke staat naast me in een dikke, crème-witte wollen trui en een geruite sjaal en hij rookt een pijp.

Sinds wanneer rookt Luke een pijp?

En wat doen we in hemelsnaam in Ierland?

En wáárom komt er in hemelsnaam een *Tyrannosaurus rex* op ons af met zijn hongerige muil vol scherpe tanden wijd open?

O nee.

O néé!

Nee, nee, nee, nee, nee!!!

Dit kan niet waar zijn.

Ergens diep in mijn onderbewuste besef ik dat ik slaap. Ik weet dat de rokende Ierse Luke in die trui niet de echte Luke is, de Luke die ik me nu al niet meer kan herinneren. De gedachte aan hem is nog maar net achter de horizon verdwenen, maar toch is ze weg. Als iets wat je wilde zeggen, maar toen vergat en nu kun je er niet meer op komen.

Ik voel in de zakken van mijn droomschort en zoek paniekerig naar de aantekeningen die ik niet voor mezelf heb gemaakt. Ze zijn er in mijn droom niet en ze zullen er ook niet zijn als ik wakker word.

Er zijn geen aantekeningen.

Er is straks geen herinnering.

De echte Luke is weg.

'Waar ben ik?' gil ik doodsbang.

Ik kom overeind en trek de deken tot onder mijn kin. Van wie is die deken?

Ik kijk om me heen.

Ik zit in een busje.

Ik zit in een busje met een vreemde vent.

Ik verrek mijn nek bijna om uit het raampje te kijken en zie dat ik midden in de rimboe zit. In een busje! Verkrachters rijden in busjes! Ik vraag me af of ik misbruikt ben en concentreer me op mijn intieme delen, op zoek naar tekenen van geweld. De delen in kwestie lijken nog helemaal intiem, maar zeker weten doe ik niets.

Hysterie kruipt omhoog door mijn aderen en ik begin weer te gillen, nog luider nu: 'Waar ben ik???'

De vreemde vent schrikt wakker.

'Huh?' zegt hij krakerig. Hij staart me aan alsof ik gek ben. Hij knippert een paar keer met zijn ogen en schudt zijn hoofd, alsof hij boze dromen van zich afschudt.

'Wat gebeurt er...' Hij komt overeind en kijkt uit het raampje.

'Nee!' schreeuwt hij. 'O, nee! Dit is helemaal fout. Het is al licht!'

Zeg dat wel, denk ik, maar ik zeg niets. Ik wil geen slapende honden wakker maken.

'Hoe laat is het?' vraagt hij mompelend. Hij probeert zich naarstig te bevrijden uit zijn helft van de deken die ik vastklem, dus ik laat los. Hij bevrijdt zich en drukt op het knopje van de schuifdeur naast hem. Hij springt uit de auto, slaat de deur dicht en duikt in de bestuurdersstoel. Een seconde later begint de motor te brullen. 'We moeten gaan,' zegt hij. Hij stelt de achteruitkijkspiegel bij. 'Blijf jij achterin zitten?'

Ik bedenk dat het misschien makkelijker is om via de passagiersstoel uit de auto te springen, mocht dat nodig zijn, dus ik klim naar de voorbank. Ik klem mijn hand stevig om de deurhendel, terwijl de mysterieuze jongen achteruit bij een prikkeldraadhek vandaan rijdt en een grintweggetje in slaat.

'London, is alles goed?' vraagt hij zodra we een klinkerweg met huizen hebben bereikt. Hij weet in elk geval hoe ik heet. En hij is zo te zien van mijn leeftijd. Het zou kunnen dat ik me vrijwillig in deze situatie heb begeven en toen vergeten ben het voor mezelf op te schrijven.

'London?' vraagt hij, me aankijkend met ogen die ik hoogstens bij een filmster zou verwachten. Zijn stem klinkt bijna angstig. Dat kalmeert me een beetje, wat goed uitkomt, want ik geloof dat ik een totale paniekaanval voel aankomen.

'Ik ben oké,' antwoord ik. Dan wend ik mijn blik weer af en kijk door de voorruit.

'Het spijt me zo ontzettend,' zegt hij. Als ik geen antwoord geef, zegt hij: 'Je moeder is zeker behoorlijk streng, hè? Ik hoop maar dat je hier niet al te veel last mee krijgt.'

We rijden zwijgend verder en op de grote weg nemen we de afslag naar mijn wijk. Mijn schouders ontspannen zich een beetje nu ik merk dat deze wildvreemde persoon me in elk geval naar huis brengt. De doodsangst is een beetje geluwd. Waarschijnlijk ken ik hem gewoon. Ik moet gewoon naar huis om aan mijn moeder te vragen wie hij is of hem op te zoeken in een van mijn schrijfblokken.

En dan komt er een nieuwe vlaag van angst opzetten bij de gedachte dat wildkamperen in busjes met vreemde jongens niet iets is wat mijn moeder ooit zou toestaan. Evenmin als thuiskomen om... hoe laat is het?... 7.14 uur. Als de jongen de hoek omslaat en mijn straat in rijdt, zie ik het huis bijna zieden van moederlijke woede.

We zijn de oprit nog niet op of de voordeur vliegt al open en mijn moeder komt op me af rennen. De auto staat nog niet eens stil en ze begint al aan de deur te trekken.

'O help,' fluistert de jongen, die de bus haastig in de parkeerstand zet, zodat de automatische sloten opengaan.

'Het spijt me zo, London,' zegt hij nog een keer en dit keer krijg ik medelijden met hem.

'Naar binnen, jullie! Allebei!' blaft mijn moeder tegen mij en de vreemdeling. Hij zet aarzelend de motor af en klikt zijn veiligheidsriem open. Ik imiteer zijn handelingen en loop achter hem en mijn moeder aan naar binnen. Mijn moeder stormt de hal door, naar de woonkamer, en blijft midden in de kamer abrupt staan.

'Zit!' commandeert ze, als ze ziet dat we op de drempel blijven hangen. Ik ga in het uiterste hoekje van de chocoladebruine leren bank zitten en de jongen in het midden. Hij laat een respectabel stuk ruimte tussen ons in zitten, maar hij is niet zo laf om helemaal aan de andere kant te gaan zitten. Hij heeft in elk geval wel lef.

'Laat ik één ding meteen maar duidelijk maken,' begint mijn moeder met een zelfbeheersing die haar duidelijk moeite kost. 'Jullie hebben allebei huisarrest.' Ik vraag me al af hoe mijn moeder aan het gezag komt om het wandelende raadsel naast me huisarrest op te leggen, maar ze gaat verder. 'Ik heb de hele nacht zitten bellen met je vader en moeder, Luke.'

Luke? Leuke naam.

Mijn moeder is nog niet klaar. 'Heel jammer dat ik onder zulke omstandigheden kennis moest maken met nieuwe inwoners van onze stad. Maar het zit er dik in dat je vader zelfs nog kwader is dan ik. Hij heeft de hele nacht naar jullie gezocht en ik kan je verzekeren dat hij niet blij is.'

Luke kreunt naast me op de bank en laat zijn hoofd hangen.

De uitbrander is nog niet afgelopen. 'Ik zal ze bellen als je vertrekt, zodat ze weten dat je nog leeft. Maar kan een van jullie me eerst alsjeblieft vertellen waar jullie in hemelsnaam de hele nacht hebben uitgehangen? Ik heb een miljoen keer geprobeerd te bellen en te sms'en.'

Ik haal mijn telefoon tevoorschijn en tref vijf sms'jes en acht gemiste oproepen aan. 'Ik had hem uitgezet,' mompel ik, naar de grond kijkend. Ik doe de telefoon weer in mijn zak. Mijn moeder slaat haar armen over elkaar en het wordt akelig stil. Ik kijk naar Luke. Hij trekt verwachtingsvol zijn wenkbrauwen op, alsof hij denkt dat ik de situatie wel even aan mijn moeder zal uitleggen. Alsof ik de situatie aan mijn moeder kán uitleggen. Hij heeft geen idee.

Ik zeg niks.

'Dat meen je niet,' fluistert hij wrang tegen me. Dan wendt hij zich tot mijn moeder.

'We waren net voorbij Old Fox Road, even ten noorden van de stad,' zegt hij. 'Ik had een heel uitje gepland met pizza en een film. Ik heb een dvd-speler in mijn auto en we hebben pizza gegeten en naar de sterren gekeken. Niks bijzonders... maar toen zijn we geloof ik in slaap gevallen. Het spijt me echt ontzettend, mevrouw Lane.'

'Wat?' sist hij me toe als hij een blik opzij werpt en mijn open mond en mijn grote ogen ziet.

Ik kan niet geloven dat ik dit allemaal gemist heb. Misschien wel de beste date van mijn leven.

Ik kijk mijn moeder aan, nog steeds met halfopen mond, en het ijs breekt. Ik zie het besef in haar ogen opdoemen. Ze begrijpt dat ik me de hele avond niet kan herinneren. Maar om de schijn op te houden voor Luke vraagt ze: 'Is dat waar, London?' Haar blik zegt dat ik het maar gewoon moet beamen.

'Ja,' fluister ik, wanhopig wensend dat ik alleen kon zijn met Luke, om hem elke minuut van de avond te laten navertellen. Maar te oordelen naar de zure en licht verwilderde blik in zijn ogen betwijfel ik of hij nu zin zou hebben in een nabeschouwing. Ik kan me niet voorstellen dat ik hem iets verteld heb over mijn defecte geheugensysteem. Ik kan het me niet voorstellen, maar zeker weten doe ik niets.

Mijn moeder doet haar mond weer open. 'Oké. Omdat ik vertrouw op mijn dochter en omdat jij afkomstig lijkt te zijn uit een keurig net gezin, Luke, zal ik maar geloven dat het echt een vergissing was en daarmee uit. Ik ben er niet blij mee dat jullie helemaal alleen zo ver buiten de stad zaten, maar ik kan niet zeggen dat ik de grenzen van de stad zelf nooit heb verkend.'

Mijn moeder glimlacht en Luke kijkt nu alleen nog maar verbaasd. Hij begrijpt niet waarom die mevrouw ineens zo begrijpend doet. Ze zet haar strenge gezicht weer op en zegt, iets barser nu: 'Maar jullie hebben nog steeds huisarrest. Luke, ga maar gauw naar huis, je ouders maken zich ongerust.'

Met die woorden verlaat ze de kamer en gaat naar de keuken. Ik weet dat dit haar manier is om me afscheid van Luke te laten nemen zonder waakzame blikken van haar kant.

Ik loop met hem mee naar de deur. Voor hij gaat, draait hij zich om en kijkt me kritisch aan.

'Wat was dat nou?' vraagt hij.

'Het spijt me echt,' zeg ik, want dat is ook echt zo. 'Ik was gewoon verlamd. Ik heb nog nooit zoiets gedaan.' Dat zeg ik omdat ik geloof dat het echt zo is.

'En ik wel zeker? Ik ben geen ontaarde gek of zo. Mijn ouders maken me af.'

'Het spijt me echt heel erg,' zeg ik nog een keer en ik doe een stap naar hem toe. Hij pakt mijn hand, glimlacht naar me door zijn dikke wimpers en mijn hart begint te stamelen.

'Was het het waard?' vraagt hij op ernstige toon.

'Ja,' zeg ik. Ik kijk naar hem op. Zoals ik hier nu sta en de hand van deze schitterende jongen vasthoud, al is het maar een paar ogenblikken, is al dubbel en dwars alle moeite waard. 'Vind jij dat ook?' vraag ik.

'Absoluut,' zegt hij en hij veegt een haarlok uit mijn gezicht. Hij buigt zich voorover en laat zijn lippen zachtjes over de mijne glijden. Dan fluistert hij in mijn oor: 'Tot gauw, cheerleader.'

Het is 2.39 uur in de nacht.

Mijn hart gaat tekeer als een gek. Ik zweet en klok grote slokken water weg en voel me hulpeloos.

Ik doe de lamp aan, grijp mijn pen en schrijf een kort PS'je onder een lange, erg lange aantekening over jongens en duisternis en overspelige figuren en leugenaars: *Het is mijn vader niet.*

Dan krijg ik het god-weet-hoe voor elkaar om weer in slaap te vallen.

Maandag

Kleding:
- verbleekte Levi's
- Rood sweatshirt

School:
- Boek voor Engels mee
- Voor school nog even Spaans doornemen voor so
- Boek met examenoefeningen kopen

Belangrijke dingen:
Jamie. Wil nog steeds niet met me praten. Probeer te vragen of ze wil helpen mijn vader te vinden (even teruglezen en in de grote envelop in de bureaula kijken). Probeer ook iets te verzinnen om iets te doen aan die foute relatie van haar.

Mam. Zie de grote envelop die ik al noemde.

Luke. SUPERCOOL VRIENDJE! Hij komt voor school langs met koffie en iets te eten. Sla het ontbijt dus maar over. We hebben al bijna drieënhalve maand iets. Kust superlekker. Blader door aantekeningen en zie foto's door de hele kamer. Zie aantekening van zaterdag over feestje bij zijn vriend Adam. Vandaag zijn we naar de film Elephant Bride geweest en die sloeg nergens op, maar het was toch een leuke dag. Ik heb hem voor de film nog verslagen bij een vechtgame. Ik was 'Red Warrior'. De hele film door elkaars hand vastgehouden en popcorn gedeeld. Hij noemde mij een popcornmonster. Daarna naar zijn huis en daar heeft hij nog een tijdje gitaar voor me gespeeld, tot mam belde dat ik thuis moest komen voor het eten. We hebben gezoend voor ik uit de auto stapte. O ja, hij rijdt in een MPV, maar neem hem dat verder maar niet kwalijk.

20

Wat ik dénk op dit moment is: wow! Wat ik zég is, wonderbaarlijk genoeg, een eenvoudig en zwoel 'Hé.'

'Hé terug,' zegt hij, beeldschoon en van achteren verlicht in ons portiek, met een bekertje koffie met deksel in zijn hand. Ik zie zijn adem uit zijn mond ontsnappen in de vrieslucht.

Het hele moment heeft iets overweldigends. Zijn onwrikbare blik, zijn soepele glimlach en zijn duidelijke ongedwongenheid, in combinatie met de opkomende februarizon, geven me een gevoel alsof mijn benen het elk moment kunnen begeven.

'Klaar voor vertrek?' vraagt hij rustig.

'Yep,' zeg ik met een kalmte in mijn stem waartoe ik mezelf eigenlijk niet in staat zou achten. Ik loop met hem mee naar de MPV op de oprit.

Ik dacht dat ik er wel op voorbereid was.

Vanochtend heb ik maanden aan aantekeningen doorgelezen. Ik heb tientallen foto's bekeken.

Maar Luke in het echt is een compleet ander verhaal.

Luke in het echt is iets waar een huis vol aantekeningen me nog niet op zou kunnen voorbereiden. Mijn hele echte vriendje is ongelooflijk.

Ik doe zo veel mogelijk alsof ik heel goed weet dat ik dit vaker heb gedaan. Ik neem soepeltjes mijn plaats op de passagiersstoel in en maak mijn veiligheidsriem vast. Zodra ik zit wijst Luke me op een beker koffie die al staat te wachten in de bekerhouder aan mijn kant.

'Er liggen muffins in het opbergvak,' zegt hij terloops, terwijl hij achteruit de oprit af rijdt. Ik doe het compartiment tussen ons in open en vind daar een ontbijtje van de bakker die mijn favoriet zal blijven tot hij over een paar jaar verdwijnt.

Ik weet uit mijn aantekeningen dat dit ons ritueel is geworden: ik rij elke dag met Luke mee naar school, waarbij hij me vaak verrast met iets lekkers. Maar dankzij mijn gebrek aan een fatsoenlijk geheugen voelt het vandaag aan als een eerste keer en ik vind het heerlijk.

'Heeft Jamie je gisteren nog teruggebeld?' vraagt Luke onder het rijden. In mijn aantekeningen stond niet dat ik haar gebeld had, maar als ze teruggebeld had, had ik dat zeker vermeld.

'Nee,' zeg ik, wat hoogstwaarschijnlijk de waarheid is.

'Pech.'

Veel te snel rijden we de parkeerplaats van de school al op. We zijn een van de eersten, maar toch kiest Luke een parkeerplek vlak bij de uitgang.

'Dan ben je ook zo weer weg,' zegt hij, als ik hem vragend aankijk. Hij zet de auto in de parkeerstand, maar laat de motor – en de verwarming – aan. Ik vraag me af of Luke altijd zo achteraf parkeert en neem me voor om dat vanavond op te schrijven, zodat ik het me niet nog een keer afvraag.

'Heb je het koud?' vraagt hij.

'Nee, hoor. Ik heb het eerder warm, in deze jas.'

Hij zet de blazer zachter.

'Je haar zit leuk zo,' zegt hij met het gemak dat je misschien kan verwachten van iemand met wie je al een tijdje iets hebt. Hij neemt een langzame slok van zijn koffie en ik wens ineens dat mijn bijna lege beker zichzelf op magische wijze zou kunnen hervullen.

Ik pak een zachte, gladde haarlok vast. Ik heb het gisteravond zeker door de straightener gehaald. Ik heb het vanochtend in elk geval niet gewassen.

'Dank je,' zeg ik en ik kijk diep in zijn blauwe ogen.

'Nog nieuws, trouwens?' vraagt hij.

Ik heb geen idee, dus praat ik nog maar even door over mijn beste vriendin. 'Ik maak me zorgen om Jamie,' begin ik enigmatisch, in de hoop dat Luke laat merken of ik dit onderwerp al eens met hem heb besproken. Volgens mijn aantekeningen niet, maar aantekeningen zijn ook niet alles.

'Hoezo?' vraagt Luke onschuldig. Hij neemt nog een slok. De parkeerplaats begint langzaam vol te lopen, maar wij bevinden ons in ons eigen wereldje.

'Kan ik je iets vertellen in het diepste vertrouwen?' vraag ik.

'Natuurlijk. Je weet toch dat je me kunt vertrouwen, London.'

Dat weet ik inderdaad, denk ik bij mezelf.

'Oké,' zeg ik. 'Niemand mag het dus weten.'

'Tuurlijk,' zegt hij, alsof dat vanzelf spreekt.

Ik blijf even in Lukes verwachtingsvolle ogen zitten kijken en probeer te bedenken hoe ik wat ik nu ga zeggen een beetje kan verzachten. Maar uiteindelijk gooi ik het er maar gewoon uit. 'Jamie heeft iets met een leraar. Een getróuwde leraar.'

Luke geeft geen kik, maar zijn mond valt een beetje open. Dan herstelt hij zich. 'Wow,' zegt hij. Het is wel duidelijk dat hij dit nieuws even moet verwerken.

'Ik heb mijn best gedaan om het haar uit haar hoofd te praten, maar ze is te koppig om te luisteren,' zeg ik.

'Hoe lang is dat al gaande?' vraagt hij.

'Sinds wij elkaar kennen ongeveer.'

Ik zie een vleugje gekwetstheid in zijn blik, misschien omdat ik het hem niet eerder heb verteld. Ik ben zelf ook verbaasd dat ik dat niet gedaan heb, al is het natuurlijk niet mijn geheim, maar dat van Jamie. En nu ik het toch met iemand deel, voel ik me ondanks mezelf een beetje schuldig.

'Welke leraar?' vraagt Luke, en ineens word ik afwerend.

'Dat maakt toch niet uit,' zeg ik snauwerig.

'Ho, rustig maar,' snauwt hij terug, waardoor ik me ga afvragen of we nu onze eerste ruzie gaan krijgen. 'Ik vraag het alleen maar.' Zijn blik is nu gericht op de rij auto's die de parkeerplaats op rijdt.

'Sorry, het is gewoon een gevoelig onderwerp. Hoe stom ze soms ook doet, Jamie is nog steeds mijn beste vriendin. Maar het was niet mijn bedoeling om zo tegen je te blaffen.' Luke kijkt weer in mijn ogen en glimlacht. Ik zie dat alles nog goed tussen ons is, maar voor de zekerheid zeg ik: 'Het is Rice.'

'Van ICT?' vraagt Luke. Ik knik.

'Dat zie ik ergens nog wel voor me ook,' zegt Luke. 'Hij is jong en zo. Goddank is het niet Ellis.'

'Ieuw, kots!' gil ik en we grinniken een beetje om iets wat eigenlijk helemaal niet grappig is, maar toch de sfeer een beetje verlicht.

In het parkeervak aan Lukes kant parkeert een auto waar twee meisjes uit stappen, die jaloers naar hem kijken en mij dan duistere blikken toewerpen. Als ik ze in de richting van de school zie lopen, herinner ik me ineens dat een van hen aan het eind van het volgende schooljaar zwanger zal raken. Ik krijg ineens de neiging om haar na te roepen: 'Vrij veilig!'

Maar ik doe het niet. Ik vervolg ons gesprek.

'Ik weet echt niet wat ik moet doen. Ik wil zo graag iets verzinnen wat een eind aan hun relatie maakt zonder dat Jamie weet dat ik er iets mee te maken heb.'

'Wat, zoals haar verraden?'

'Eigenlijk wel, ja.'

'En als ze daar dan problemen mee krijgt?' vraagt hij zachtjes.

Hij leegt zijn koffiebekertje en ik bewonder zijn profiel.

'Dat wil ik natuurlijk niet. Maar ik wil wel dat het ophoudt en Jamie wil niet luisteren. Ze praat niet eens meer tegen me, omdat ik zei dat ik me zorgen maakte.'

'Dat is een lastige,' zegt Luke ernstig.

'Ik weet het. Maar ik verzin wel wat. Er moet een manier zijn,' zeg ik meer tegen mezelf dan tegen hem.

'Ik wil wel helpen, voor zover dat kan,' antwoordt hij, hoewel hij volgens mij wel weet dat ik eigenlijk in mezelf praatte.

Luke pakt mijn hand en geeft er een kneepje in. De parkeerplaats is nu bijna vol.

'We moeten naar binnen,' zegt hij. Het klinkt teleurgesteld.

'Ja. Ik denk het ook.'

Hij draait het sleuteltje om en de auto valt stil. Ik klik mijn riem los en pak mijn rugzak, die naast mijn voeten op de vloer ligt. Als ik de deur opendoe, voel ik een ijzige windvlaag, die hevig contrasteert met de warme auto. Ik spring eruit, sla de deur dicht en loop rillend om naar de voorkant van de auto, waar Luke staat. Hij geeft geen krimp.

'Heb jij het niet koud?' vraag ik.

'Niet echt,' antwoordt hij schouderophalend. 'Dit is niks vergeleken bij de Charles,' zegt hij, wat ik niet begrijp.

Luke pakt mijn hand en we lopen snel naar de school. Hij heeft eelt op zijn vingers en ik vraag me af of dat door het gitaarspelen komt.

Halverwege de parkeerplaats draait een auto een van de weinige overgebleven parkeervakken in. Het is een blauwe vierdeurs die meer lijkt op een gezinsauto. Dan zie ik ineens dat Brad van wiskunde erin zit. Ik wuif, maar hij werpt me alleen een woedende blik toe.

Ik heb geen idee wat ik Brad heb aangedaan dat hij me zo dodelijk aankijkt, maar eerlijk gezegd kan Brad van wiskunde me geen moer schelen nu ik hand in hand loop met mijn volmaakte vriendje, op een frisse, zonnige februariochtend. Niks kan me eigenlijk een moer schelen, behalve Luke.

'Mag ik echt niet met iemand anders werken?' vraagt Jamie niet bijster discreet aan mevrouw Garcia. Een paar klasgenoten van ons kijken naar mij, benieuwd naar mijn reactie.

'Nee. Zoals ik nu al vijf keer gezegd heb is de partner die je aan het begin van het jaar gekozen hebt je vaste partner voor de rest van het schooljaar. En ik wil er verder niets meer over horen.'

Mevrouw Garcia keert Jamie de rug toe en begint het programma van vandaag op het bord te schrijven. Jamie rolt met haar ogen en sloft terug naar haar tafel. Ze tilt hem op en laat hem met een harde klap weer op de grond komen, tegenover de mijne.

'Het moet maar weer,' mompelt ze, en ze laat zich in haar stoel ploffen.

'Hé, J.,' zeg ik zachtjes.

'Ik wil niet dat je tegen me praat,' snauwt ze.

'Ik moet wel. We moeten een opdracht maken.'

'Praat dan Spaans,' commandeert ze.

'*Hola*, Jamie,' zeg ik voor de grap.

Ze lacht niet, maar kiest er weer voor om met haar ogen te rollen.

Ik besluit het op een andere manier te proberen, met dank aan mijn aantekeningen van vanochtend. 'Ik heb je hulp nodig,' zeg ik zacht.

'Vraag die dierbare Luke van je om hulp,' zegt Jamie hardop, zonder op te kijken van onze vertaalopdracht.

'Ik wil mijn vader opsporen.'

Jamie maakt een onwillekeurige beweging. Haar gezicht wordt zachter. Maar haar reactie klinkt verbitterd. 'Google hem dan.'

'Heb ik geprobeerd,' zeg ik, zonder te weten of ik dat ook echt heb gedaan.

'Je bent zo doorzichtig,' zegt Jamie. Ze kijkt me nog steeds niet aan. Ik weet niet goed wat ze bedoelt en hou mijn mond. Ze zucht. Dan kijkt ze fel op. 'Je probeert het zo luchtig te brengen, maar eigenlijk wil je gewoon dat ik in mijn moeders papieren ga gluren, hè?' vraagt ze chagrijnig. En toch sluipt er iets zachts in haar toon. Ik weet dat ik haar heb. Ik weet niet precies waarom, maar Jamie zal altijd besluiten me te helpen. Misschien denkt ze dat ik zonder haar nergens ben. Op veel manieren is dat ook zo. Intussen heb ik geen idee over wat voor papieren ze het heeft.

'Is dat de bedoeling? Dat ik informatie over je vader opzoek in mijn moeders juridische papieren?'

Het woord 'juridisch' doet het hem. Jamies moeder zal nog jaren echtscheidingsadvocate zijn en waarschijnlijk heeft ze de scheiding van mijn ouders ook gedaan. Ik knik en laat Jamie in de waan dat dit de hele tijd al het plan was.

'Je hebt me door,' zeg ik zo schaapachtig mogelijk, hoewel ik me totaal niet zo voel. 'Moet je horen, Jamie. Ik weet dat je boos bent en dat is oké, maar dit is belangrijk. Ik herinner me helemaal niets over mijn vader. Dat weet je. Maar ik wil me wel iets herinneren en ik heb echt je hulp nodig. Wil je me helpen?'

Natuurlijk, ik ben dit gesprek begonnen om Jamie weer aan de praat te krijgen, maar uiteindelijk wil ik mijn vader ook vinden. Dit is aan alle kanten een ideale oplossing.

'Misschien,' zegt Jamie onverschillig. Dan buigt ze zich weer over onze vertaling.

'Dank je,' fluister ik over ons tafeleiland heen.

De rest van de les negeert ze me volkomen.

21

Het is bijna bedtijd en mijn moeder is nog steeds aan het werk, huizen aan de man brengen. Ik ben nog steeds kwaad omdat ze dingen voor me verborgen houdt, maar ik vind het ook lullig voor haar dat ze zo laat nog moet werken.

In pyjama, gezicht al gewassen, tanden al gepoetst, haal ik de envelop uit mijn bureaula. De metalen sluiting is verweerd van het vele openen en sluiten.

Ik weet dat ik de dingen in de envelop drieënhalve maand geleden heb gevonden. Ik weet dat ik niet veel met die informatie gedaan heb.

Ik schud de foto's en kaarten uit op mijn beddensprei en bekijk ze langzaam en aandachtig. Vakantiefoto's, kiekjes in de achtertuin, weekenden. We zien er gelukkig uit.

Als ik naar mijn vaders gezicht kijk, kan ik alleen maar denken aan die ene herinnering die ik van hem heb uit de toekomst. De herinnering die me maar blijft dwarszitten.

Ik weet niet wat ik daar doe, ik ben er gewoon, tussen tientallen begrafenisgasten met verschillende gradaties van verdriet op hun gezichten.

Die kleerkast van een vent probeert zijn tranen te bedwingen, de jongere man met het jarentachtigkapsel laat zijn tranen de vrije loop. Mijn oma lijkt wel te verschrompelen, nat van de regen en zwaar aangeslagen. Naast me mijn snikkende moeder, die er jong uitziet... kwetsbaar. Een vrouw in een laag uitgesneden jurk probeert haar kalmte te bewaren, waarschijnlijk ter wille van het kleine jongetje voor haar. Voetstappen verdringen zich op het modderige pad, als broodkruimeltjes die regelrecht naar het verdriet leiden. Zelfs het stenen beeld links van me huilt om de onbekende eregast.

Ik pak mijn schrijfblok en lees terug dat ik eerst dacht dat het mijn vaders begrafenis was. Een belachelijke gedachte, nu ik me herinner dat mijn vader laat arriveert en achteraan blijft staan – ver bij mijn moeder en zijn eigen moeder vandaan – en zijn emoties probeert te bedwingen terwijl de priester die ik niet kan horen zijn verhaal houdt.

Ik herinner me dat ik mezelf dwing om weg te kijken en in de verte de hovenier zie staan, die naar ons kijkt. Die naar mij kijkt.

Hij staat voor een schuurtje dat vermomd is als mausoleum en hij glimlacht. Het is geen brede glimlach, meer zo'n glimlachje dat je opzet als je bemoedigend wilt doen, maar alleen kunt glimlachen.

Ik zou het liefst op hem af rennen en hem een schop verkopen, maar ik doe het niet. Ik blijf hem alleen maar strak aankijken, tot hij zijn sigaret op de grond gooit en het schuurtje in slentert.

De begrafenis is voorbij en mijn vader is weg.

Oma is weg.

Iedereen is weg.

Maar zelfs nu ik me omdraai en achter mijn moeder aan loop, kan ik het graf niet zien. Hoe ik ook mijn best doe, ik kan niet omlaag kijken. Ergens diep vanbinnen sta ik mezelf niet toe me te herinneren wie er in dat gat in de grond ligt.

Mijn gedachten dwalen af naar Luke. Is hij het?

Dat kan niet.

Waarom zou mijn vader na jaren van afwezigheid terugkomen om de begrafenis van mijn vriendje bij te wonen? En mijn oma? Het lijkt me niet erg logisch.

Het is Luke niet.

Maar toch wordt één ding me steeds duidelijker als ik door mijn papieren substituut voor een fatsoenlijk geheugen blader: de duistere herinnering is tegelijk met hem opgedoken.

Uitgeput van de dag en het gewicht van wat komen gaat maak ik een net stapeltje van de foto's en kaarten die voor me liggen en stop alles weer in de envelop. Ik doe de sluiting dicht, leg hem weer in mijn bureaula en leg mijn aantekeningen op mijn nachtkastje.

Als ik onder de dekens lig, herlees ik de brief aan mezelf om te controleren of alles erin staat. Ik voeg een paar details aan de herinnering toe, en daarbij nog een vraag: wat heeft Luke hiermee te maken?

Ik hoor de garagedeur opengaan. Mijn moeder komt thuis. Ik wacht niet op haar om welterusten te zeggen, maar leg mijn aantekeningen op mijn nachtkastje, klik de lamp uit en ga op mijn zij liggen, met mijn gezicht naar de muur.

Twee vragen blijven heen en weer stuiteren door mijn gedachten.

Waarom kan ik me Luke niet herinneren?

Wiens begrafenis is het?

Ik blijf het gepingpong volgen met mijn ogen dicht als mijn moeder heel zachtjes de deur van mijn kamer opendoet en nauwelijks hoorbaar fluistert: 'Slaap lekker, lieve London.'

Haar woorden werken als een slaappil, ik ben op slag helemaal ontspannen.

Even later is de pingpongwedstrijd voorbij.

Het is nul-nul.

Onbeslist.

22

Ik loop in mijn eentje van de kleedkamer naar de gymzaal en betreur het feit dat het donderdag is. Op donderdag heb ik alleen maar rotvakken.

Geen Luke om mijn hart aan op te halen.

Aan de andere kant: ook geen Jamie.

Ik tob nog wat over wat ik met Jamie moet als ik de stang in het midden van de enorme gymzaaldeuren omlaag duw en de helverlichte zaal betreed. Het is lawaaiig, met druk piepende gymschoenen, geschreeuw en gehijg en die plotselinge overkill aan indrukken leidt me zo af dat ik niets aan zie komen.

Voor ik de kans krijg om weg te springen of te duiken of zelfs maar in elkaar te krimpen, worden mijn gedachten weggevaagd door het gewicht van een keiharde rubber bal die tegen mijn rechterwang aan beukt. Hij komt zo hard aan dat ik opzijwankel en mijn evenwicht verlies. Ik struikel over mijn eigen voeten en donder om, zonder zelfs maar de minste illusie van waardigheid.

Er komt een gênant luide 'oef!' uit mijn mond als mijn heup het eerst tegen de vloer slaat, gevolgd door mijn ribben en dan mijn hoofd. Mijn rechteroor piept ervan en mijn wang tintelt en brandt. Ik voel eraan en merk dat de rubber bal een patroontje in mijn huid heeft gestanst.

Ik veeg mijn haar uit mijn gezicht – ik was er nog niet eens aan toe gekomen om dat in een staart te doen – en knipper de tranen in mijn ogen weg. Met mijn ene goede oor en hoogstens voor de helft zicht onderga ik de gevolgen.

Iedereen in de gymzaal lacht me uit. Sommigen doen het besmuikt, maar anderen wijzen doodleuk in mijn richting. Eikels. Ik krabbel weer overeind, maar mijn zintuigen zijn nog steeds van slag en het is veel moeilijker dan het zou moeten zijn. Ik voel me een beetje dronken en ja, ik weet hoe dat voelt. Ik kan het me herinneren.

Als ik eindelijk weer op de been ben en de aandacht van de anderen een beetje verslapt is, kruist mijn blik die van Page Thomas. Ze heeft een valse grijns op haar gezicht en ze kijkt snel weg. Voor ik fatsoenlijk de tijd krijg om daarover na te denken, klinkt er een schril fluitje. De gymjuf neemt het over en ik sluit me morrend aan bij een van de twee teams.

De rest van het uur probeer ik mezelf zo goed mogelijk te verdedigen tijdens een gruwelijk 'spel' dat voor eens en altijd verboden zou moeten worden, niet alleen op school, maar overal.

Het houdt louter pijn en vernedering in.

Het zou koste wat kost vermeden moeten worden.

Het is de reden dat mijn aantekeningen van vanochtend zeiden: *blijf het eerste uur alert.*

Het is de hel op aarde.

Het is trefbal.

Uren later, tijdens een preek van mevrouw Harris over de hippocampus tijden biologie, blijft Ryan Greene maar naar me gluren vanaf de andere kant van het gangpad. Het balvormige patroontje van vanochtend is weg, hoewel mijn gezicht en mijn ego nog steeds pijn doen, maar ik kan niet ophouden met glimlachen. Het doet pijn aan mijn wangen en Ryan blijft me maar aanstaren

– waarschijnlijk omdat de hippocampus nu ook weer niet zo interessant is – maar het kan me niks schelen.

Voor de les heb ik Luke gezien.

'Is er iets grappigs aan de hand, London?' vraagt mevrouw Harris plotseling. Ze is midden in een zin opgehouden met schrijven en haar blauwe whiteboardstift hangt nog in de lucht. Een van haar perfecte rondingen – haar heup – staat opzij en er ligt een ongeduldige, gemanicuurde hand op.

Ze ziet er een beetje uit als een van de cheerleaders eerder vandaag. Dat is verontrustend, want mevrouw Harris is toch een leraar en die horen toch niet te oordelen?

Hoewel ik vrij zeker weet dat de meesten de anatomie van de hersenen net zo saai vinden als ik, kijken de leerlingen in mijn blikveld verstoord op bij deze onderbreking. Of waarschijnlijk balen ze gewoon omdat mevrouw Harris zich heeft omgedraaid.

'London? Wat is er zo grappig?' vraagt ze nog een keer als ik geen antwoord geef. Ze gooit haar geverfde rode haar achterover en ik vraag me ineens af of ze jaloers is dat het mijne echt is.

'Nee, mevrouw Harris,' zeg ik zachtjes. Ik probeer aan iets deprimerends te denken, maar de glimlach blijft zitten waar hij zit.

Mevrouw Harris blijft me strak aankijken, dagenlang voor mijn gevoel. Als ze overtuigd lijkt dat ik ofwel een herrieschopper ben óf stapelgek, draait ze zich zuchtend weer om naar het bord.

De andere leerlingen gaan weer recht in hun banken zitten en ik kan ook weer rustig ademhalen. Ik neem een grote hap verschaalde biologielokaallucht en verslap mijn greep op de metalen tafel.

Nu mijn geluksmoment is verpest luister ik maar naar mevrouw Harris, hoewel het meeste wat ze zegt uitermate snurkwaardig is. Maar dan zegt ze ineens iets wat mijn belangstelling wekt.

'… mogelijk dat we verschillende soorten herinneringen opslaan in verschillende delen van onze hersenen.'

Ik kom geïntrigeerd overeind op mijn stoel. Ik moet horen wat ze nu gaat zeggen.

Ze draait zich om en schrijft 'soorten herinneringen' op het bord. Net als ze deze kop onderstreept, gaat de bel.

De les is voorbij.

Ruim een uur later rijdt mijn moeder met een vastberaden blik in haar ogen niet naar huis, maar de andere kant op.

'Waar gaan we naartoe?'

'Iets eten,' zegt ze.

'Ik heb geen honger,' protesteer ik.

'Jammer dan,' zegt ze. 'Je hoeft ook niet te eten. Maar ik vind dat we even iets samen moeten doen.'

O jee.

Mijn moeder parkeert bij een lunchroom, we lopen naar binnen en zoeken een tafeltje uit, zoals het bord ons aanraadt. Als de serveerster onze frisdrankjes heeft genoteerd – light voor mijn moeder, normaal voor mij - begint mijn moeder een gesprek.

'Was het leuk op school?' vraagt ze.

'Nee,' antwoord ik.

'Waarom niet?'

De serveerster brengt onze drankjes en mijn moeder pelt het papier van onze rietjes, die ze in de glazen zet. Ze neemt een slok terwijl ze mijn antwoord afwacht.

'Ik heb met gym een bal in mijn gezicht gekregen,' antwoord ik.

'Doet het nog pijn?'

'Nee, helemaal niet.'

'Gelukkig,' zegt ze. Nog een slok. 'Verder nog iets?'

'Carley Lynch.'

'Wat heeft ze nu weer gedaan?' vraagt mijn moeder.

'Ze maakte gewoon een rotopmerking over mijn kleren.'

'Maar die vind ik juist zo leuk.'

'Ik ook,' zeg ik.

'Je weet toch dat ze gewoon jaloers is, hè, London?'

'Nee, dat weet ik niet, mam. Dat herínner ik me niet.'

'Was Jamie er ook?' vraagt mijn moeder rustig.

'Nee, natuurlijk niet,' brom ik.

'Nog steeds ruzie?'

'Blijkbaar,' zeg ik, rollend met mijn ogen.

Aan het tafeltje naast ons komt een gezin zitten en ik kijk toe hoe ze neerstrijken, terwijl mijn moeder zachter gaat praten. Waarvoor ik haar dankbaar ben.

'Je hoeft niet zo kattig te doen, liefje. Jamie draait wel bij, dat doet ze altijd. En Carley is gewoon jaloers vanwege een jongen. Christopher nogwat. Ze hadden een tijdje iets en toen gingen ze uit elkaar en toen vroeg jij hem voor een schoolfeest.'

'Heb ik een jongen gevraagd voor een schoolfeest?'

'Het was zo'n omgekeerd ding waarbij de meisjes de jongens moesten vragen. Jamie had je op het idee gebracht. Hoe dan ook, je was verder niet in hem geïnteresseerd, maar Carley is altijd pissig gebleven.'

'Heb ik je dat allemaal verteld?'

'Vroeger praatten we meer,' zegt mijn moeder met een gekwetste blik. Mijn schuld. Ik zeg niets terug.

De serveerster komt weer langs en vraagt wat we willen eten. Mijn moeder bestelt een portie uienringen voor ons samen. Ik ben dol op uienringen. De serveerster schuift op naar het volgende tafeltje en ik kijk hoe de vader bestelt voor zijn gezin. Ik voel mijn eigen jaloezie als ik hem zie praten met zijn dochter en zijn zoon.

'Wanneer is pap vertrokken?' vraag ik mijn moeder plompverloren. Haar ogen worden groot terwijl ze de slok frisdrank die ze net heeft genomen doorslikt.

'Hoe dat zo ineens?' vraagt ze.

Ik haal mijn schouders op.

'Zit dat je de laatste tijd dwars? Wil je meer weten over je vader?'

'Misschien wel,' zeg ik.

Mijn moeder schuift wat heen en weer in haar stoel en schraapt dan haar keel.

'Oké,' zegt ze zachtjes. 'Ik heb je dit al eerder verteld en ik zal het nog wel vaker vertellen. Je vader en ik pasten gewoon niet bij elkaar. We hadden te vaak ruzie en hij vertrok toen je zes was. Meer valt er eigenlijk niet te vertellen.'

Ik denk terug aan mijn aantekeningen.

'Mijn geheugen is raar gaan doen toen ik zes was. Denk je dat ik een trauma heb opgelopen toen pap wegging?'

'Die gedachte is bij mij ook wel eens opgekomen,' geeft mijn moeder toe met een ongelooflijk ongemakkelijke blik.

'Dus, wat, jullie hielden ineens niet meer van elkaar?' vraag ik.

Mijn moeder kijkt me niet aan en antwoordt: 'Ja.'

'En we hebben nooit meer iets van hem gehoord?'

'Nee,' zegt ze.

De brieven die ik thuis heb bewijzen dat ze liegt, maar ik verberg mijn woede. Ik zet door. 'Hij heeft nooit geprobeerd contact met me te krijgen of zoiets?'

Ik zou zweren dat ik een vlaag van schuldgevoel langs zie komen in mijn moeders ogen als ze antwoordt: 'Nee, liefje. Het spijt me, maar dat heeft hij nooit gedaan.'

Ik geloof je niet, denk ik.

En dan worden onze uienringen gebracht.

Als ik thuiskom, probeer ik Jamie te bellen. Na drie keer overgaan neemt ze op.

'Je moet me niet zo stalken,' zegt ze geïrriteerd.

'Ook "hallo",' zeg ik.

'Echt, hoor. Ik heb je boodschap gehoord. Ik heb al je boodschappen gehoord. Als ik je weer wil spreken, dan bel ik wel.'

'Maar, Jamie, denk je niet dat we er gewoon over moeten praten?'

'Weet je überhaupt wel wáárover, London?'

'Ja,' zeg ik zachtjes. Ik heb mijn aantekeningen op schoot liggen.

'Maar niet echt,' snauwt Jamie. 'Jíj kan 's avonds lekker gaan slapen en alles vergeten. Die luxe heb ik niet.'

'Het is geen luxe,' werp ik tegen.

'Wat dan ook. Ik moet nu ophangen.'

'Maar J., gaan we ooit nog praten?'

'Weet ik veel, London. Zeg jij het maar.'

Klik.

'Wat is er?' vraagt Luke door de telefoon.

'Niks,' lieg ik.

'Nee, echt, wat is er? Ik hoor het aan je stem.'

Ik glimlach zwakjes. Waarom kan ik me jou niet herinneren?

'Rotdag,' antwoord ik schouderophalend, hoewel hij dat niet kan zien.

'Wat is er gebeurd?' dringt Luke aan.

Ik besluit hem toch maar een heel klein beetje in te lichten. 'Het gaat niet zo goed tussen mijn moeder en mij en ze wilde na school per se praten over mijn gevóélens. Toen probeerde ik Jamie te bellen, maar die kapte me meteen af en hing op. Ik word echt doodziek van dat dramatische gedoe van haar,' zeg ik verbitterd, terwijl ik vooruit denk aan een paar ruzies in de toekomst die ik ook onnodig lang zal vinden. 'Ze is gewoon zo egocentrisch. Alles gaat alleen maar over haar. Ik word er soms gek van!'

Luke lacht een beetje.

'Wat?' zeg ik boos.

'Niks, ik heb je alleen nog nooit boos gehoord. Het is echt schattig.'

'Niks "schattig"!' schreeuw ik quasikwaad door de telefoon.

Hij gaat harder lachen en ik doe mee. Als we ophouden vraagt Luke: 'Maar serieus, wat kan ik doen om te helpen?'

'Het is al fijn om even met je te praten,' zeg ik zacht. 'Dit helpt.'

'Het spijt me dat ik niet eerder heb gebeld,' zegt Luke simpelweg, wat me rillingen bezorgd. 'Ik was aan het schilderen.'

'Het maakt niet uit,' zeg ik en weer haal ik mijn schouders op. 'Ik zat toch uienringen te eten en over mijn gevoelens te praten met mijn moeder.'

'Maar vertel eens over de…' Luke houdt midden in zijn zin op met praten aan de andere kant van de lijn. 'Eén seconde,' fluistert hij.

Ik hoor hoe Luke zijn hand over zijn telefoon legt en dan hoor ik gedempt de stem van een vrouw. Lukes antwoord klinkt luider, maar net zo vervormd.

Hij is snel genoeg weer terug.

'Sorry,' zegt hij, het gesprek hervattend. 'Dat was mijn moeder. Ze vindt dat ik moet ophangen. Ze zegt dat het te laat wordt.'

'O,' zeg ik, en ik moet mijn best doen om niet teleurgesteld te klinken, hoewel ik weet dat mijn moeder er waarschijnlijk net zo over zou denken. 'Oké, dan spreken we elkaar morgen wel weer.'

'Oké,' zegt Luke.

'Slaap lekker, Luke.'

'Welterusten, London.'

Hij hangt op.

Ik blijf een paar minuten naar mijn telefoon staren in het donker, nagenietend van het warme gevoel dat ik heb gekregen van het korte gesprekje met Luke. Ik weet dat ik er nog wat details over moet toevoegen aan de aantekeningen op mijn nachtkastje, maar ik wil nog even niet in beweging komen.

Als ik mezelf eindelijk dwing om het licht aan te doen en mijn zenmoment te verpesten, begint mijn irritante ringtone weer te jengelen en mijn hart springt op.

'Hallo,' zeg ik snel.

'Ik was nog vergeten te zeggen dat je er vandaag ontzettend leuk uitzag,' zegt Luke op fluistertoon.

Ik voel mijn gezicht opgloeien in het donker.

'Dank je,' fluister ik terug.

'Graag gedaan.'

Een paar seconden zeggen we niets. Elke spier in mijn lichaam staat gespannen, op een goede manier. Het is bijna ondraaglijk intiem. Ik lig in bed en klem me aan mijn telefoon vast als aan een reddingboei, terwijl ik alleen Lukes rustige ademhaling hoor en mijn eigen versnellende hartritme.

Als hij nu hier was, zou ik hem kussen.

'Oké, ik moet geloof ik maar ophangen. Straks komt mijn moeder nog terug,' fluistert Luke. Het moment is voorbij.

'Oké,' zeg ik, niet in staat om meer te zeggen.

'Zie je morgen,' zegt hij.

'Oké. Tot morgen, Luke.' Meer krijg ik er niet uit.

'Tot morgen, London,' zegt hij voor hij ophangt en de manier waarop mijn naam van zijn lippen rolt bezorgt me weer een huivering.

Ik druk de telefoon tegen mijn borst en adem hoorbaar uit. Dan kom ik half overeind en doe het lampje op mijn nachtkastje aan. Ik vul mijn aantekeningen van vanavond aan en terwijl ik dat doe, steekt mijn eigen moeder haar hoofd om de deur van mijn kamer.

'Het is al laat,' zegt ze.

'Weet ik, ik maak dit even af,' zeg ik zonder haar aan te kijken.

'Slaap lekker,' zegt mijn moeder.

'Dank je.'

'Ik hou van je, London,' zegt ze.

Ik zucht diep en zeg halfslachtig: 'Ik ook van jou.' Mijn ogen zijn nog steeds op mijn papier gericht.

Ik begin weer te schrijven en voordat ik mijn verslag over mijn belletje met Luke af heb en het licht uitdoe, is mijn moeder alweer stilletjes verdwenen.

23

Aan de overkant van het gangpad staat Jamies gebloemde schoudertas al klaar en ingepakt. De les duurt nog vijf minuten en ze probeert niet eens te doen alsof ze nog oplet.

Ik vraag me af of ze haar best doet om weer te moeten nablijven.

De gedachte maakt me misselijk.

Jamie heeft me de hele les glansrijk genegeerd, wat haar vrij makkelijk afging omdat we vandaag geen practicum hadden. Geen samenwerking. Geen opdrachten. Geen gezamenlijke vertalingen.

Geen gepraat.

De bel gaat en Jamie staat zo snel op dat ik ervan opschrik. Ze draait zich naar me om en smijt iets op mijn tafeltje.

'Hier,' zegt ze. Dan draait ze zich om en loopt de klas uit.

Binnen vijftien seconden is het lokaal leeg. Zelfs mevrouw Garcia is in haar kantoortje verdwenen om zich voor te bereiden op het volgende lesuur.

Langzaam vouw ik het kladblaadje open. Er zit geen briefje bij of niks. Alleen een telefoonnummer.

Maar ik weet wat het is.

Kwaad of niet, Jamie heeft me toch maar mooi een plezier gedaan.

En nu moet ik beslissen of ik wel of geen contact wil opnemen met mijn vader.

'Denk je dat ik gerepareerd kan worden?'

Mijn moeder kijkt verbaasd op, geschrokken bijna. We zaten tot op dit moment zwijgend aan ons avondeten. 'Gerepareerd?' vraagt ze. 'Ik zou niet willen zeggen dat je stuk bent. Je bent bijzonder.'

Ik rol ironisch met mijn ogen vanwege haar Disneyachtige manier om tegen het leven aan te kijken.

'Ja hoor, mam,' antwoord ik kortaf.

'Hoe kom je daar zo bij?' vraagt mijn moeder, die mijn negatieve toon negeert.

'Biologie,' zeg ik. Ik neem een hapje kip. 'Mevrouw Harris zei dat we verschillende herinneringen opslaan in verschillende delen van het brein. Makkelijke dingen, zoals je naam of hoe je moet fietsen of rekenen gaan naar de ene plek, herinneringen aan wat je meemaakt naar een andere plek.'

'Ik zou rekenen niet echt makkelijk willen noemen,' grapt mijn moeder. Dat irriteert me.

'Voor mij wel,' zeg ik bits. 'Misschien zit jóúw rekenknobbel opgeslagen in het moeilijke gedeelte. Maar dat is helemaal niet mijn punt.'

'Sorry,' zegt mijn moeder. 'Ga verder.'

'Dat betekent dus dat er maar een deel van mijn hersenen naar de knoppen is. Niet alles. Dus vraag ik me af of dat kapotte gedeelte hersteld kan worden.'

En dan zal ik weten wat er in het verleden is gebeurd, denk ik, maar ik zeg het niet. En misschien zal ik dan ook geen herinneringen meer hebben aan de toekomst.

'Volgens mij werkt het niet zo,' zegt mijn moeder zacht.

'Waarom denk je dat?' wil ik weten.

'Omdat een van de specialisten die we hebben bezocht een neuroloog was. Weet je wat dat is?'

'Ik ben niet achterlijk, mam.'

'London, ik heb het een beetje gehad met die negatieve toon van je. Ik wilde alleen maar zeggen dat hij een MRI van je hersenen heeft laten maken, waarop niets ongewoons te zien was. Hij zei dat je hersenen volkomen gezond zijn. Er zijn geen "kapotte onderdelen".'

'Ja, hoor,' zeg ik afwerend. 'Ik ben klaar.'

Ik duw mijn stoel achteruit, breng mijn bord naar de gootsteen en laat mijn moeder alleen afeten, wat me hoogstens elke stap op weg naar boven dwarszit.

24

'Oké, ik ben er klaar voor,' fluister ik, hoewel fluisteren onnodig is. We zijn volkomen alleen.

Uit de stereo in Lukes slaapkamer komt bijna onhoorbaar zachte muziek en de late middagzon staat aan de andere kant van het huis, zodat het in de kamer bijna schemert.

'Weet je zeker dat je dit wilt?' vraagt Luke. De haartjes op mijn armen staan rechtovereind.

'Ja,' zcg ik snel. Dan zeg ik: 'Ik denk van wel.'

'Er is geen haast bij,' oppert hij. 'We kunnen best wachten.'

'Nee, het moet vandaag gebeuren,' zeg ik baziger dan de bedoeling is.

Luke moet lachen en pakt zijn mobiele telefoon.

'Oké, daar gaat-ie,' zegt hij.

Hij toetst het nummer op het kladblaadje in en ik bijt verwachtingsvol op de nagel van mijn rechterwijsvinger. Ik stel me voor hoe de telefoon overgaat, en nog een keer, en...

Lukes ogen worden groot en hij verstijft een beetje. Nog geen seconde later ontspant hij zich weer. Hij trekt een scheef gezicht en hangt op.

'Verkeerde nummer,' zegt hij teleurgesteld.

'Wat, was het de voicemail van iemand anders?' vraag ik. Ik wil het precies weten.

'Nee, het nummer is afgesloten. Misschien was het wel je vaders nummer toen je ouders gingen scheiden, maar hij is blijkbaar van nummer veranderd.'

Ineens horen we – wat een timing! – gedempte gilletjes uit de richting van de keuken komen en Luke en ik verkassen instinctief naar twee zitzakken. We weten – hij uit ervaring en ik uit mijn aantekeningen – dat zijn moeder de gewoonte heeft om zonder kloppen binnen te komen om te kijken wat we uitvoeren. Een onschuldig stalktelefoontje naar mijn weggelopen vader zou er wel eens verdacht uit kunnen zien als we het plegen op Lukes bed.

In feite zou mevrouw Henry een wenkbrauw optrekken bij alles wat er liggend op Lukes bed gebeurt en moederlijke inquisitie is het laatste wat ik nu nodig heb.

Luke zet de tv aan, net op tijd voor de interruptie, zodat zijn moeder ons aantreft terwijl we verdiept zijn in een documentaire over ijsvissen. Ze nodigt ons uit naar de keuken voor iets lekkers en we laten ons overhalen, want op het vaderfront valt toch even niets meer te doen.

Na onze nachochips gaan we op de kolossale woonkamerbank zitten genieten van het plaatselijke amusement, bestaande uit twee identieke meisjes van bijna drie. Ik weet dat ik eerder met ze heb gespeeld, dus ik probeer mijn totale verbijstering over deze twee schijnbare kloontjes te verbergen. Wat moet het raar zijn om jezelf terug te zien in iemand anders.

Lukes miniatuurzusjes trekken alle verkleedkleren aan die ze maar om hun kleine lijfjes kunnen krijgen en voeren een toneelstukje op over 'apen en mama's in de dierentuin'. We geven ze een staande ovatie en leggen dan aan ze uit wat een staande ovatie is.

Het volgende programmapunt is het behendigheidsspel 'alle knuffels op een rij'. De ukkies rennen als mieren van de speelgoedkist naar de rij en weer terug met armen vol teddyberen, pluchen olifanten, giraffes en wat al niet. Als ze klaar zijn loopt er een Chinese muur van 'knuffies' van de open haard naar de ronde deuropening. Na een topoverleg van pak 'm beet vijf seconden verdelen ze de territoria: de linkerkant van de woonkamer, waar ook de bank staat, is voor 'groten' en de rechterhelft wordt gereserveerd voor 'prinsessen'.

Als Grote Luke van de bank komt en in de tweelingzone springt, wordt hij onthaald met gegil en gegiechel en een algehele vrolijkheid die besmettelijk is. Voor ik het weet doe ik mee en ben ik aan het lachen en kietelen met Ella of Madelyn, dat kan ik niet met zekerheid zeggen.

En dan is het alweer bijna etenstijd en komt Lukes vader thuis met een gigantische doos en een warme begroeting voor ons allemaal. Meneer Henry is een knappe man en ik zie Luke in hem. Heel even laat ik mijn gedachten afdwalen en vraag ik me af of Luke hetzelfde peper-en-zoutkleurige haar en hetzelfde licht verweerde gezicht zal krijgen als hij zijn vaders leeftijd heeft.

Als ik terugkeer naar de realiteit maken de meisjes de doos open met wat hulp van hun vader en ik kan het niet helpen, maar ik voel een steek van jaloezie als ik zie hoe leuk ze met elkaar omgaan. Ik ga op de bank zitten en kijk naar de simpele momenten die kinderen met vaders in hun leven voor lief nemen. Een van de tweelingmeisjes leunt met haar kleine handje op haar papa's schouder, terwijl die de bovenkant van de doos opensnijdt. Een ander poppengezichtje licht op alsof het pakjesavond is, terwijl haar vader zich door een laag piepschuimpjes en bubbeltjesplastic heen werkt.

In het binnenste van de doos zit een handgemaakt houten hobbelpaard, roze geschilderd en helemaal rijklaar.

Maar na elk één ritje blijkt de gigantische, fortachtige doos de echte attractie.

'Het is een auto!' gilt het zusje dat volgens mij Ella heet recht in Lukes gezicht. Haar ogen stralen zo blij, hoe kan hij ooit weigeren haar erin te helpen en met haar over de vloerbedekking te racen? Het zusje dat Madelyn moet zijn, wil ook rijden en Ella wil nog een keer. En nu is het: 'Mijn auto!' 'Nee, mijn auto!' 'Nee, van míj!'

Meneer Henry is duidelijk een expert in het oplossen van dit soort kleine veldslagjes. Hij verdwijnt en komt weer terug met een stanleymes, wat duct tape en een handvol stiften. Tien minuten later staan er twee even prachtige auto's, klaar om de tweeling naar 'de winkel' of 'oma' of 'school' te rijden, net wat ze willen.

Ella zit rechtop, houdt de zijkanten stevig vast en overziet het landschap dat ze in haar fantasie doorkruist. Madelyn kiest ervoor om achterover te liggen zodat haar auto meer een bewegend bed lijkt, van waaruit ze naar het plafond kan staren. Als Luke haar langs mijn voeten duwt, moet ik een beetje lachen om haar serene gezichtje en ik vraag me af wat ze allemaal denkt terwijl ze daar zo naar boven ligt te turen.

En dan gebeurt er ineens iets. Er valt iets op zijn plek.

Luke houdt zijn praalwagen in en draait zich naar me om.

'Alles oké?' vraagt hij zachtjes.

'Ja,' zeg ik snel. 'Hoezo?'

'Je sprong ineens op, alsof je ergens van schrok.'

'Rijden, ríjden!' commandeert Madelyn vanuit de doos, als ze merkt dat haar triomfwagen tot stilstand is gekomen.

'Ssst,' zegt Luke sussend tegen zijn zusje. 'Heel eventjes wachten.' Ze doet wat hij zegt en Luke komt soepel overeind. Hij komt naast me op de bank zitten en pakt mijn hand.

'Voel je je wel goed?' vraagt hij bezorgd. 'Je ziet hartstikke bleek.' Hij veegt een losse haarlok uit mijn gezicht en volgens mij zie ik meneer Henry vanuit de verte naar ons grijnzen.

'Ik voel me niet lekker,' zeg ik luider dan ik van plan was, zodat ik meteen de volledige aandacht heb van twee ouders en een peutertweeling. Ineens kijkt de hele familie Henry me aan met verschillende gradaties van nieuwsgierigheid en bezorgdheid.

'Wil je even liggen, London?' vraagt mevrouw Henry op een manier die me hevig naar een spiegel doet verlangen. Zo slecht kan ik er toch niet uitzien.

'Nee, het gaat wel,' antwoord ik. 'Ik denk alleen dat ik naar huis moet.'

Luke staat op en de tweeling begint eensgezind te protesteren. Mevrouw Henry sust de meisjes, meneer Henry loopt met ons mee naar de deur. Buiten neem ik een diepe teug koude lucht en dat helpt, hoewel het brandt in mijn longen. Luke houdt de deur van de auto voor me open en kust me op mijn wang voor hij hem dichtslaat.

Wij rijden zwijgend naar mijn huis, terwijl Luke zo nu en dan een ongeruste blik op me werpt. Als we er zijn, biedt hij aan mee naar binnen te komen.

'Dank je, maar het gaat wel,' zeg ik. Ik wil alleen nog maar naar binnen rennen.

'Is je moeder wel thuis?' vraagt hij. Hij tuurt naar het verlichte raam van de eetkamer.

'Vast wel,' zeg ik. Ik draai me om en zeg nog: 'Dank je.' Dan sla ik het autoportier dicht zonder hem zelfs een kus te geven. Ik ren het trapje naar het portiek op voor Luke uit kan stappen. Eenmaal binnen loop ik regelrecht door naar mijn slaapkamer, doe de deur dicht en kruip met mijn kleren aan in bed. Ik trek mijn dekbed op tot onder mijn kin, knijp mijn ogen dicht en probeer mijn hortende ademhaling in bedwang te krijgen. Ik laat mijn gedachten afdwalen naar het klamme kerkhof, ik probeer te vóélen dat ik daar sta, omringd door een zee van zwart.

Ik weet uit mijn aantekeningen dat ik al een tijdje een versie van deze begrafenisherinnering heb. Ze is gaandeweg gegroeid en uitgebouwd in de diepste krochten van mijn hersenen om me er stilletjes aan te herinneren dat er op een dag iemand zal sterven.

Maar tot vanavond kwam ik niet verder dan 'iemand'.

Toen riep het kleine zusje van Luke, dat lief en sereen in een doos lag, iets op en nu zie ik het ineens zonneklaar: het te kleine, gapende gat in de grond voor me dat een ondermaats doodskistje opslokt waarin alleen maar een minuscuul persoontje kan liggen.

Die 'iemand' is een kind.

En alsof dit nog niet erg genoeg is, beukt een andere gedachte me recht in mijn maag en die komt zo hard aan dat ik niet weet of ik het ooit nog te boven kom.

Het is vaag – heel ver in de toekomst – maar ik herinner me absoluut dat ik zwanger ben.

Stel dat het mijn kind is?

Moederziel alleen met die herinnering en doodsbang voor wat komen gaat trek ik de dekens nog wat verder omhoog, omdat dat alles is wat ik kan verzinnen.

Mijn moeder is er niet, mijn vader is al jaren weg. De enige persoon in mijn leven is een jongen die ik me niet kan herinneren. En ergens in de toekomst moet ik een kind begraven.

De gedachte is ondraaglijk.

Onderweg naar Spaans bekijk ik de affiches voor het winterfeest waarmee de gangen vol hangen. Het is morgenavond al. Ik weet uit mijn aantekeningen dat ik met Luke ga en na dit laatste lesuur met de jongen met wie ik blijkbaar al bijna vier maanden iets heb, heb ik daar best een goed gevoel over.

Zenuwachtig, maar verder wel goed.

Bij Spaans hebben we een invaller en Jamie gaat haar uitspraakoefeningen met Amber Valentine doen, zodat ik er alleen voor sta met een pissige klassenassistente, een zekere Andi, die duidelijk andere plannen had voor dit uur. Ik weet niet goed wat de vereisten zijn voor een klassenassistent, maar blijkbaar hoef je niet per se goed te zijn in het vak waarbij je assisteert, want Andi's accent is erger dan het mijne.

Ze heeft al zeventien keer geërgerd tegen me gezucht, volgens de streepjes in mijn schrijfblok. Voor straf vertel ik haar niet dat er iets groens tussen haar voortanden zit.

Na de les haast ik me om Jamie in te halen.

'Hoi,' zeg ik zodra ze ziet dat ik naast haar in de richting van de kantine loop.

'Hé,' zegt ze toonloos.

'Hoe is het?' vraag ik in de hoop dat we onze ruzie gauw bij kunnen leggen.

'Best,' zegt ze, zo mogelijk nog toonlozer. Dit is blijkbaar geen dag voor verzoening.

'Luister, Jamie, ik wou je nog bedanken,' begin ik.

'Waarvoor?' vraagt ze onverschillig. Ze kijkt me niet aan. En volgens mij gaat ze steeds verder bij me vandaan lopen.

'Voor dat nummer. Van mijn vader,' zeg ik.

'Laat maar zitten,' zegt Jamie. Dan draait ze zich om en loopt weg, mij roerloos achterlatend midden in een drukke gang.

Van top tot teen geboend en gekleed in een rood cocktailjurkje dat iets meer bloot toont dan vandaag normaal aanvoelt tik ik het ritme van "Chopsticks" op de antieke tafel.

'Pas op je nagellak,' waarschuwt mijn moeder vanaf de andere kant in de keuken en ze knikt naar mijn versgelakte nagels. Ze leunt tegen het aanrecht en kijkt naar me, terwijl ze thee nipt uit een stomende mok.

Ik hou op met tikken, maar geef geen antwoord.

'Ben je zenuwachtig voor het feest?' vraagt mijn moeder, gewoon om het gesprek gaande te houden.

Ik hoor de grootvadersklok in de woonkamer een keer slaan voor het halve uur. Hij kan hier elk moment zijn.

'Een beetje misschien,' zeg ik. Ik schud een krul weg over mijn schouder. Eigenlijk ben ik niet zozeer zenuwachtig voor het feest. Meer voor de rest van mijn leven.

In een poging om alle duistere gedachten weg te drukken concentreer ik me op de aantekeningen die voor me op tafel liggen uitgespreid als het dagboek van een krankzinnige. Ik heb de middag gebruikt om zo veel mogelijk over Luke te weten te komen en ik heb voor deze date harder gestudeerd dan ik voor mijn eindexamen zal doen. Maar je weet nooit, misschien vergeet ik wel iets.

Die gedachte maakt me onzeker. Ik lees verder.

Mijn moeder en ik schrikken allebei op van de deurbel.

'Moet ik opendoen?' vraagt mijn moeder als ik verstijfd op mijn stoel blijf zitten.

'Huh? O, nee, ik ga wel. Ik bedoel, het is mijn date, toch?'

'Jazeker,' zegt ze warmhartig. 'En het is een ontzettend aardige jongen. Je ziet er prachtig uit, London. Veel plezier vanavond.'

Ik loop met lood in mijn schoenen naar de keukendeur en ga het gangetje naar de hal in. Ik sla rechts af, doe de deur open en daar staat hij.

Daar... staat... hij.

Luke.

Lang, maar niet te lang. Gespierd, maar niet opgepompt. Volmaakt haar, magnifieke ogen. Hij ziet er volkomen op zijn gemak uit in zijn simpele zwarte pak, hoewel ik uit mijn aantekeningen weet dat hij meer van de vale spijkerbroeken en de verbleekte t-shirts is.

Hij heeft een enorm schilderij in zijn handen, met een strik eromheen.

'Bij wijze van corsage,' zegt hij en hij geeft het schilderij aan mij, een afbeelding van wat zo te zien mijn oor is. Ik zie het deukje van het dichtgegroeide gaatje dat ik weer laat doorprikken als ik ga studeren. Een paar strengen haar in precies de goede kleur die achter het oor zijn geduwd. Het kleine puntje bovenaan.

'Het is je elfenoor,' zegt Luke grijnzend. Ik moet ondanks mezelf lachen en voel ongemakkelijk aan het lichaamsdeel in kwestie.

Hij komt een stap dichterbij. 'Mijn favoriete oor,' fluistert hij in mijn linkerexemplaar. Er loopt een rilling over mijn rug. Hij gaat weer rechtop staan en bekijkt mijn outfit voor vanavond. 'Je ziet er geweldig uit,' zegt hij zonder enige aarzeling. 'Mooie schoenen.'

'Dank je,' zeg ik, glimlachend met mijn hele lichaam. De meeste jongens zien niet eens wat een meisje aan haar voeten heeft. 'Jij ziet er ook goed uit. Ik verwachtte een T-shirt van je favoriete band onder je colbertje of zoiets.'

'Nee, joh,' zegt Luke met een lach. Meteen verschijnt er een prominent kuiltje in zijn rechterwang.

Ik zet het schilderij voorzichtig tegen de muur van de hal en pak mijn jas. Luke geeft me een hand en net als we klaar zijn voor vertrek, maakt mijn moeder een perfect getimede entree om ons veel plezier te wensen. Ik kan haar wel zoenen als ik zie dat ze gewapend is met een digitale camera en ons dwingt om voor haar te poseren voor we vertrekken.

Luke buigt zich voorover, doet de deur voor me open en zodra we buiten het gehoor van mijn moeder zijn fluistert hij in mijn oor: 'Wat een sensationele jurk!'

Ik huiver ervan en ik ben helemaal verrukt omdat ik de hele avond – nou ja, bíjna de hele avond – met hem mag doorbrengen.

Luke rijdt naar school en omdat het feest in de gymzaal is, parkeren we op de lerarenparkeerplaats. Dat mag vanavond, maar toch voelt het schandalig aan.

Binnen gaan de discolampen tekeer en de muziek staat een tandje hoger dan oorverdovend. Ik kijk rond. Ik zie Carley Lynch, omringd door Alex Morgan en nog wat cheerleaders, die allemaal zulke laag uitgesneden jurkjes aanhebben dat ik me plaatsvervangend geneer.

Aan de overkant zie ik Jamie, precies op het moment dat haar blik de mijne kruist. We kijken elkaar even aan en dan kijkt ze weg. Ze heeft een prachtige zwarte jurk aan en staat rechts van een jongen die me niet bekend voorkomt.

Het duurt een tel voor de steek in mijn hart wegtrekt en ik me herinner dat Jamie en ik tot lang na deze avond vriendinnen zullen blijven. Ze weet het misschien nog niet, maar ze heeft echt geen hekel aan me.

Ik volg haar blik en mijn maag draait een kwartslag om als ik besef dat ze nu naar meneer Rice staat te staren, die vanavond surveilleert. Ik denk zelfs dat ik best eens over mijn nek zou kunnen gaan als hij haar een uitnodigende blik toewerpt die geen enkele getrouwde leraar ooit zou mogen bestemmen voor een zestienjarige.

Luke heeft het denk ik ook gezien. 'Kom mee dansen,' zegt hij, voor ik er al te veel over na kan denken.

We lopen door naar het midden van de dansvloer en worden op slag omringd door een zee van fonkelende sterren, met dank aan de discobal. Ik drapeer mijn polsen over Lukes schouders en ineens, met zijn sterke armen om mijn middel en de melodie van het liedje waarop we heen en weer wiegen, krijg ik fantasieën waarin ik met hem trouw.

Dit zou ons liedje kunnen worden.

Ik zweef weg op de soepele zanglijn en geniet van het moment en van mijn fantasie, tot die een afslag neemt in de richting van kinderen. En dan is ineens de duisternis terug en stelt mijn hoofd vragen waarop ik geen antwoord wil.

Is dat dode kind van Luke en mij? Herinner ik me hem daarom niet? Omdat het te pijnlijk wordt wat we samen hebben?

Ik trek Luke dichter naar me toe, pers mijn wang tegen zijn schouder aan en knijp mijn ogen dicht in een poging om die duistere gedachten kwijt te raken. Op de een of andere manier begrijpt hij dat hij me wat steviger vast moet houden en hoewel hij de traan niet ziet die uit mijn oog ontsnapt, wrijft hij geruststellend over mijn rug, alsof hij wil zeggen dat het allemaal wel goed komt.

Ik wil hem nooit meer loslaten.

Luke en ik dansen drie langzame nummers lang alsof we aan elkaar vastgelijmd zitten, waarna de deejay wat snellere muziek gaat draaien.

Mijn oren tuiten van een remix van een discoklassieker die gedraaid zal worden op praktisch elke bruiloft en partij die ik de rest van mijn leven zal bijwonen. De dapperste scholieren dansen, maar zij die óf te cool óf te opgelaten zijn drijven af naar de zijkant. Ik weet niet goed bij welke groep wij horen, maar we bewegen ons langzaam naar de rand van de menigte.

'Wil je iets drinken?' vraag ik.

'Moet ik jou dat niet vragen?' vraagt Luke terug.

Ik haal mijn schouders op en Luke knikt instemmend. 'Ik ga even hoi zeggen tegen Adam, maar daarna zie ik je weer voor een robbertje in de sneeuw,' zegt hij, wijzend naar een paar bankjes die zijn versierd met nepsneeuw.

Ik loop lachend en hoofdschuddend naar de dranktafel en pak twee doorzichtige plastic bekers. Ik wacht mijn beurt af, schenk in en loop naar een besneeuwd bankje om daar te gaan zitten.

Gaby Stein, met wie ik gym heb, en haar date van vanavond, Christopher Osborne, zitten twee bankjes verder. Ze kijken me allebei aan alsof ik een weerzinwekkende sokkenlucht verspreid. Ze weten het niet, maar Christopher zal namens ons hele jaar de afscheidsrede houden bij de diploma-uitreiking van volgend jaar.

Maar nu ziet Christopher er, hoewel hij griezelig veel op Superman lijkt, vooral uit als een klein, hulpeloos zoogdier dat ten prooi is gevallen aan Gaby's omhelzing, die een boa constrictor niet zou misstaan. Ze gaat zo tekeer dat ik hevig begin te verlangen dat er een surveillant komt ingrijpen. Ik kijk snel weg en wens vurig dat Luke een beetje opschiet.

'Sorry,' zegt Luke als hij eindelijk naast me komt zitten. 'Adam is nogal spraakzaam vanavond.'

'Maakt niet uit,' zeg ik en ik geef hem zijn bekertje. Hij klokt de inhoud weg en zet het in de sneeuw, naast nog wat lege bekers die het nagebootste sneeuwlandschap ontsieren.

'Heb je het naar je zin?' vraag hij. Zijn blik dwaalt af naar de vrijpartij twee bankjes verderop en springt dan snel weer terug naar mij.

'Tuurlijk. Ik heb het altijd naar mijn zin met jou,' antwoord ik, al voel ik me een beetje schuldig omdat ik het woord 'altijd' gebruik.

'Schoolfeesten zijn niet helemaal jouw ding?' vraagt hij door, alsof hij mijn gedachten kan lezen.

Ik haal diep adem en lach. 'Nee, niet echt. Ik bedoel, het was wel even leuk. Die langzame dansnummers waren fijn. Maar mijn schoenen knellen als een gek en ik heb honger.'

Hij lacht met me mee, staat op en trekt me soepel overeind. 'Laten we gaan dan,' zegt hij.

'Oké. Maar ik wil eerst even langs de wc,' zeg ik.

'Goed, ik wacht wel bij de deur,' antwoordt hij en hij kust me zachtjes voor ik me naar het meisjestoilet naast de gymzaal begeef.

Daar staan minstens vijf meisjes zichzelf te bewonderen in de gigantische spiegel boven de wasbakken. Ik mijd elk oogcontact, vind een onbezette wc en laveer dan tussen satijn en tule door naar een vrije wasbak.

Als ik mijn handen sta te wassen, voel ik iemand naar me kijken in de spiegel.

'Ik weet heus wel dat je hem nooit iets over mij hebt gevraagd,' zegt Page Thomas op haar allerbeschuldigendste toon.

Dit is de reden dat ik sociale gelegenheden links moet laten liggen: ik ben niet sociaal. Mooi niet dat ik naar het eindexamenfeest ga.

'Sorry?' zeg ik, alsof ik haar niet versta. Misschien kan ik haar lang genoeg afleiden om mijn handen af te drogen en ervandoor te gaan.

'"Sorry" is wel het minste,' zegt ze met valse oogjes en een strak gezicht. Ze draait zich hautain om, haar witblonde haren draaien met haar mee en ze beent de wc uit.

Ik ben klaar en de andere meisjes staan me aan te staren, dus ik moet wel achter Page aan.

Aan het eind van de gang staat Luke op me te wachten. Brad staat er ook en hij wacht op Page. Luke leunt tegen de muur als een model dat pakken moet showen. Brad tuurt nieuwsgierig naar de bekers in de prijzenkast.

Lukes aanwezigheid maakt Page blijkbaar achterdochtig, want ze draait zich bruusk om en ziet mij. Ze rolt overdreven met haar ogen en versnelt haar pas. Als ze bij Brad is, grijpt ze zijn hand en trekt hem weer de gymzaal in.

Ik kan het niet helemaal goed horen, maar volgens mij mompelt ze een bijzonder onaardig scheldwoord over mij voor ze door de deur verdwijnt.

'Jij maakt vanavond wel vrienden, hè?' zegt Luke met een meelevende glimlach. Hij houdt mijn jas voor me op.

'Laten we gaan,' zegt hij als ik ingepakt en wel klaarsta.

Hij pakt mijn hand en we rennen tegen de wind in naar zijn busje, weg van dat hele feest. In de bitter koude duisternis dwalen mijn gedachten af naar een kwestie die ik volgens mijn aantekeningen graag wilde onderzoeken. Heb ik iets veranderd met Page of stevent ze nog steeds rechtstreeks af op een gênante zeperd en een hoop liefdesverdriet, met dank aan Brad van wiskunde?

Ze is duidelijk pissig op me, maar toch hoop ik stilletjes dat het lot van Page op de een of andere manier anders zal lopen dan ik maanden geleden voorzag. Hoe lelijk ze ook doet, niemand verdient zo veel verdriet.

27

'Weet je zeker dat ze niet thuis is?' fluistert Luke met één oog op de voorkant van mijn huis, vanaf de bestuurdersstoel van zijn auto.

'Ja, ik weet het zeker,' zeg ik op normale toon. 'Waarom fluister je?'

'Weet ik niet,' fluistert Luke. Hij kijkt me aan met een kilometersbrede glimlach, richt zijn blik weer op mijn huis en zegt: 'Ik heb het gevoel dat ze me kan horen.'

'Ze is niet thuis!' schreeuw ik voor alle duidelijkheid.

'Waar is ze dan?' vraagt hij.

'Naar de film,' antwoord ik onverschillig.

Ineens word ik zenuwachtig. Luke en ik hebben nu al een paar maanden iets. Verwacht hij iets? Verwacht ík iets?

Ik weet dat ik eindeloos over dit soort dingen kan stressen, dus ik besluit er maar gewoon voor te gaan en spring uit de auto. Voor ik het portier achter me dichtsla draai ik me om naar Luke en vraag: 'Kom je nog mee? Ik moet een tosti.'

Hij lacht en zet de motor af. Dan komt hij achter me aan. Binnen de kortste keren staan we in de warme hal, waar we onze jassen en schoenen uittrekken. Onwillekeurig vraag ik me af wat er zou gebeuren als ik gewoon doorging, als ik mijn jurk uittrok en...

'Ze heeft alle lichten aan gelaten. Weet je zeker dat ze niet elk moment terug kan komen?'

'Luke! Waar ben je nou zo bang voor?' roep ik lachend.

Hij kijkt achterom naar de woonkamer, alsof hij wil controleren of mijn moeder er echt niet is. 'Sorry, ik weet wel dat het nergens op slaat. Ik betwijfel alleen of je moeder het leuk vindt dat we hier alleen zijn op dit uur van de avond.'

'Oké, ten eerste: kom jij uit de jaren vijftig of zo? En ten tweede: zo laat is het helemaal niet. Het is nog maar...' Ik werp een blik op de barokke muurklok boven de piano in de kamer. 'Het is nog geen negen uur. Ik hoefde pas om twaalf uur thuis te zijn. En ten derde: ook al wil ze ons hier niet alleen hebben, ze zal er nooit achter komen. Ze is naar de film!'

'Hoe laat is die afgelopen?' vraagt Luke.

'Half elf.'

'Oké, dan ben ik voor half elf weg.'

'Prima,' zeg ik grijnzend.

'Prima,' zegt Luke Hij staat nu vlak bij me, eindelijk rustig, en rolt de mouwen van zijn witte overhemd op. De aanblik beneemt me zowat de adem.

Ik kom een stap dichterbij, zodat onze gezichten nog maar centimeters van elkaar verwijderd zijn. Voor ik te veel ga nadenken over wat ik doe, ga ik op mijn tenen staan, neem Lukes gezicht in mijn handen en plant een ferme kus op zijn zachte lippen. Hij deinst niet terug. Hij buigt zich juist naar me toe, zodat ik niet meer op mijn tenen hoef te staan. Hij legt zijn armen lichtjes om mijn middel en ik voel zijn sterke handpalmen tegen mijn onderrug drukken. Ik raak alle gevoel voor tijd en plaats kwijt en laat me helemaal gaan in de steeds verhittere kussen.

Mijn hart gaat als een razende tekeer en de gedachte aan het uittrekken van kleren dringt zich weer op. Ik druk me tegen Luke aan en we strompelen naar achter met onze monden op elkaar, tot zijn rug tegen de dichte voordeur aan bonst. Ik knal tegen zijn borst en die voelt aan als warm marmer. Hij brengt zijn handen naar mijn haar en ik ga zwaarder ademen terwijl ik hem blijf zoenen, zoenen, zoenen.

De vijf vaste telefoons in ons huis beginnen tegelijk te blèren en jagen Luke en mij uit elkaar alsof we betrapt zijn door een of ander kuisheidsalarm. Als we doorkrijgen waar het lawaai vandaan komt voelen we ons allebei suf, omdat we zo geschrokken zijn en vanwege onze plotselinge hormonale storm. Ik begin zenuwachtig te lachen, net als hij.

Ik doe twee stappen naar achteren, struikel over mijn schoenen en val op de grond, waarna ik het helemaal niet meer heb. Ik krijg bijna geen adem meer en rol me op tot een balletje van pure gêne. Luke komt bij me op de grond zitten, gaat daarna liggen en staart naar het plafond.

De telefoons houden eindelijk op met rinkelen. Ik weet mijn lachbui eindelijk te bedwingen.

'Ik vind je lach geweldig,' zegt hij zodra ik ben gekalmeerd.

'Dank je. Ik vind lachen ook geweldig,' antwoord ik.

'Weet ik. Dat is een van mijn favoriete dingen aan jou. Weet je nog hoe spastisch je deed tijdens onze eerste date? Echt onweerstaanbaar.'

Goed om te weten, denk ik.

'Ga door,' zeg ik. Ik lig op het Perzische kleed net zo lekker en op mijn gemak als op een bank of een bed. We liggen met onze hoofden naar elkaar toe en onze lichamen in een hoek. Als iemand ons van bovenaf zou zien, zou hij een v zien.

'Mmm, je wilt weten waarom ik van je hou?' vraagt hij nonchalant, alsof hij die woorden eerder tegen me heeft gezegd. Maar als ik mijn aantekeningen goed onthouden heb, is dit de eerste keer.

Mijn hart dreigt zo ongeveer los te breken uit mijn ribbenkast, maar ik doe me kalm voor. 'Ja. Een hele waslijst met redenen, graag.'

Hij grinnikt zachtjes.

'Er zijn te veel redenen om ze allemaal op te noemen, maar ik zal er een paar vertellen.'

'Ga vooral je gang,' zeg ik, uit alle macht proberend rustig te blijven, terwijl ik best op en neer zou willen huppelen. Ik hou mijn adem in.

'Oké, eerst maar het meest voor de hand liggende. Je bent hartstikke mooi.'

'Tuurlijk, ligt voor de hand,' antwoord ik op effen toon, om te maskeren dat mijn maag zojuist een radslag heeft gemaakt.

'Ik vind je haar geweldig. Het klink misschien raar, maar toen ik je voor het eerst zag in die absurde kleren, met je lange rode haar dat alle kanten op wapperde, wilde ik het aanraken. Het is zacht en het ruikt altijd zo lekker. Wacht even…' Luke buigt zich over me heen en begraaft zijn neus in mijn haar. Hij snuift diep en gaat dan weer op zijn rug liggen.

'Geweldig,' mompelt hij.

'Je bent gestoord,' zeg ik half lachend.

Hij negeert het. 'Even kijken… wat nog meer? Ik hou van je omdat je zo iemand bent die vriendschap sluit met een nieuweling op zijn eerste schooldag. O, en over vrienden gesproken, ik vind het geweldig dat je Jamie niet opgeeft, ook al is ze kwaad op je en doet ze niet echt leuk.'

'Ze is het waard,' zeg ik, ter verdediging.

'Ja, dat bedoel ik. Je doet niet aan kliekjes en dat soort shit. Je bent zo volwassen.'

'Tuurlijk. Wat zei je ook alweer over lachbuien?'

'Oké, die heb je. Maar meestal ben je heel volwassen.' Luke geeft me een por in mijn ribben en grijnst. Dan kijkt hij weer omhoog.

'En verder?' dring ik aan. 'Dit is leuk!'

'Even kijken,' zegt Luke. Hij legt zijn linkerpols onder zijn hoofd. Hij kijkt naar de muur waar zijn schilderij staat. 'Ik vind het leuk dat je het niet raar vindt dat ik graag oren schilder.'

'Nou ja, dat vind ik wel een beetje vreemd. Maar ik hou van vreemd,' zeg ik. 'Wat nog meer?'

'Ik weet het niet, London,' zegt hij. Hij rolt zich op zijn zij met zijn gezicht naar me toe en steunt met zijn hoofd op zijn hand. 'Het is gewoon het hele plaatje, denk ik. Ik kan je niet opdelen in losse eigenschappen. Ik hou gewoon van de hele London. Altijd al, volgens mij.'

Ik vraag me af wat hij met 'altijd' bedoelt als hij langs mijn gezicht aait met zijn hand en we doen er even het zwijgen toe. Ergens klopt het niet helemaal, maar ik wil het moment niet verpesten en zeg: 'Ik hou ook van de hele Luke.'

Het zijn gewichtige woorden, maar ik meen het en Luke volgens mij ook. En ondanks al die gewichtigheid voel ik me vreemd licht. Dit voelt makkelijk.

Hier liggen we, Luke en ik. We ademen elkaars adem in en luisteren naar het tikken van de klok, als er ineens een uiterst onaangenaam geknor uit mijn binnenste komt.

'Was dat je maag?' vraagt Luke, omlaag kijkend naar mijn buik.

'Ja!' flap ik eruit, voor ik weer begin te gieren van het lachen. 'Ik... zei... toch... dat... ik... honger had!' weet ik eruit te persen terwijl ik naar adem hap.

Hij schudt zijn hoofd en staat langzaam op. En de aanblik van hoe hij daar boven me uittorent in heel zijn mannelijke schoonheid beneemt me mijn giechels.

'Tostitijd,' zegt hij en hij steekt zijn handen naar me uit.

'Eindelijk!' zeg ik terug en ik laat me van de vloer hijsen. Nu ik sta, ril ik ineens. De kou van de tegels onder het kleed is in me getrokken.

'Koud?' vraagt hij.

'Yep. Ik ga even een trui halen. Maak jij het je vooral gemakkelijk in de keuken.'

Ik ren de trap op en zoek mijn slaapkamer af naar iets warms en zachts. Op het eerste gezicht is er niks te vinden, dus ik knip het licht in mijn kast aan en begin opgevouwen kledingstukken van de plank te trekken. Ik overweeg mijn opties en kies voor een bruin capuchonvest dat volgens mijn aantekeningen van Luke is.

Ik controleer mezelf in de spiegel en besluit even de tijd te nemen om mijn haar in een staart te doen. Terwijl ik het haarelastiekje een, twee, drie keer om mijn haar wind, glijdt mijn blik door de kamer en probeer ik hem te zien zoals Luke hem zou zien.

Als ik hem vanavond tenminste boven laat komen.

Het bed is schitterend opgemaakt. Mijn moeder heeft zeker opgeruimd nadat we naar het feest waren vertrokken. De sierkussens staan precies goed opgesteld.

Er staat een foto van Luke en mij in een donkerhouten lijstje op het bureau. Ik kan me niet herinneren wanneer die genomen is.

De wasmand in de hoek is leeg.

Op het nachtkastje staat mijn lamp en een kaal onderzettertje, waar eerder op de dag een vuil theekopje stond. Mijn moeder heeft zeker echt opgeruimd...

Wacht eens.

Mijn ogen schieten terug naar het nachtkastje in de spiegel. Dan draai ik me om op mijn kruk om het in het echt te zien.

Het ziet er zo... leeg uit.

Omdat het leeg is.

Omdat het leeg is!

Mijn hart begint te bonzen terwijl ik mezelf ondervraag.

Waar zijn mijn aantekeningen?

Heeft mijn moeder ze verplaatst? Heeft ze ze opgeborgen?

Nee, dat zou ze nooit doen. Of toch? Ik sta op en ren de kamer door. Ik kijk in de la van mijn nachtkastje en in mijn bureauladen.

Ik bijt op de nagel van mijn wijsvinger en denk diep na. Ik draai me langzaam om mijn as en kijk de hele kamer na.

Heb ik ze ergens mee naartoe genomen?

Waar zou ik ze mee naartoe nemen?

Waar heb ik ze voor het laatst gezien?

Mijn adem stokt al voordat ik goed en wel besef wat er is gebeurd.

Ik weet waar mijn aantekeningen zijn.

Precies waar ik ze gelaten heb.

Precies waar ik ze zat te lezen voordat Luke me vanavond ophaalde.

Precies waar ik Luke zonet naartoe heb gestuurd.

Ze zijn in de keuken.

'Luke!' schreeuw ik. Ik ren mijn slaapkamer uit en de trap af, alsof dat nog wat uitmaakt. 'Luke!' schreeuw ik nog een keer, volkomen nutteloos.

Al voor ik de trap af ben weet ik dat hij ze al gezien heeft.

Er komt geen antwoord uit de keuken. Ik versnel mijn pas en glijd bijna uit op het gepolijste hardhout als ik de bocht naar de keuken neem.

'Luke,' zeg ik weer, tegen zijn rug. Hij staat met zijn gezicht naar de tafel en zegt niks.

'Luke?' probeer ik voor de zoveelste keer.

Hij draait zich om met een enkel blaadje in zijn hand.

Ik blijf als verstijfd naar hem staren.

Eindelijk zegt hij iets.

'Ik vroeg me al af hoe je het deed,' zegt hij.

Ik ben nog steeds verstijfd, maar nu ook verbaasd.

'Hoe ik wat deed?' vraag ik.

'Hoe je me deze keer hebt onthouden,' zegt hij. 'Ik bedoel, ik heb je wel een paar keer betrapt, dat je dingen vergat. Maar meestal lijk je... normaal. Je lijkt me elke dag te herkennen.'

Mijn gefronste wenkbrauwen rijzen omhoog als mijn ogen zich wijd opensperren door de schokkende bevestiging dat hij het weet.

Luke weet het. Heel even is het bijna een opluchting. Ik hoef niet meer zo mijn best te doen. Ik hoef niet meer…

Wacht even, Luke wéét het?

Dan begrijp ik het ineens. Die jongen die hier voor me staat heeft tegen me gelogen, al vier maanden.

Hij is net zo erg als mijn moeder.

Is er nog iemand in mijn leven die me níét bedriegt?

De opluchting is weg en nu is er woede. Mijn schouders zakken omlaag en mijn armen slaan zichzelf om mijn lichaam, als om me te beschermen tegen de hele wereld. Het bloed stijgt naar mijn gezicht en mijn oren bonzen. Mijn hart bonkt.

Ik kan nauwelijks een woord uitbrengen. Maar uiteindelijk lukt het.

'Je wíst het al?' vraag ik, ziedend van woede.

'Ja, London, ik wist het al,' zegt hij met een aarzelende glimlach, alsof hij niet goed weet of die wel gewenst is.

Die glimlach is de laatste druppel. Mijn handen ballen zich tot vuisten en ik krijg een enorme behoefte om te gillen zo hard als ik kan.

'Hoe lang al?' sis ik. Ik leg een hand op het aanrecht om mijn evenwicht te bewaren. Ik denk aan de kaarten van mijn vader. Het bedrog van mijn moeder. En nu dit.

'Sinds ons elfde,' zegt Luke zonder omhaal; olie op het vuur dat sowieso al door mijn aderen raast.

'Luke, waar heb je het in jezusnaam over?' schreeuw ik. Ik staar hem aan. Ik voel me zo besodemieterd. Ik wil dat hij weggaat. Maar eerst wil ik dat hij alles uitlegt.

'Oké,' begint hij. 'Weet je nog…?' Hij zwaait met zijn hand boven de stapel papier. 'Weet je nog dat ik een keer vertelde dat ik een paar zomervakanties heb doorgebracht bij mijn oom en tante?'

Blij dat ik de tijd heb genomen mijn aantekeningen vandaag nog eens door te nemen mompel ik: 'Ja.'

'En weet je ook nog dat je naar een dagkamp ging in de zomervakantie, toen je nog op de basisschool zat?'

'Nee.'

'Nou, dat is zo. En ik ook. Mijn oom en tante wonen hier, London. Mijn tante in elk geval. Ze liggen in scheiding. Dat is een van de redenen dat we hiernaartoe verhuisd zijn, zodat mijn moeder dichter bij haar zus kon zijn.'

Ik blaas hoorbaar mijn adem uit. Met mijn ene hand klem ik me nog steeds vast aan het aanrecht. De nagels van mijn andere hand staan bijna tot bloedens toe in mijn handpalm. Ik klem mijn kaken zo hard op elkaar dat ik het gevoel krijg alsof ik straks door mijn eigen kiezen heen zal bijten. Luke leest mijn lichaamstaal en begrijpt dat mijn geduld bijna op is.

'Maar dat doet er allemaal niet toe,' zegt hij. 'Wat er wel toe doet is dat we een zomer lang naar hetzelfde vakantiekamp zijn geweest. We waren vrienden. Je was de enige vriend die ik had. En ik weet vrij zeker dat ik toen ook de enige vriend was die jij had.'

Luke laat een stilte vallen om te controleren of deze informatie aankomt. Ik kijk hem fel aan en hij vat mijn zwijgen op als een teken dat hij door moet gaan.

'De andere kinderen zagen me niet staan, omdat ik hier niet woonde. En dan natuurlijk nog dat trefbalincident.'

Ik trek mijn wenkbrauwen een fractie op, zonder een woord te zeggen. Ik ben woest, maar ik ben ook benieuwd.

Luke haalt zijn schouders op alsof het allemaal niet zo erg was. 'We speelden trefbal met zijn allen en een van de grotere kinderen smeet de bal expres in mijn gezicht toen de leiding niet keek. Mijn neus was gebroken, maar ik heb een hoge pijndrempel, dus begon ik te vechten met dat joch en ik lachte gewoon toen hij me in elkaar sloeg. Ik dacht dat iedereen dat wel cool zou vinden. Maar iedereen dacht dat ik gestoord was. Behalve jij.'

Ik rol ironisch met mijn ogen na dat compliment. Zo makkelijk laat ik me niet paaien.

'Je viel me de eerste dag in dat kamp al op. Ik zag je alleen lezen in een hoekje. Je meed de anderen. Ik wilde met je praten, maar ik durfde niet. Ik wilde ook toen al echt je haar aanraken. Dat was geen grapje, toen ik dat zonet zei.'

Ik denk terug aan ons gesprek op het kleed en voel heel even een vlaag van iets anders dan woede. Maar dan bedenk ik weer dat mijn vriendje een leugenaar is, net als mijn moeder.

Ik doe mijn armen over elkaar en Luke schraapt nerveus zijn keel. Volgens mij weet hij wel dat hij zo meteen de deur uit getrapt wordt, dus hij raffelt de rest van zijn verhaal af.

'Hoe dan ook, je kwam na dat gevecht naar me toe en je hielp me. Je gaf me je trui om het bloeden te stelpen. Die kon je daarna wel weggooien. Ik vond het wel een soort poëtische ironie hebben dat ik jou mijn trui gaf, toen bij de gymzaal,' zegt hij terloops, met een gebaar naar de trui die ik aanheb. 'Maar dat vatte je natuurlijk niet,' zucht hij.

'Daar kan ik niets aan doen!' schreeuw ik.

'Dat weet ik wel,' zegt Luke. 'En zo bedoelde ik het ook niet.' Hij schuifelt wat met zijn voeten en ik kijk op de klok. Ik hoop uit alle macht dat mijn moeder niet thuiskomt en ons gesprek onderbreekt.

'Het is bijna tien uur,' zegt Luke.

'Ik kan ook klokkijken,' snauw ik terug.

'Wil je dat ik wegga?'

'Ja,' zeg ik op harde toon. 'Maar maak eerst je verhaal af.'

'Oké, goed. De dag na dat gevecht kwam ik naar je toe en begroette je en je wist niet meer wie ik was. Eerst was ik gekwetst. Ik dacht dat je alleen maar deed alsof je me niet kende. Alsof je te cool voor me was, of zo. Maar je deed heel aardig en we hebben leuk gepraat. Dus toen dacht ik dat je amnesie had of zoiets. Ik vroeg of er iets mis was met je hersenen. Toen zei jij: "Nee, is er iets mis met jóúw hersenen?"'

Een van Lukes mondhoeken krult een beetje op bij de herinnering. Hij zwijgt even en gaat dan verder.

'Nou ja, ik bleef het vragen, op verschillende manieren, en uiteindelijk trok je me mee naar een hoekje en toen vertelde je dat je een groot geheim had. Dat je je de toekomst herinnerde, maar niet het verleden. Ik moest zweren dat ik het aan niemand zou vertellen en dat heb ik ook nooit gedaan.'

Luke houdt even op met praten en ik staar hem zwijgend aan. Als hij beseft dat hij geen credits gaat krijgen voor zijn geheimhouding vervolgt hij zijn verhaal.

'Dus, oké, elke dag ontmoetten we elkaar opnieuw. We hebben heel veel dezelfde gesprekken gevoerd. Maar ook veel nieuwe. Soms zaten we onder in zo'n klimding dat op een gatenkaas lijkt en dan probeerden we kinderen te herkennen aan hun schoenen. Dat was echt leuk. Jij was goed in dat spelletje.'

Ik ben onthutst door de ontdekking dat het 'voetspelletje' dat ik de rest van mijn leven zal spelen ontstaan is tijdens mijn vakantievriendschap met Luke. Het maakt me nieuwsgierig, maar ik hou me op de vlakte. Woede is nu even makkelijker.

Luke glimlacht melancholiek, waardoor ik nog bozer word. Ik rol met mijn ogen en zucht geïrriteerd. Hij begrijpt de hint. De nostalgie verdwijnt van zijn gezicht en hij vertelt verder. 'Toen ik hierheen verhuisde, dacht ik dat je me misschien nog zou kennen. Maar al snel, vooral die avond dat we in slaap vielen in mijn busje... toen wist ik hoe het zat.'

Ik voel een steekje in mijn hart als ik hoor hoe verdrietig hij klinkt. Maar ik hou voet bij stuk.

'En dat was het?'

'London, het spijt me echt dat ik het niet eerder heb gezegd,' zegt hij. Hij zet twee voorzichtige stappen in mijn richting, alsof hij een wild dier benadert.

Ik doe instinctief een paar stappen naar achteren, weg bij die jongen waar ik een paar minuten geleden nog zo ongeveer in wilde klimmen.

'Het spijt je dat je gelogen hebt, bedoel je,' zeg ik cru. 'Dat je me besodemieterd hebt. Dat je misbruik hebt gemaakt van mijn situatie.'

'Dat is wel een beetje extreem,' zegt Luke met een klein lachje. 'Ik bedoel, je hebt in feite ook tegen mij gelogen, als je er even bij stilstaat.' Zijn lachje krijgt nu bijna iets zelfgenoegzaams, waardoor de stoppen bij mij helemaal doorslaan.

'Dat is niet hetzelfde!' schreeuw ik tegen hem. 'Je hebt geen idee hoe het is om elke dag die je leeft totaal te vergeten. Als ik wakker word, weet ik niet eens wat ik gisteren aanhad naar school, laat staan wat voor stomme dingen ik misschien heb gezegd of gedaan. Ik herinner me dingen die niemand – níémand! – van tevoren zou moeten zien aankomen. Afgrijselijke dingen. Dingen die met mij gaan gebeuren...'

De tranen stromen inmiddels over mijn wangen. Luke komt nog een stap dichterbij en ik steek een hand op om hem tegen te houden. Dwars door mijn snikken heen blijf ik doorrazen.

'Ik heb al genoeg aan mijn hoofd, en nu dit. Mijn beste vriendin is blind in de afgrond gesprongen. Mijn moeder liegt tegen me. En nu heb jij blijkbaar ook al tegen me gelogen.'

Ineens besef ik iets en ik onderbreek mezelf.

'Wacht eens, als ik je heb gekend, waarom heeft mijn moeder dat dan niet gezegd toen ze je weer ontmoette? Of was dat de zoveelste leugen van haar? Speelden jullie onder één hoedje?

Luke kijkt omlaag en wendt zijn blik af. Zijn wangen worden rood.

'Ik heb haar nooit ontmoet en ze zou mijn naam toch niet kennen, want in die tijd gebruikte ik een andere naam.'

'Wat?' vraag ik, nieuwsgierig ondanks mijn woede.

'Ik noemde mezelf L.J.,' zegt Luke schaapachtig. 'Ik vond mezelf heel stoer en ik dacht dat alle stoere jongens alleen hun initialen gebruikten.' Hij komt nog een stap dichterbij.

'Blijf waar je bent,' blaf ik. Ik kan niet lachen om Lukes kinderachtige bekentenis. 'Hoe je ook heet of heette, het punt is dat je gelogen hebt. Je had een deel van mijn verleden voor me kunnen reconstrueren. Je had me daadwerkelijk kunnen helpen, Luke. Begrijp je dat niet? Maar dat deed je niet. Je hebt me willens en wetens belazerd. Ik kan gewoon niet geloven dat je zoiets zou doen. Met iemand van wie je zogenaamd houdt. Met iemand die dácht dat ze van jou hield!'

Luke kijkt alsof hij een klap in zijn gezicht heeft gekregen en hij blijft een paar tellen stil. Dan veegt hij twee tranen weg die aan zijn blauwe ogen zijn ontsnapt. Hij ziet er hulpeloos uit en iets in mij wil hem omhelzen.

Maar als ik mezelf weer genoeg in de hand heb om iets te zeggen, zeg ik bijna verstikt: 'Ga nu maar weg.'

'London, het spijt me zo. Ik had niet gedacht dat je er zo overstuur van zou zijn. Ik wou niet…' Zijn stem sterft weg en hij laat zijn hoofd hangen. Dan kijkt hij naar me op en we blijven elkaar aankijken. 'Ik wilde gewoon niet dat je je ongemakkelijk zou voelen.'

Ik schud mijn hoofd en loop achteruit de keukendeur door, zodat hij erdoor kan. Zijn schouders hangen als hij me passeert op zijn weg naar de hal.

Vanuit de keuken hoor ik hem zijn schoenen aantrekken; daarna doet hij de voordeur open en slaat hem dan zachtjes achter zich dicht. Ik hoor het busje starten en gas geven. Als het soepele geronk van de motor wegsterft in de nacht zak ik in elkaar op de keukenvloer en laat mijn tranen de vrije loop.

Het is al na middernacht, maar mijn gedempte ringtone begint voor de derde keer in een uur te jengelen onder mijn kussen. Er staan voicemails op mijn telefoon die ik wil uitwissen zodra ik hem kan aanraken zonder per ongeluk op te nemen. Het is ongelooflijk hoeveel zooi je kunt verzamelen in een relatie van maar vier maanden. Een miniberg aantekeningen en foto's ligt hoog opgestapeld in de mooie hoedendoos uit mijn kast. De hoedendoos is bedoeld voor aandenkens, maar nu wordt het een tijdcapsule die het licht hopelijk nooit meer zal zien.

Meisjes over de hele wereld zouden jaloers zijn op mijn vermogen om de perfecte wraak te nemen op de jongen die me zo veel onrecht heeft aangedaan. Nu ik uitgehuild ben wend ik me tot dat vermogen dat ik en ik alleen lijk te bezitten en ik denk aan de goede raad die Jamie me ongetwijfeld zou geven als ze hier was.

'Vergeet hem gewoon,' zou ze zeggen.

'Fijn plan,' zeg ik hardop.

Ik vaag alle liefde weg en concentreer me op de ellende. Ik druk de stapel in de hoedendoos plat om ruimte te maken voor de laatste dingen. Voor ik het deksel erop doe voeg ik het haastig gekrabbelde briefje toe waarvan de inkt nauwelijks droog is en waarin ik uitleg wat hij gedaan heeft om deze straf te verdienen, mocht ik de doos ooit nog openmaken.

Het briefje voor mijn moeder ligt op de keukentafel, het briefje waarin ik kort samenvat dat we uit elkaar zijn en haar instrueer om nooit meer over Luke te praten.

Mijn werk zit er bijna op.

Ik wis de voicemails zonder ze af te luisteren en verwijder zijn nummer uit mijn telefoon. Zodra ik zeker weet dat mijn moeder diep in slaap is, sluip ik naar de kelder om mijn mislukte relatie te verstoppen tussen oude keukenapparaten, dozen vol aantekeningen van voorbije jaren en versleten stukken speelgoed waarmee de rommelkast onder de trap vol ligt.

Ik blijf niet stilstaan bij de implicaties van mijn actie, het uitwissen van Luke uit mijn gedachten. Ik doe alleen het kelderlicht
uit, ga snel de trap weer op en kruip diep onder de dekens. Ik denk
aan Luke tot ik in slaap val.

De slaap komt te snel vannacht.

28

Een hand pakt me bij mijn linkerelleboog, net als ik mijn biologie-boek uit de krochten van mijn kluisje wil opgraven. Mijn aanteke-ningen zeiden dat ik mijn huiswerk dit weekend niet af had gekre-gen, dus dat moet ik doen tijdens het huiswerkuur.

Ik krimp in elkaar door die ellebooggreep, niet omdat hij ruw is, maar omdat mijn arm nog steeds pijn doet omdat ik erop ge-vallen ben tijdens het eerste uur, gym, met volleybal nota bene. Je beweegt niet eens zo veel bij volleybal, maar ik heb een klein stukje elleboogbot uit de kom weten te krijgen. Zo voelt het tenminste. Maar waarschijnlijk is het gewoon weer gekneusd.

'Au,' zeg ik. Ik draai me met een ruk om naar de ellebooggrij-per. Ik weet niet wie ik verwachtte, maar zeker niet hem.

De beeldschone jongen laat meteen mijn arm los en deinst te-rug alsof hij zich gebrand heeft. In zijn volmaakt blauwe ogen zie ik verwarring, woede, gekwetstheid en zelfs iets smekends. Ik ken hem niet, maar ik wou dat ik hem kende.

'Ik wou je geen pijn doen,' zegt hij zachtjes. Zijn stem klinkt ge-lijkmatig en vreemd rustgevend.

'O, nee, daar kun jij ook niks aan doen,' zeg ik. Ik wrijf over mijn elleboog. 'Ik ben erop gevallen met gym. Ik ben een beetje een kluns.'

De jongen glimlacht verdrietig en er verschijnt een nauwelijks zichtbaar kuiltje in zijn rechterwang. Mijn hart springt op en ineens ben ik me erg bewust van mezelf. Ik verplaats mijn gewicht ongemakkelijk naar mijn andere voet.

Ik merk dat ik hem aanstaar, dus ik kijk snel weg naar mijn kluisje om het boek te pakken dat ik kwam halen.

'Kan ik je ergens mee helpen?' vraag ik zonder mijn blik van mijn kluisje af te wenden, om een beetje nonchalant over te komen.

'Ik moet met je praten,' zegt de jongen zacht en ernstig.

Ik prop het boek, een schrijfblok en een reservepen van het bovenste plankje in de oversized, grijs-met-wit gestreepte schoudertas die ik vanochtend in de gangkast vond en klap mijn kluisje dicht. Het is inmiddels druk in de gang en het meisje van het kluisje naast het mijne blaast geïrriteerd, omdat ze niet bij haar spullen kan. Die jongen staat in de weg.

'O, sorry,' zegt hij tegen haar als hij zijn stommiteit beseft.

'Ja, hoor.' Ze wringt zich langs hem.

Nu blokkeert de jongen mijn weg en ik begin een beetje terug te komen op mijn verlangen me hem te herinneren. Hij heeft iets griezelig intens over zich.

'Is alles goed met je?' zeg ik, me afvragend of er misschien iets mis met hem is. Gaat hij zo dadelijk door het lint? Herinner ik me hem daarom niet?

Ik klem mijn tas tegen me aan als een reddingsboei, doe een stap naar rechts en probeer om hem heen te komen, maar hij ziet me aankomen en blokkeert weer mijn weg. Hij buigt zich iets voorover en kijkt me recht in mijn ogen voor hij weer begint te praten.

'Nee, London. Alles is niet goed met me. We krijgen één keer ruzie en dat is het dan? Je belt me niet terug. Je was gisteren niet thuis toen ik langskwam. We moeten hierover praten.'

Na die woorden gaat hij weer iets meer rechtop staan, maar hij verbreekt het oogcontact niet. Ik weet niet wat ik moet doen, dus besluit ik maar eerlijk te zijn.

'Het spijt me echt, maar ik heb geen idee waar je het over hebt. Ik ken je niet eens.' Ik glimlach zwakjes, alsof ik een vriend probeer te troosten.

Ineens is het alsof er een lamp aangaat in het hoofd van de jongen, alsof hem letterlijk een licht opgaat. Hij gaat stijf rechtop staan en hij knijpt zijn ogen tot spleetjes. Hij schudt zijn hoofd en kijkt me dan ronduit giftig aan.

'Heel volwassen, London. Bedankt, hoor,' sist hij. Dan draait hij zich om en beent weg door de gang, in de richting die ik ook uit moet.

Het meisje van het kluisje naast het mijne giechelt in het voorbijgaan. Ze heeft het hele gesprek gehoord. 'Als jij hem niet wilt, wil ik hem wel, hoor,' zegt ze.

Ik wacht tot de jongen uit het zicht verdwenen is voor ik me een weg baan naar de bibliotheek. Onderweg herkauw ik de gebeurtenis nog eens, maar het blijft verwarrend. Ik duw de zware biebdeuren open en loop door het detectiepoortje. Ik ben blij dat ik nog een heel lesuur heb om de situatie te overdenken.

En, o ja, mijn biohuiswerk te maken.

Maar als ik de tafels zie die gereserveerd zijn voor het huiswerkuur zie ik wat een pech ik heb.

Die duister kijkende jongen zit alleen aan de enige tafel waar nog vrije stoelen zijn.

Kan niet missen.

Verrassend genoeg is die bloedmooie mafkees het hele lesuur lang met andere dingen bezig, dus ik krijg mijn huiswerk af en dan heb ik nog tijd over ook. Intussen kan ik mijn oren moeilijk sluiten voor het gesnuif en geblaas van die jongen, die furieus zit te schrijven in zijn schrijfblok. Een brief op poten, blijkbaar. Oef, wat is hij boos.

Mijn tas is al gepakt en ik zit klaar om te vertrekken zodra de bel gaat over vierenveertig... drieënveertig... tweeënveertig seconden en nog steeds zit die jongen te schrijven. Ondanks mezelf kijk ik toe hoe de spieren in zijn gebeeldhouwde onderarm bewegen terwijl hij zijn pen over het papier beweegt. Zijn verwassen T-shirt ziet er zijdezacht uit en past perfect om zijn schouders en zijn borst. Ik merk ineens dat ik het half krullende haarlokje wil aanraken dat achter zijn rechteroor uitsteekt...

'Wat?' snauwt de jongen. Hij kijkt me recht aan. Een paar andere klokkijkende leerlingen draaien zich naar ons toe.

'Niks,' fluister ik en ik richt mijn blik weer op de industriële muurklok, die weet te melden dat ik bijna verlost ben van deze ongemakkelijke situatie. Nog twintig... negentien... achttien seconden.

Ik hoor dat de jongen het vel papier waarop hij zo druk zat te schrijven uit zijn schrijfblok scheurt, wat me vreemd voorkomt, want je zou toch zeggen dat hij het veilig wil bewaren totdat hij het nodig heeft.

Eindelijk gaat de bel. Ik sta zo snel op om te vertrekken dat ik mijn stoel bijna achterovergooi.

'Wacht,' zegt de jongen op mildere toon.

Ik stel mijn vlucht nog even uit en draai me naar hem om.

'Lees dit alsjeblieft,' zegt hij en hij geeft me het papier, dat blijkbaar een brief is. Het is dubbelgevouwen en mijn naam staat op de buitenkant geschreven.

'Oké,' zeg ik.

Dan schiet hij rakelings langs me heen en laat hij me verward en alleen achter in een verlaten bibliotheek, een warme, vreemd vertrouwde geur achterlatend.

Ik sla de omweg naar mijn kluisje over voor de wiskundeles. Het lijkt me beter om een beetje vroeg te komen en eens te kijken waarom die jongen in hemelsnaam zo vreselijk kwaad op me is.

Een paar minuten later begrijp ik dat het een goed idee was om zo vroeg te zijn.

Lieve London,

Laat ik beginnen met te zeggen dat ik van je hou. Hou dat in je achterhoofd als je verder leest...
Ik heet Luke Henry en ik ben al je vriendje sinds ik in oktober op deze school kwam. Je hebt geen toekomstige herinneringen aan me, om de een of andere reden waar we nog niet uit zijn, maar ik zou graag de kans krijgen uit te zoeken hoe dat zit.
Je bent nu heel kwaad op me, en terecht. Ik heb je nooit verteld dat we elkaar al eerder hadden ontmoet, maar dat is wel zo. Toen we jonger waren, hebben we samen op een vakantiekamp gezeten. Ik raakte gefascineerd door jou en de manier waarop je elke dag weer bevriend met me raakte, hoewel je me niet herkende van de vorige dag. Je was mijn eerste kalverliefde en nu ben je mijn eerste grote liefde.
Na het schoolfeest op zaterdagavond vond ik de aantekeningen die je gebruikte om alles over mij bij te houden en toen vertelde ik je de waarheid. Je had gelijk toen je zei dat ik al die tijd tegen je gelogen heb. Het spijt me zo ontzettend, London, en het enige wat ik wil is een kans om het goed te maken. Ik heb geen idee waarom ik het gedaan heb. Misschien was ik bang dat je me een stalker zou vinden. Misschien wilde ik gewoon kijken of je op een dag wakker zou worden en dat je dan nog zou weten wie ik ben.

Dat is niet gebeurd.

Maar London, we zijn geweldig samen. Ik wil je niet kwijt. Ik heb een enorme fout gemaakt, maar ik hoop dat je er nog eens over na wilt denken of je me kunt vergeven. Want zoals ik aan het begin al zei: ik hou van je, London Lane.

Voor altijd.

Luke

Na school zit ik oog in oog met een bebloemde hoedendoos die zijn binnenste voor me onthult. Met Lukes excuusbrief in de ene hand en een foto van een gelukkig stelletje in de andere voel ik me zelf ook net alsof mijn binnenste wordt onthuld.

Mijn moeder keek niet eens verbaasd toen ik haar naar Luke vroeg. Ze leidde me regelrecht naar de hoedendoos, met een bijna neerbuigende blik in haar ogen.

'Dat heeft ook niet lang geduurd,' zei ze.

'Het is nog niet voorbij,' antwoordde ik. Toen griste ik de hoedendoos mee en verschanste me in mijn kamer.

En nu ben ik, in één woord, verbijsterd.

Ik begon bij het begin en na mijn verslagen over de eerste paar keer dat Luke en ik praatten, was ik al bijna zover om zijn nummer te bellen en zijn verontschuldiging ter plekke te accepteren.

Maar toen las ik verder met zijn bedrog in gedachten. Elk op het eerste oog zo mooie moment werd verduisterd en vertroebeld door de leugens die eraan vastzaten. Hij had al die tijd een geheim achtergehouden en me nooit de echte Luke laten zien.

Aan de andere kant hield ik ook een geheim achter.

In zekere zin waren we allebei schuldig.

Maar zijn leugen was erger.

Toch?

Mijn mobiele telefoon begint naast me te rinkelen en ik weet dat hij het is, hoewel het nummer niet in mijn adresboek zit. Ik overweeg hem te laten rinkelen, maar ik kan me niet bedwingen en neem toch op.

'Hallo?' zeg ik zachtjes.

'Hoi.' Een kalme stem ademt in de telefoon en bezorgt me een rilling. Waarom heeft hij gelogen? Als ik niet boos op hem was, zou ik me op dit moment kunnen verliezen in zijn blauwe ogen.

'Hoi,' zeg ik terug.

'Ik weet dat je zei dat je even wat tijd nodig hebt, maar ik moest gewoon bellen,' begint Luke.

'Je geeft me niet echt de ruimte,' zeg ik, vastbesloten om me niet zo een-twee-drie te laten charmeren. Lekker ding of niet, hij heeft me gekwetst.

'Ik weet het,' zegt hij zacht. Het klinkt hulpeloos. 'Ik kan niet anders.'

'Je kunt wél anders,' zeg ik gedecideerd. 'Ik zei dat ik even nodig had om hier iets van te begrijpen en als je echt om me geeft, moet je dat respecteren.'

Ik krimp in elkaar en hij mogelijk ook, al kan ik dat niet met zekerheid zeggen. Het blijft een paar seconden stil aan de andere kant.

'Oké, London,' zegt hij dan op zo'n verdrietige toon dat mijn hart er een beetje van breekt. 'Ik laat je wel met rust.'

In plaats van iets te zeggen als 'laat maar zitten', zoals ik wanhopig graag wil, zeg ik alleen: 'Dank je, Luke.' Dan verbreek ik de verbinding, voordat ik beloften ga doen die ik misschien niet kan nakomen.

Ik leun tegen mijn bed met de leeggeplukte hoedendoos voor me en de kronieken van onze relatie verspreid over de vloer en ik kan alleen nog maar huilen. Ik wil niet verstandig zijn. Ik wil niet nadenken. Ik wil niet gedwongen worden om hem te vergeven.

Ik zou gewoon willen dat hij nooit tegen me gelogen had.

Ik duw de papierzooi van mijn benen, klim op mijn bed, ga met mijn gezicht in mijn kussen liggen en blijf ik-weet-niet-hoe-lang liggen snikken. Ik hoor haar niet binnenkomen, maar op een gegeven moment verschijnt mijn moeder, die over mijn haar strijkt en op mijn rug klopt en zegt dat het allemaal wel goed komt.

Nee, het komt niet goed, denk ik bij mezelf.

Het komt helemaal niet goed.

Het leven kwam vanochtend meteen al verkeerd binnen.

Het is nauwelijks na zevenen, woensdagochtend, en ik ben nu al moe. Alles lijkt verkeerd te zitten, dus ik concentreer me op iets kleins.

Page Thomas.

Volgens mijn aantekeningen was ze gisteren aanvoerder bij gym. Toen ik als laatste overbleef op de bank zei Page tegen mevrouw Martinez en de rest van de klas dat ze liever een speler minder had dan dat ze mij in haar team kreeg.

Wat is ze toch sympathiek.

Ik begon weer over Luke te lezen, maar toen werd mijn aandacht ineens getrokken door iets uit een aantekening van vier maanden geleden. Die dateerde uit de tijd dat Luke hier kwam wonen en daar stond het:

Joggingbroek en t-shirt mee voor gym (moest vrij. afgrijselijke kleren van Page lenen)

Gisteren zou Page me nog geen velletje wc-papier geleend hebben, laat staan een t-shirt. Ik herinner me haar van morgen en dan zal ze me ook echt niets willen lenen. Nieuwsgierig breng ik het volgende uur door met het doornemen van aantekeningen over haar. En wat ik dan besef is dit:

Ik heb Page Thomas gered.

Oké, misschien niet uit een brandende wolkenkrabber of zoiets. Maar als ik zo eens terugkijk zie ik duidelijk dat er een tijd was waarin ik me herinnerde dat Brad Page' hart zou breken. Met een sloophamer.

Maar deze ochtend denk ik aan Page en Brad en in mijn herinnering blijven ze samen tot ik helemaal geen herinneringen meer aan ze heb. Op het eindexamenfeest krijg ik te horen dat ze naar dezelfde universiteit gaan en dat is het laatste wat ik van ze zal vernemen.

Voor zover ik het kan opmaken uit mijn aantekeningen is alles veranderd toen ik Page wijsmaakte dat Brad niet van meisjes houdt. Toen werd ze gedwongen om een andere weg naar Brads hart te zoeken en dat lijkt volkomen anders uit te pakken.

Dus ja, ik heb geen vrienden meer. En ja, ik ben belazerd door een schijnbaar beeldschone, geweldig leuke jongen. Ik woon samen met een moeder die ik niet kan vertrouwen en ik zie met angst en beven het gruwelijkst denkbare verdriet op me afkomen in de vorm van een dood kind.

Mijn leven is een puinhoop, mag ik wel zeggen.

Maar het minuscule vleugje van een kruimeltje van een glimp van een molecule van een zonnestraaltje op deze sombere woensdagochtend is dat ik Page Thomas een hoop verdriet heb bespaard. Met één simpele beslissing, maanden geleden, heb ik iets ten goede veranderd.

En als ik haar kan helpen, kan ik mezelf toch ook wel helpen?

Ik hou het metalen deurtje van mijn kluisje zo dat ik Jamie Connors kluisje aan de andere kant van de gang in de gaten kan houden zonder dat het opvalt. Ik tuur in het magnetische spiegeltje en wacht. Het lijkt zo natuurlijk wel alsof ik verliefd ben op mijn eigen spiegelbeeld, maar er let toch niemand op me.

Omdat ik kan zien wat er achter me gebeurt weet ik dat de jongen die waarschijnlijk Luke is, te oordelen naar de foto's die ik vanochtend in mijn kamer zag, zonet is langsgekomen. Hij liep langzaam en aarzelend, alsof hij wilde blijven staan.

Maar dat deed hij niet.

Hij wacht af. Dat is mooi.

Eindelijk trekt een vertrouwd, recht afgeknipt blond kapsel mijn aandacht en als ik me omdraai zie ik dat Jamie inderdaad is gearriveerd. Ze heeft een te strakke, verwassen spijkerbroek aan en een zuurstokroze top die er van achteren onschuldig genoeg uitziet, maar waarvan ik zonder te hoeven kijken weet dat hij van voren tamelijk laag is uitgesneden.

Ik klap het metalen deurtje dicht, zodat het in het slot valt, en laveer door twee rijen leerlingen heen zonder mijn blik af te wenden van Jamies rug. Als haar heb ingehaald moet ik mijn keel schrapen voor ze ziet dat ik naast haar sta.

'Hoi, J.,' zeg ik opgewekt.

'Hoi,' mompelt ze. Dan wendt ze zich weer tot haar kluisje.

'Hoe is het?' vraag ik.

'Kan jou dat wat schelen?' zegt ze zonder zich om te draaien.

'Natuurlijk, Jamie, je bent mijn beste vriendin!'

Ze werpt een vluchtige blik opzij en kijkt dan weer in haar kluisje. 'Is dat zo?' zegt ze. 'Of ben ik te sletterig om vriendinnen mee te blijven?'

'Jamie, dat is niet eerlijk!' zeg ik.

Jamie ramt haar kastdeurtje dicht en draait zich naar me toe. Haar ogen staan kil en leeg. 'Nee, London. Inderdaad,' zegt ze verbitterd. Dan loopt ze weg naar haar eerste lesuur.

Het bloed stijgt naar mijn hoofd en ik ben zo kwaad dat ik haar achterna wil rennen en haar door elkaar wil schudden en alles vertellen wat ik weet en zij niet. Maar dan gaat de bel en als ik Jamie nu onderschep, moet ze misschien weer nablijven bij haar vriendje, meneer Rice bedoel ik. Dus haast ik me maar naar de bibliotheek.

Mevrouw Mason werpt me een strenge blik toe omdat ik zo laat ben en Luke veert verwachtingsvol overeind op zijn stoel als ik neerplof in de stoel tegenover hem, maar blijkbaar schrikken ze allebei terug voor mijn lichaamstaal. Ik werk het hele uur aan een opdracht voor Spaans en ga meteen weer weg als de bel gaat. Ik voel Lukes teleurstelling en word even bevangen door schuldgevoel, tot ik me mijn aantekeningen van vanochtend herinner. Dit is de jongen die me vier maanden lang heeft voorgelogen. Vier maanden. Hij heeft wel wat besluiteloosheid verdiend. Hij mag best even in de rats zitten.

Ik sla de omweg naar mijn kluisje over en ga bij Spaans aan mijn tafeltje naar de deur zitten kijken. Ik zit klaar om de strijd met Jamie aan te gaan voor de les begint, maar de seconden tikken voorbij en haar tafeltje blijft leeg. De bel gaat en nog steeds geen Jamie.

Tien minuten later is ze er nog niet.

Ik besluit dat ze spijbelt, ziek naar huis is of naar de dokter moest en dan moet ik onder ogen zien dat er vandaag geen confrontatie komt. Jamie heeft het laatste woord gehad en het was geen fijn woord. Mijn woede ebt weg, omdat dat nu eenmaal zo gaat, en slaat om in bedroefdheid. Ik kan het niet helpen, maar ik heb het gevoel dat mijn beste vriendin me in de steek heeft gelaten.

En ik snap het wel, of in elk geval een beetje. Ik weet dat ze van streek is. Ik weet dat ze jaloers is vanwege Luke. Ik weet dat ze mijn afkeer van haar vriendje vervelend vindt, als je meneer Rice tenminste zo kunt noemen.

Maar dat ik het snap maakt het niet minder pijnlijk.

Ik zal mijn gedachten en gevoelens altijd blijven delen met Jamie. Altijd, behalve nu. Nu ik haar juist zo ontzettend nodig heb.

Zij zou samen met mij moeten nadenken en haar mening geven over Luke en of ik hem nu wel of niet moet vergeven. Ze zou samen met mij moeten smiespelen over mijn vader. Ze zou me, alleen al door haar aanwezigheid, moeten geruststellen als het gaat om dingen die te afschuwelijk zijn om te weten. Ze zou de eerste moeten zijn om samen met mij die stomme uitspraakoefeningen te doen.

Maar ik sta er alleen voor en dan heb ik het niet alleen over die uitspraakoefeningen. Ik heb het over alles. Elke morgen als ik opsta en dit opnieuw te weten kom, zal die wond weer opengaan, tot de dag dat Jamie besluit me te vergeven.

En dan komt het weer goed tussen ons.

Want zo herinner ik het me.

De huistelefoon gaat twee keer over voor mijn moeder opneemt. Haar stem klinkt gedempt door vanuit de keuken, onder mijn slaapkamer. Een minuutje later klinkt er een kort klopje op mijn deur.

'London, ben je al op?' fluistert ze door de deur heen.

'Ja, mam, ik ben wakker. Kom binnen,' zeg ik vanaf mijn bureaustoel. Het verbaast me dat ze me nog niet heeft horen rondscharrelen. Ik ben al uren op.

'Er is een vrouw aan de telefoon,' zegt ze.

'Vreemd,' zeg ik. Ik duw mijn stoel naar achteren en loop naar het telefoontafeltje in de gang. Ik neem op en wacht tot mijn moeder weer in de keuken is en de andere telefoon ophangt.

'Hallo?'

'London?'

'Ja, met London. Met wie spreek ik?' zeg ik. Ik draai het telefoonsnoer om mijn wijsvinger.

'Met Abby Brennan. We hebben elkaar een paar maanden terug gesproken?'

Ik weet van niets. Ik zwijg.

'Je belde bij me aan? Je was op zoek naar je oma, Jo Lane?'

'O ja,' lieg ik in de telefoon. Ik heb geen idee waar ze het over heeft. Dit stond niet in mijn aantekeningen. 'Hoe is het?'

'Goed, dank je,' zegt de vrouw vriendelijk. Op de achtergrond hoor ik een kinderstemmetje iets zingen over een optocht van slangen. 'Chelsea, mama is aan de telefoon, liefje. Sorry, London.' Ik versta niet wat het kindje antwoordt, maar ik hoor het slangenliedje ook niet meer.

'Geeft niet.'

'Goed, ik bel je dus omdat ik me ineens herinnerde hoe het verzorgingstehuis van je oma in de stad heet. Het ligt al maanden op het puntje van mijn tong en deze week wist ik het ineens weer.'

Mijn maag draait zich in een knoop. Ik heb de hele ochtend aantekeningen zitten lezen. Hoe heb ik dit kunnen missen?

'Echt waar?' zeg ik tegen de vrouw. Ik hoop maar dat ik niet te opgewonden klink.

'Ja, het heet Dennenweelde.'

'Dat is geweldig,' zeg ik toonloos, hoewel mijn gedachten alle kanten op schieten.

'Ja, nou ja, ik wou het je gewoon even laten weten. Je moet je nu vast klaarmaken voor school. Als je Jo spreekt, wil je haar dan zeggen dat er goed op haar oude huis gepast wordt? Doe haar de groeten.'

'Doe ik,' zeg ik automatisch. Dan neem ik afscheid van de vrouw en hang op.

In de resterende drie kwartier voordat ik naar school moet kleed ik me zorgvuldig aan, doe make-up op en haal mijn haar door de straightener, diep in gedachten.

Het ziet er duidelijk naar uit dat ik erachter ben gekomen dat mijn grootmoeder Jo Lane heet. Toen ben ik blijkbaar naar Abby Brennans huis gegaan, op zoek naar genoemde grootmoeder. En nu blijkt dat mijn oma, Jo Lane, in een verzorgingstehuis zit.

Dennenweelde.

In de grote stad.

Wat ik niet snap is hoe dit zit. Waarom zou ik dit alles niet voor mezelf opgeschreven hebben?

Het enige wat ik kan verzinnen, terwijl ik een laatste laagje lipgloss aanbreng, is dat ik tijdens mijn zoektocht naar mijn oma blijkbaar het gevoel had dat ik vastliep. Al redenerend kom ik erop uit dat ik mezelf waarschijnlijk niet wilde kwellen met deze mislukking. Vermoedelijk heb ik het gewoon opgegeven.

Maar nu weet ik hoe het verzorgingstehuis van mijn oma heet. Nu kan ik contact met haar zoeken, als ik wil. En wie weet kan zij me naar mijn vader leiden.

Ik kijk in de spiegel en glimlach naar mijn spiegelbeeld. Ik voel me sterk met deze nieuwe informatie, met mijn keurig platgestreken haar, mijn lange, donkere wimpers en mijn getailleerde zwarte bloes.

En dat sterke gevoel is goed, want blijkbaar is er een jongen in mijn leven die ik voor eens en voor altijd duidelijk moet zien te maken dat hij me nooit meer moet belazeren.

'Wat zijn je plannen voor vanavond?' vraagt mijn moeder uren later tijdens het avondeten.

'Weet niet,' zeg ik, zonder haar recht aan te kijken. 'Misschien een film kijken.'

Eigenlijk kan ik niet wachten om Dennenweelde te googelen en te bellen, om te vragen of mijn grootmoeder daar echt woont. En dan... wie weet?

'Ik ben denk ik niet zo heel laat thuis,' zegt mijn moeder. 'Ik hoef maar twee huizen langs.'

Ik haal mijn schouders op. Wat mij betreft mag ze de hele avond wegblijven.

'Ik heb popcorn gehaald,' probeert mijn moeder nog. Ze doet net iets te hard haar best.

'Lekker, dank je,' zeg ik. Ik lepel mijn laatste hap doperwten weg en wou maar dat ze vertrok of in elk geval ophield zo naar me te kijken terwijl ik eet. Ik schenk haar een brede nepglimlach, die ze godzijdank slikt. Mijn moeder loopt om de tafel heen, kust me op mijn kruin en pakt haar sleutels.

'Dan ga ik maar, denk ik. Fijne avond, liefje. Laten we morgen iets leuks gaan doen, gewoon met zijn tweetjes. Oké?' Bij de deur naar de garage blijft ze staan.

'Oké, mam,' zeg ik geruststellend, om haar de deur uit te krijgen. Twee tellen later krijg ik mijn zin.

Ik spoel haastig mijn bord af en zet het in de vaatwasser, dan huppel ik de trap op en maak mijn computer wakker uit de slaapstand. In nog geen minuut tijd heb ik niet alleen het nummer van Dennenweelde, maar ben ik ook halverwege de digitale afbeeldingen van het enorme park eromheen, de blije bewoners en de goed onderhouden faciliteiten. Ik neem aan dat de mensen op de foto's modellen zijn, maar bekijk elke foto voor de zekerheid toch heel precies. Dan print ik de homepage en een paar foto's uit om mezelf eraan te herinneren.

Ik overweeg zenuwachtig wat ik nu moet doen. Stap één: mijn oma vinden. Stap twee: mijn vader vinden.

Voor ik de kans krijg om van gedachten te veranderen klap ik mijn mobiele telefoon open en bel het algemene nummer van Dennenweelde. De telefoon gaat lang over; het klinkt eenzaam. Ik stel me een verouderde telefoon voor waar niemand bij zit en waarvan het schelle gerinkel onopgemerkt blijft door tv's die te hard staan in de kamers van de bewoners.

Ik begin hevig te verlangen dat een receptioniste de telefoon zal opnemen en een seconde later gebeurt dat ook. Alleen is het een antwoordapparaat, dat weet te melden dat Dennenweelde gesloten is. Morgen kan ik weer bellen, of anders het nummer van een verpleegafdeling proberen.

Blijkbaar zijn de senioren van verzorgingstehuis Dennenweelde alleen van negen tot vijf bereikbaar.

Ik heb niet het gevoel dat mijn belletje wereldschokkend genoeg is om een verpleegster te storen, dus ik hang op. Ik sla het nummer op in mijn adresboek en mag van mezelf heel even wegdromen bij de vraag hoe het zou zijn om een oma te hebben die ik zo nu en dan kan bellen en bezoeken.

Later, als ik al lang van de middelbare school ben, zal ik mijn vriendin Margaret benijden vanwege haar relatie met haar grootmoeder. Ik zal huilen als ze overlijdt aan kanker, niet omdat ik haar zo goed zal kennen, maar omdat ik zal zien dat een deel van Margaret tegelijk met die lieve oude dame zal afsterven.

Vanavond valt er niets meer te doen op het grootmoederfront, dus ik zet de computer uit, was de dag van mijn gezicht en ga naar beneden om popcorn te poffen en een film te kijken, zoals ik tegen mijn moeder heb gezegd.

In de keuken pak ik de maïs en het popcornpannetje. Ik lees vluchtig de instructies op de verpakking door, doe olie en maïs in de pan, zet het vuur aan en begin langzaam aan de hendel te draaien. De eerste maïskorrel ontploft, dan de tweede, dan nog eens twaalf of twintig of vijftig. Ik concentreer me uitsluitend op de hoeveelheid tijd tussen die kleine ontploffinkjes, om mijn kostbare popcorn niet te laten verbranden, dus ik hoor het geluid op de oprit nauwelijks. Als ik eindelijk ga luisteren vraag ik me zelfs af of ik überhaupt wel iets gehoord heb.

Maar daar heb je het weer: een timide klopje op de voordeur.

Er wordt niet aangebeld.

Er wordt geklopt.

Met de steel van de popcornpan nog in mijn hand kijk ik op de klok. Het voelt alleen maar alsof het middernacht is. In werkelijkheid is het 18.56 uur, een volkomen geaccepteerd tijdstip voor bezoek op de vrijdagavond. Als ik tenminste bezoek zou verwachten.

Ik vraag me op slag af of mijn kledingkeuze van vandaag zijn werk gedaan heeft: ik vraag me af of het Luke is. Ik merk dat ik het bijna hoop, hoewel ik nog steeds overstuur ben van zijn bedrog.

Ik zet de popcorn weg en loop snel de keuken uit. Ik doe het licht in het portiek aan en ineens vind ik het jammer dat onze deur geen spionnetje heeft.

'Wie is daar?' roep ik.

Ik hoor niet meteen iets en ik overweeg al om bij de deur weg te gaan en mijn moeder te bellen dat ze thuis moet komen. Misschien is het iemand anders.

Dan, eindelijk: 'Ik ben het. Luke.'

Ik hou mijn adem in. Dan wacht ik een tel en doe ik de deur open.

Lukes golvende haar beweegt heen en weer in de winterse wind en zijn wangen zijn rood van de kou. Hij haalt kort een hand uit zijn broekzak om hallo te wuiven zonder het woord hardop te zeggen, dan doet hij zijn hand weer in zijn zak. Hij ziet er jongensachtig uit en een tikje gegeneerd dat hij hier staat. Hij schuifelt wat met zijn voeten. Ik doe de deur verder open.

Ik sla mijn armen om mijn bovenlichaam om mezelf af te schermen van de ijzige buitentemperatuur, al helpt het niet echt. Het is ijskoud. Maar ik vind het niet erg.

Luke is er.

Hij kijkt om zich heen en dan ineens kijken zijn blauwe ogen recht in de mijne, alsof ze mijn grenzen doorbreken en recht in mijn ziel dringen. Ik word ongemakkelijk van die doordringende blik, maar tegelijk zou ik me er voor geen goud aan willen onttrekken.

'Is je moeder thuis?' vraagt Luke zacht, maar het klinkt tegelijk krachtig. Ik word er helemaal slap van en klem mijn armen nog wat steviger om me heen.

'Nee, die is...'

Voor ik mijn zin kan afmaken is Luke het stoepje al op en kust hij me.

Hard.

Zijn handpalmen liggen tegen mijn wangen en de meter die ons scheidde is gereduceerd tot centimeters. Twee, misschien.

Ik laat mijn armen vallen alsof ik me overgeef en sla ze dan langzaam om die jongen die hier voor me staat, steviger en steviger. Luke schopt de achterdeur achter zich dicht met zijn lippen nog steeds op de mijne en we kussen elkaar alsof een van ons stervende is.

'Ik kan niet bij je vandaan blijven,' fluistert hij als hij eindelijk een adempauze neemt. Hij kijkt me recht in mijn ogen met zijn voorhoofd tegen het mijne en zijn handen liggen nog steeds stevig aan weerszijden van mijn gezicht, alsof hij me op mijn plek wil houden en zeker wil weten of ik wel terugkijk.

Alsof hij zeker wil weten dat ik hem zie. En ik zie hem. Luid en duidelijk.

Zijn blik is gepijnigd, maar vastberaden. Zijn ogen stralen duidelijk uit dat hij me niet los wil laten en ik weet nu zeker dat ik dat ook niet wil.

'Blijf dan niet bij me vandaan,' fluister ik terug. Ik leg mijn handen op de zijne en duw ze zachtjes omlaag naar mijn hals en dan naar mijn middel. Die actie ontspant hem een beetje en ik kan zien dat zijn paniek wegebt.

'Vergeef je me, London?' vraagt Luke. Zijn blik gaat nog steeds dwars door me heen.

'Ja,' zeg ik naar waarheid.

Oké, hij heeft tegen me gelogen. Maar hij houdt van me en ik hou van hem en iedereen maakt fouten. Ik zie hem niet in mijn toekomst, dus ik kan het niet zeker weten, maar ik geloof dat hij hier iets van zal leren. Zo iemand lijkt hij me wel.

Luke kust me weer, iets zachter nu. Ik probeer nergens aan te denken en gewoon te genieten van het moment, maar tegelijk vraag ik me af hoe laat mijn moeder thuiskomt.

Het huis kraakt en ik deins bij Luke vandaan alsof we betrapt zijn.

'Wat is er?' vraagt hij, om zich heen kijkend.

'Niks,' zeg ik. Ik kijk even achterom om te kijken of dat ook echt zo is. 'Ik dacht even dat mijn moeder thuiskwam.'

'Moet ik weg?'

'Nee!' zeg ik zo stellig dat hij moet lachen. 'Nee,' zeg ik nog eens, maar nu zachter. Ik doe twee stappen naar hem toe en pak zijn rechterhand. 'Blijf nog even.'

Ik schaam me en tegelijk ben ik opgewonden en waarschijnlijk klonk er iets suggestiefs door in mijn woorden, want Luke bloost een beetje.

'Wil je naar boven?' vraagt hij en hij knijpt even in mijn hand.

'Ja, maar…'

'Maar wat?' vraagt hij. Hij buigt een beetje voorover en kijkt me nieuwsgierig aan.

'Maar we gaan niet…'

'We gaan niet wat? Je weet wel, bedoel je? Seks?'

Hij blijft me strak aankijken terwijl hij het zegt en nu ben ik degene die bloost. Ik vind het ineens zo kinderachtig dat ik dat zei.

'Ja, dat bedoel ik.'

'Dat verwachtte ik ook helemaal niet,' zegt hij zonder met zijn ogen te knipperen. Hoe kan hij nou zo cool blijven? Heeft hij dit gesprek al een miljoen keer gevoerd? Ik wil al antwoorden, maar hij onderbreekt me met de woorden: 'Tenminste niet vanavond.'

Mijn maag fladdert.

'Mooi. Fijn dat we het daarover eens zijn dan,' zeg ik. Dan draai ik me om naar de trap, zijn hand nog steeds in de mijne.

Achter me zegt Luke: 'Ik heb wel tegen mijn ouders gezegd dat ik vannacht bij Adam logeer.'

Halverwege de trap blijf ik staan en draai me naar hem om.

'Meen je dat nou?'

'Ja,' zegt hij met iets sluws in zijn blik.

'Waar wou je dan slapen?'

'In mijn auto.'

'Waarom?'

'Omdat ik niet wist of je vanavond wel thuis was. Misschien hadden Jamie en jij het wel weer goedgemaakt en zat je bij haar. Ik dacht dat ik je misschien wat harder zou moeten stalken,' zegt hij lachend.

Er kruipt een trage glimlach over mijn gezicht. Het is zo'n lief gebaar: Luke die herrie met zijn ouders riskeert en de hele nacht in zijn busje wil slapen, alleen om mij terug te krijgen.

'Oké, nou, ik denk dat mijn moeder nog wel even wegblijft. Je kunt in elk geval in een warm huis blijven tot ze terugkomt.'

'Klinkt goed,' zegt Luke. Ik draai me om, loop verder de trap op en trek mijn doortrapte vriendje mee naar boven, de gang door, naar mijn kamer, en dan doe ik de deur achter ons dicht.

'Waar sta je geparkeerd?' fluister ik plotseling nerveus als ik de garagedeur beneden open en dicht hoor gaan.

'Verderop in de straat. Ik was je aan het stalken, weet je nog?'

'Verstop je in de kast,' fluister ik terug. Een overhaaste beslissing en ik hoop maar dat ik er geen spijt van krijg.

'Serieus? Ik kan ook gewoon gaan,' oppert hij, maar tegelijk loopt hij al in de richting van de kast.

'Nee, ik wil dat je blijft. Maar schiet op, mijn moeder komt zo boven,' zeg ik. Onderwijl schop ik een gigantische stapel aantekeningen onder het bed en controleer ik de kamer op tekenen van jongensbezoek.

Ik hoor de kraan lopen in de keuken. Ze neemt zeker een glas water. Met een blik op de klok vraag ik me af of mijn moeder het raar zal vinden als ik vlak na negenen al slaap. Misschien wel. Maar ik zou niet weten hoe ik anders zo snel van haar afkom, dus ik vlieg de kamer door en duik onder de dekens. Ik probeer rustiger te ademen en er zo vredig mogelijk bij te liggen, hoewel mijn hart bonkt als een bezetene.

Mijn moeders voetstappen worden luider. We hebben nog maar een paar seconden en ik fluister nauwelijks hoorbaar 'Ssst' tegen Luke.

Ik kan niet geloven dat er een jongen in mijn kast zit! Wat bezielt me?

Geen tijd om mijn stommiteit te overdenken. De deur gaat langzaam open en ik verstijf. Ik lig met mijn gezicht naar de muur toe, maar ik hou mijn ogen toch maar dicht, voor het geval ze komt controleren of ik de boel niet in de maling neem.

Hoogst onwaarschijnlijk.

'Slaap lekker, London. Ik hou van je.' De gefluisterde woorden van mijn moeder zweven zo zachtjes door het donker dat ze nauwelijks substantie lijken te hebben. Is dit haar avondritueel? Ik voel ondanks mezelf een steek van schuldgevoel vanwege het bedrog dat pal onder haar neus plaatsvindt.

Aan de andere kant misleidt ze mij ook al jarenlang.

Als de deur zachtjes dicht is gevallen en ik mijn moeder de kruk langzaam heb horen loslaten, als haar voetstappen naar haar eigen kamer zijn verdwenen, als het water heeft gelopen om tandpasta en zeep weg te spoelen, als de tv in haar kamer geluid gaat maken, als dat allemaal gebeurd is, wacht ik nog vijf ondraaglijk lange minuten.

En dan loop ik op mijn tenen naar de kast.

'Hoi,' fluister ik tegen Luke. Het is pikkedonker. Ik zie helemaal niets.

In het verste hoekje van de kast klinkt zijn kalme stem.

'Hoi.'

Ik hoor hem overeind komen en zie zijn perfecte uiterlijk opdoemen vanuit de duisternis.

Hij blijft niet staan, maar loopt door tot zijn warme lichaam tegen het mijne aan staat in de deuropening van mijn kast.

'Hoi,' zegt hij nog een keer, nog beheerster, voor zover dat mogelijk is. Dan drukt hij een lange, nauwelijks nog fatsoenlijk te noemen kus op mijn lippen.

Misschien zijn we allebei een beetje over onze toeren van opwinding vanwege onze overtreding, of misschien worden we gedreven door het inktzwarte donker, maar binnen de kortste keren liggen we op de vloer van mijn inloopkast en zitten verscheidene kledingstukken niet meer helemaal waar ze zouden moeten zitten.

Ik blijf bij mijn eerder belofte om niet... je weet wel... maar minstens een uur of misschien nog langer maakt Luke het me erg, érg moeilijk.

'Ik moet gaan slapen,' zeg ik als mijn ademhaling eindelijk genoeg is gekalmeerd om er een woord uit te krijgen. Ik lig op Lukes ontblote bovenlijf en dat ligt gek genoeg heerlijk, hoewel zijn borstspieren staalhard zijn.

'Ik weet het,' zegt hij zachtjes. Hij buigt zijn hoofd om me boven op mijn hoofd te kussen. Dan begint hij zijn langere ledematen los te maken uit de mijne.

'Waar is mijn shirt?' vraag ik, verbazend op mijn gemak, hoewel ik me letterlijk en figuurlijk behoorlijk blootgeef.

'Alsjeblieft,' zegt hij en hij mikt het mijn kant op.

Als we weer aangekleed zijn, Luke in wat hij vanavond aanhad en ik in mijn pyjama, lopen we naar mijn bed.

'Blijf hier slapen, oké?' zeg ik.

'Ik denk dat ik liever kies voor de kast,' zegt hij. 'Voor het geval dat.'

'Nee, ze komt toch niet binnen,' zeg ik, zonder zeker te weten of we niet betrapt zullen worden.

'Laten we het dan zo doen: ik blijf hier liggen tot je in slaap valt, dan ga ik de kast in zodat ze me morgenochtend niet ziet.'

Ik klim weer in mijn bed, te moe om daar iets tegen in te brengen en te bang dat ik niet in slaap ben voor 4.33 uur, als mijn geheugen wordt gereset. Dit keer schuif ik dicht naar de muur toe en laat de helft van het bed over voor Luke. Hij komt naast me onder de dekens liggen en meteen klikken we in elkaar als legoblokjes.

'Verdomme,' mompel ik.

'Wat is er?'

'Ik moet nog een aantekening maken. Ik moet dit opschrijven, anders vergeet ik het.'

'Ja, doe dat,' zegt Luke. 'Ik heb liever niet dat je weer op tilt slaat en mij alles aan je moeder laat uitleggen.'

'Heel grappig, hoor,' zeg ik en ik geef hem een elleboogstoot. Hij lacht zachtjes en ik ook, terugdenkend aan de aantekening van de dag na onze eerste date. Eerder op de avond heeft Luke die aantekening en nog een heleboel andere doorgelezen.

'Hmm, momentje,' zegt Luke. Hij steekt zijn arm uit naar het nachtkastje en pakt mijn mobiel. Hij trekt zijn andere arm onder me vandaan, tikt snel een boodschap in en drukt op VERZENDEN. Meteen begint mijn telefoon te zoemen om me op een nieuwe sms te wijzen.

'Wat staat erin?' vraag ik, nadat Luke mijn telefoon weer naast het bed heeft gelegd.

'"De jongen in de kast is je vriendje. Hij houdt van je en zal je alles over gisteravond vertellen."'

'Heel mooi,' zeg ik. Ik voel mijn oogleden dichtvallen en slaap al bijna. 'Vergeet vooral niet te vertellen over dat laatste uur in de kast.'

'Ik zal het morgen voor je naspelen,' zegt Luke. Hij trekt me dicht tegen zich aan en ademt in mijn haar. 'Het is echt zo, weet je.'

'Wat?' vraag ik door een waas van slaap.

'Ik hou echt van je, London.'

'Ik ook van jou, Luke.'

Volgens een sms'je zat er een jongen in mijn kast, maar het enige
wat ik vond was dit briefje:

Lieve London,

Je snurkt.
Ik hoorde je moeder weggaan, dus ben ik wegge-
glipt. Ik kom later terug met koffie, zodat ik
mijn komst officieel kan aankondigen. Als ze
terugkomt, kun je misschien zeggen dat ik
kom, dan weet ze dat het weer goed tussen
ons is.
Ga eerst maar lezen... al je aantekeningen liggen
onder je bed.
Je was gisteravond te moe om alles op te schrijven, maar hier zijn de hoogtepunten (de rest vul
ik later wel in):
  • Ik heb je om vergiffenis gesmeekt (je leest
    wel waarom).
  • Goddank heb je me vergeven.
  • We hebben urenlang in je aantekeningen zit-

ten lezen, wat volgens jou een perfecte manier was om de echte London te leren kennen.
- *Zoals ik al zei snurk je... en je praat in je slaap.*
- *Ik heb beloofd om bepaalde... andere dingen voor je na te spelen.*

Het was geweldig gisteravond. Ik wou dat je het je kon herinneren, maar ik zal mijn best doen om je bij te spijkeren. O, en PS: je zoent fenomenaal.
Liefs,

Luke

'Wat ben jij vrolijk vanochtend,' zegt mijn moeder als ze terugkomt van de supermarkt en mijn enorme grijns ziet. Ik neem snel een hap van mijn bagel, maar dat helpt niet, dus haal ik maar gewoon mijn schouders op.

'Ik weet niet of ik het wel mag vragen,' zegt ze, wat eigenlijk ook een vorm van vragen is, of niet soms? Mijn moeder schenkt zichzelf een kop koffie in en gaat tegen het aanrecht staan met haar kopje in haar hand. Ze kijkt me aan.

'Luke en ik hebben het goedgemaakt,' zeg ik nonchalant, nadat ik een zo groot mogelijke hap heb genomen.

'Ah, juist,' zegt ze met een veelbetekenende blik.

'Hij komt later op de ochtend langs,' zeg ik en ik wijs op mijn kleren, alsof die nog niet duidelijk genoeg zijn. Ik breng elke zaterdag die ik me kan herinneren door in mijn pyjama, in elk geval tot aan de lunch. 'We gaan samen wat rondhangen.'

Even denk ik dat ik een sprankje gekwetstheid in mijn moeders blik ontwaar, maar meteen is het ook weer weg.

'Dat is geweldig, London,' zegt ze. Ze maakt zich los van het aanrecht en leegt haar kopje. 'Misschien dat ik dan nog even naar kantoor ga om wat werk in te halen.'

'Lijkt me prima,' zeg ik, dolblij omdat Luke en ik het huis dan misschien even voor onszelf hebben. Uit de aantekeningen die ik heb gelezen rees zo'n aanlokkelijk beeld van hem op dat ik graag even met hem alleen wil zijn. Behalve dan dat hij tegen me gelogen heeft, natuurlijk, maar volgens zijn briefje hebben we het goedgemaakt. Ik reken erop dat hij me van minuut tot minuut bij zal praten over gisteravond.

Alsof de duvel ermee speelt gaat net op dat moment de bel en ik ren zowat naar de deur om open te doen. Ik ruk hem open en mijn adem stokt bijna bij de aanblik van de jongen die daar staat in de felle zon.

Oké, ik heb de foto's gezien, maar die deden hem duidelijk geen recht.

Luke heeft twee afhaalbekers koffie in zijn handen, maar hij komt niet binnen; hij blijft in de deuropening staan.

'Ga je mee?' zegt hij.

'Waarnaartoe?'

'Dat zie je zo wel.'

Ik ren snel naar binnen om mijn moeder te vertellen dat we naar het winkelcentrum gaan – wie weet is het nog waar ook – en gris mijn jas, mijn mobiel en mijn portemonnee mee. Als ik terugkom staat Luke uit te kijken over onze straat. Hij hoort mijn voetstappen en draait zich naar me om met zijn mooie, heldere ogen.

'Klaar?'

'Yep,' zeg ik. Ik spring het stoepje af en neem een beker koffie aan uit zijn uitgestoken hand. Hij kust me lichtjes op mijn wang en zegt: 'Heb je mijn briefje gevonden?'

'Ja,' zeg ik. Het komt er intiemer uit dan de bedoeling was, maar het voelt prima.

'Mooi,' zegt hij op een toon die me helemaal wee van binnen

maakt. We lopen naar zijn busje, maken onze riemen vast en rijden de oprit af, god weet waarnaartoe.

Eerlijk gezegd maakt het me niets uit.

Kop koffie in mijn hand, snelweg voor me, bloedmooi vriendje aan mijn linkerzij... Deze dag kan niet meer stuk.

Acht uur later sta ik in het licht van de ondergaande zon bij de ingang van het kerkhof en vraag ik me af hoe het zover gekomen is. De koude rilling die over mijn rug loopt geeft me bij nader inzien het idee dat het stom was om alleen te gaan. Ik wenk Luke in zijn auto en die zet snel de motor af en voegt zich bij me.

Ik pak zijn hand en nu durf ik verder.

Het tafereel voor me herinnert me pijnlijk aan de begrafenis uit mijn aantekeningen, die in mijn geheugen gegrift staat, een visioen dat nu zo verwarrend is dat het pijn doet.

Het was lief van Luke om me hierheen te brengen, naar Dennenweelde. Hij had er gisteravond alles over gelezen en legde onderweg uit dat het het beste zou zijn om mijn grootmoeder persoonlijk te ontmoeten. Hij had een routekaart uitgeprint en eten voor onderweg gekocht toen hij mijn huis uit glipte. Hij was tussendoor ook nog thuis geweest om te douchen en zich om te kleden, zodat zijn ouders niet ongerust zouden worden.

Tijdens de rit heeft Luke me bijgepraat over alle giechelig makende, bloosverwekkende, broeierige details van gisteravond. Bij vlagen wilde ik hem zo de berm in dirigeren, om vervolgens dwars over de leuning tussen ons in boven op hem te springen.

Hij vertelde ook van alles over mij: alle aantekeningen die hij had gelezen en wat hij dacht over mijn leven en hoe dat moest zijn. Luke vertelde dat we elkaar als kind al ontmoet hadden, dat hij toen al naar me toe trok. Hij vertelde over het schoenenspelletje.

We kletsten en dronken *caffè latte* en aten M&M's en crackers met pindakaas en ik voelde me rustig en gelukkig en bemind.

Maar toen waren we er ineens.

Wat ik zag van Dennenweelde was de receptiebalie, waar een dikke jonge zuster in de computer keek en haar supervisor belde. Toen nam ze me apart en fluisterde met haar uienadem in mijn gezicht dat Jo Lane daar inderdaad vijf jaar gewoond had, voordat ze de grote reis aanvaardde.

'Waar is ze naartoe?' vroeg ik onnozel. Ik begreep haar niet.

'Het spijt me dat ik je dit moet vertellen, maar Jo is de afgelopen winter ontslapen,' zei de jonge zuster. 'Ze is overleden,' voegde ze daaraan toe, waarschijnlijk vanwege mijn glazige blik.

Dat was zo ongeveer het moment dat ik het gevoel kreeg dat ik ineens in een achtbaan zat waar ik niet voor in de rij had gestaan. Luke had nog de tegenwoordigheid van geest om zo veel mogelijk extra informatie los te krijgen. Toen voerde hij mijn verblufte persoontje mee terug naar de auto en reed ver bij Dennenweelde vandaan. Hij viel me niet lastig, maar liet wel weten dat hij er voor me was.

'Ik vind het zo rot voor je, London,' zei hij.

'Ik kende haar niet,' zei ik terug. Het duizelde me. De kilometers vlogen voorbij. Ik werd terug naar huis gereden, niet alleen met lege handen, maar ook nog eens volkomen verbijsterd.

De vragen die bij me opkwamen spoken nog steeds door mijn hoofd.

Hoe kan ze dood zijn? Ik herinner me haar in mijn toekomst. Vergis ik me over die vrouw op de kinderbegrafenis? Lijkt ze alleen maar op mijn oma? Ik moet die foto nog eens goed bekijken. Misschien moet ik hem aan mijn moeder laten zien. Misschien heeft mijn oma een zus. Een tweelingzus.

Al die gedachten komen een voor een naar voren voor een mentale auditie, maar geen van alle krijgen ze de hoofdrol. Geen enkele gedachte klopt helemaal.

'Dank je wel dat je me hierheen hebt gebracht,' zeg ik zachtjes, de stilte doorbrekend, terwijl Luke en ik het middenpad van het kerkhof aflopen.

'Geen dank,' zegt Luke zacht. Hij houdt zijn blik op de voorbijkomende zee van stenen gericht. Zand en grint knerpen onder onze voeten en ik probeer uit alle macht rationeel te blijven en niet te denken aan zombies die zich een weg naar boven klauwen of geesten die in mijn oor fluisteren.

Ik weet niet goed waarnaar ik op zoek ben, dus mijn ogen gaan instinctief op iets bekends af: het schuurtje van de tuinman dat is vermomd als mausoleum.

Luke volgt mijn blik en knijpt in mijn hand, die hij stevig vastheeft.

'Daar staat die rokende vent, toch?' vraagt hij. Die simpele vraag geeft me een vreemd gevoel van rust. Alsof ik thuiskom. Luke heeft mijn leven gelezen en niet alleen begrijpt hij me, maar hij herinnert het zich ook. In zekere zin is hij een beter geheugen dan ik misschien ooit zal krijgen.

'Ja,' zeg ik met een knikje, zonder mijn ogen ervan af te wenden.

Ik ben er zo in verdiept dat ik daarbinnen een beweging zie die iemand anders misschien zou ontgaan in het schemerige licht. 'Kom,' zeg ik. Ik trek Luke het middenpad af en neem een smaller paadje, dat langs de grafstenen naar het schuurtje leidt. Ik hef mijn hand om aan te kloppen, maar voor ik de kans krijg gaat de deur al open.

'Goeienavond,' zegt een man met bolle cherubijnenwangen en

een baard als die van de Kerstman. 'Kan ik jullie helpen, jongelui?'

'Hallo,' zeg ik timide, zoekend naar woorden. 'We zoeken een graf. Het graf van mijn oma. Ik heb haar nooit gekend en we vroegen ons af of er een soort kaart is.'

'Een kaart? Hm, de enige kaart die je hier zult vinden, zit hier in mijn bovenkamer,' zegt de man met een vriendelijke glimlach en hij tikt met zijn wijsvinger tegen zijn slaap. 'Ik heb een geheugen als een olifant, ik raak nooit iets kwijt. Hoe heette je oma?'

Ik werp een snelle blik op Luke en wend me dan weer tot de Kerstman.

'Jo Lane,' zeg ik.

'Ze is afgelopen winter overleden,' helpt Luke.

De Kerstman krabt op zijn hoofd en mompelt wat voor zich uit. 'Lane... Lane, hmmm...' Ik blijf hem aankijken. Hij komt me bekend voor. Misschien omdat hij op de Kerstman lijkt.

Luke en ik vangen elkaars blik weer op en net als ik me afvraag of die olifant waarover de Kerstman het had misschien van de vergeetachtige soort is, licht zijn verweerde gezicht op.

'Hebbes. Rij dertien, graf tweehonderdzevenenveertig. Of was het tweehonderdachtenveertig? Kom maar mee.' Hij stapt het pad op en gaat ons voor, de kant op waar we nog niet geweest waren. We volgen hem, steeds verder bij de veiligheid van het middenpad vandaan, het epicentrum van de dood tegemoet.

Luke en ik drentelen behoedzaam achter het geknerp-knerp-knerp van de werkmansschoenen van de tuinman aan en minstens een van ons vraagt zich af hoe normaal iemand kan zijn die ervoor kiest om op een kerkhof te werken. Onder het lopen mompelt de Kerstman wat voor zich uit over de begrafenis van Jo Lane.

'Karige opkomst bij die uitvaart. Alleen die ene man en de priester. Treurig, hoor.'

Daar kan ik niets aan doen, maar ik voel me toch schuldig.

Ik begin de passerende graven een beetje eng te vinden nu het officieel donker is geworden. De laaghangende bomen maken het nog donkerder. Het voelt alsof het midden in de nacht is, maar het is nauwelijks half zeven.

Ineens blijft de tuinman bruusk staan en Luke grijpt mijn middel, zodat ik niet tegen de oude man op bots.

'Hier ligt ze, tweehonderdzevenendertig,' zegt de Kerstman met een gebaar naar de simpele, rechthoekige granieten grafsteen aan zijn voeten. Ik kan het niet helpen, maar ik vind het een rare gedachte dat hij op mijn oma staat.

'Dank u,' fluister ik en ik loop voorzichtig, stapje voor stapje, op de steen af.

'Geen probleem,' zegt de Kerstman. Hij draait zich weer om in de richting van zijn schuurtje. 'Neem gerust de tijd. Ik sluit wel af als jullie weggaan.'

Ik hoor zijn zware schoenen wegknerpen en mijn ogen hechten zich vast aan het stuk steen, alsof ik verwacht dat het een mond zal krijgen en al mijn vragen zal beantwoorden.

ECHTGENOTE, MOEDER,
GROOTMOEDER, VRIENDIN
JOSEPHINE LONDON LANE
10 JULI 1936 – 10 DECEMBER 2009

De tranen prikken in mijn ogen om een vrouw die ik nooit gekend heb. Mijn naamgenote, blijkbaar. Luke slaat zijn arm om mijn schouders en drukt me stevig tegen zijn borst.

'Gaat het?' vraagt hij.

'Ik weet het niet,' antwoord ik naar waarheid. Ik voel me alsof ik buiten dit alles sta, alsof ik het voor me zie gebeuren in plaats van het zelf mee te maken.

We blijven nog even staan en als de tijd daar lijkt, doe ik een stap achteruit.

'Laten we gaan,' zeg ik tegen Luke.

Hij neemt me zwijgend mee terug in de richting waaruit we gekomen zijn, langs de graven, naar het schuurtje van de tuinman. Ik krijg het niet voor elkaar om de duistere gedachten buiten de deur te houden. Voor mijn geestesoog verschijnt de veel jongere, knappe tuinman die staat te roken alsof hij daar helemaal niet thuishoort en me van een afstandje probeert te troosten. In mijn herinnering kijk ik naar hem vanaf de plek waar we nu op aflopen. In mijn herinnering sta ik helemaal...

Mijn hart springt in mijn keel en mijn voeten vallen stil als ik het zie: de groene stenen engel die huilt op die dag in de toekomst.

Luke draait zich naar me om en vraagt wat er is, maar ik geef geen antwoord, ik ren er alleen maar vandoor.

'London?' roept Luke me achterna.

Ik hoor hem ook rennen en het zware dreunen van zijn voetstappen achter me stelt me gerust. Als ik tegen een boom aan loop of een spook tegenkom, is hij in elk geval zo bij me.

Mijn poolster in het grafstenenlandschap, de huilende engel, torent uit boven haar zwijgende buren en houdt de wacht in het donker.

Nu ik dichterbij kom worden de kriebels in mijn maag heviger en heviger. Mijn zij doet pijn van het rennen en er dreigt braaksel omhoog te komen in mijn keel. Ik weet niet of ik ineens zo misselijk ben van de inspanning of van de spanning, maar ik probeer het zo hard mogelijk weg te slikken.

Voor ik het weet sta ik bij de sokkel van de engel. Zonder een moment te verliezen draai ik me in de richting die ik me herinner en sta ik met mijn gezicht naar de begrafenis uit mijn visioenen.

In plaats van het niets dat ik verwacht – de lege plek die wacht op dat hulpeloze wezen, dat kind – zie ik wel degelijk iets.

Ik sluip er voetje voor voetje naartoe, terwijl ik op adem probeer te komen. Mijn gedachten ratelen en draaien en ploeteren op de puzzel die ze maar niet kunnen oplossen. Tot het er opeens is.

Het antwoord.

Ik sta op exact dezelfde plek als in mijn duistere herinnering, oog in oog met iets wat geen pasgegraven kuil is, maar een smaakvolle, gepolijste grafsteen, omringd door volgroeide planten. Het licht van de straatlantaarn buiten het ijzeren hek schijnt precies goed. Ik kan het sierlijke schrift helder en duidelijk lezen.

Ik sta gal weg te slikken als Luke om me af komt denderen. Ik denk tenminste dat het Luke is. Ik draai me niet om om te kijken.

'Ik was je even kwijt,' hijgt zijn vertrouwde stem, terwijl hij op adem probeert te komen.

Ik blijf strak vooruit staren en weet niet eens of ik überhaupt nog wel adem.

Ik sta roerloos met mijn blik aan de letters gekluisterd. Vanuit mijn ooghoek zie ik Luke ook lezen. Dan kijkt hij op naar het tuinschuurtje in de verte en de groene engel links van ons.

'Wacht, is dit...' Zijn stem sterft halverwege weg en eindelijk dringt het besef ook tot hem door. 'Krijg nou...' is alles wat hij zegt, mijn vriendje, voor hij mijn hand pakt en naast me blijft staan staren.

Als de tuinman ons tot de orde komt roepen wegens rennen over het kerkhof en het verstoren van de rust, draai ik me om en besef ik ineens dat hij het wel degelijk is.

Hij is ouder geworden, dikker en bebaard, maar als hij nu troostend zou glimlachen in plaats van zo geërgerd te kijken, dan zou hij er precies hetzelfde uitzien. Ik zie ineens wat ik zonet nog niet kon zien: ik zie hem door zijn jaren heen.

Luke en ik laten ons schoorvoetend wegjagen, maar eerst werp ik nog een laatste, doordringende blik op de inscriptie die mijn leven voor eens en voor altijd zal ontregelen.

ONS LIEVE JONGETJE
JONAS DYLAN LANE
7 NOVEMBER 1998 − 8 MEI 2001

34

Het slaat me recht in mijn gezicht, net als de eerste keer dat ik het las en de keer erna.

Die begrafenis was in het verleden.

Het verleden!

En ik weet het nog.

Ik was zo bezig met de wie-vraag dat ik de wanneer-vraag niet eens stelde.

Ik loop naar de poort van het kerkhof en mijn gedachten tollen zo hard door elkaar heen dat het pijn doet. In het busje draait Luke de verwarming hoog en we beginnen langzaam te ontdooien, terwijl we zwijgend naar mijn huis rijden. Ik ben verlamd van emotie. Pas als we de snelweg af gaan en links afslaan naar mijn wijk, doet Luke zijn mond open.

'Je moet met je moeder gaan praten,' zegt hij.

Ik zie de huizen die ik me van morgen herinner voorbijkomen en vraag me af of ik ze me misschien ook een beetje van gisteren herinner. Alle regels van mijn leven zijn in één klap overhoopgegooid door deze ene ontdekking. Het simpele weten wat er morgen komt is ineens niet zo simpel meer.

Ik merk dat ik Jamie wil bellen. Ik wilde dat het kon. Ik schud de gedachte van me af en kijk weer naar de huizen.

Als Luke de oprit op rijdt, springt het licht in het portiek aan. Ik kijk naar de klok op het dashboard en besef dat het bijna acht uur is, wat niet zo vreemd is, behalve dat ik om elf uur vanochtend ben vertrokken en tussendoor niet heb gebeld.

'Ze zal zich wel zorgen maken,' zegt Luke als een echo van mijn gedachten.

'Dat mag ook wel,' zeg ik.

'Wees niet te hard.'

'Ik zal mijn best doen,' antwoord ik zwakjes. Dan laat ik me uit de passagiersstoel glijden en ga naar binnen om mijn moeder ter verantwoording te roepen en de waarheid over mijn verdwenen herinneringen te ontdekken.

35

'Wie was Jonas?' vraag ik nog een keer. Ik kan het antwoord wel raden, maar ik moet het zeker weten.

Mijn moeder kijkt me aan met zo'n plotselinge mengeling van schrik en verdriet dat ik mijn blik wil afwenden.

Maar ik doe het niet.

'Wie was hij, mam?' vraag ik voor de derde keer, iets zachter nu.

'Hoe weet jij…' Ze kijkt omlaag naar haar handen.

Ik zeg niets. Ik zie het besef bij haar doordringen dat het geen klap uitmaakt hoe ik het weet.

Mijn moeder kijkt weer op, maar hoewel ze haar hoofd rechtop houdt, is er iets geknakt in haar houding.

'Jonas was je broertje,' zegt ze bijna op fluistertoon.

Ik zwijg, niet in staat om te zeggen dat ze verder moet gaan, maar ze gaat toch verder.

'Hij is dood.'

'Ik weet het. Ik was op het kerkhof. Ik heb zijn grafsteen gezien.'

'Waarom…' Ze houdt zichzelf tegen. 'Nou ja, dat maakt ook niet uit.'

'Ik zal je vertellen hoe ik daar terecht ben gekomen, maar eerst moet jij vertellen wat er met mijn broertje is gebeurd,' zeg ik. Er stroomt een traan over mijn wang. 'En waarom je over hem gelogen hebt. En over mij.'

'O, London, ik heb niet gelogen. Ik heb alleen een heel verdrietig feit voor je achtergehouden. Ik dacht…'

'Wat, dat ik de rest van mijn leven in gelukzalige onwetendheid door moest brengen?'

'Dat ik je het verdriet kon besparen,' zegt mijn moeder. Haar hand gaat naar haar wang om de tranen op te vangen die elk moment kunnen komen. Ik kan zien dat ik een oude wond heb opengereten. Een heel diepe, pijnlijke wond.

'Er is lang geleden iets afschuwelijks met hem gebeurd,' begint mijn moeder haar verhaal. Zo nu en dan werpt ze een blik op me, maar het grootste deel van de tijd kijkt ze naar de patronen in het kleed, alsof die haar verhaal voeden. 'Je broertje is ontvoerd. En vermoord.'

Ik hap naar adem. 'Door wie?'

'Daar zijn we nooit achter gekomen.'

Mijn moeders schouders schokken nu op en neer en heel even ben ik de moeder, als ik naar de bank loop en mijn armen om haar heen sla. Ze huilt op mijn schouder om een broertje dat ik me niet kan herinneren.

Ik wil meer weten, maar ik zie wel hoe hartverscheurend pijnlijk het voor haar is om erover te praten.

Als ze zichzelf weer een beetje in de hand heeft, richt ze zich op en legt haar handen op mijn schouders.

'Ik wilde je niet om de tuin leiden, London, dat moet je geloven,' zegt ze. Ze kijkt me recht aan. 'Je verloor je herinneringen aan het verleden en dat zag ik als het enige lichtpuntje in al die duisternis. Je zou niet hoeven te lijden onder je verlies. Ik kon je ervan afschermen. Dat heb ik al die jaren ook geprobeerd.'

Als ze het zo zegt, begrijp ik het ineens ook wel een beetje. Al ben ik het er niet automatisch mee eens.

Ik maak me los uit mijn moeders greep en ga op een stoel met dikke kussens tegenover de tv zitten. Ik trek mijn benen onder me, hoewel ik nog steeds de schoenen aanheb waarmee ik het kerkhof heb doorkruist.

Ik weet uit mijn aantekeningen dat mijn moeder geheimen voor me had, maar ik had ook geheimen voor haar. Het wordt tijd om daar een eind aan te maken.

En om hulp te vragen.

'Mam?'

'Ja, liefje?'

'Ik wil alles over Jonas weten. Ik weet dat het moeilijk voor je is, maar ik wil dat je alles vertelt. Het is belangrijk.'

Ik grijp naar de bovenkant van mijn schoenen en trek mijn voeten dichter tegen me aan.

'Dat weet ik wel, London. Ik weet dat je je leven wilt begrijpen.'

Ik haal diep adem en kijk in de donkere ogen van mijn moeder. Voor het eerst begrijp ik dat zweem van leed dat daar altijd te zien zal zijn, zelfs tijdens blijde gebeurtenissen.

Ik kan me hem niet herinneren. Ik kan me niets herinneren. Maar zij herinnert zich alles.

'Mam, het is meer dan alleen maar willen begrijpen. Ik denk dat het echt belangrijk is dat ik meer over hem te weten kom. Ik denk dat ik daar iets aan kan hebben.'

'Hoe bedoel je?' vraagt ze verward.

En eindelijk deel ik met mijn moeder wat er al die tijd in me is gegroeid en wat ik volgens mijn aantekeningen verborgen heb gehouden voor uitgerekend die ene persoon met wie ik al lang geleden open kaart had moeten spelen.

'Ik wil dat je alles vertelt, omdat ik denk dat het mijn herinneringen aan het verleden terug kan halen,' zeg ik.

Mijn moeder zucht en wrijft over haar ogen.

'London, je bent naar artsen geweest die hebben geprobeerd je geheugen te herstellen. Ik ben zelfs een keer met je naar een hypnotiseur geweest. Waarom denk je dat het iets zal veranderen als ik je vertel over de dood van je broer?'

En daar is het dan, het moment van de waarheid. Ik kijk zonder speciale reden op de wandklok. Dan verschuif ik wat op mijn stoel en duik nog wat dieper in elkaar. Ik haal diep adem en eindelijk vertel ik mijn moeder wat ze weten moet.

'Mam, ik herinner me de begrafenis van Jonas.'

Geschreven op 19/2, elke avond bij aantekeningen voegen.

Vanochtend werd ik wakker met een herinnering die me ongetwijfeld altijd bij zal blijven. Het is een begrafenis... van mijn broertje Jonas. Het is de enige herinnering uit het verleden die ik heb.

Mijn moeder heeft het jarenlang voor me achtergehouden. Ze wilde me de ellende besparen. Het valt niet mee om niet kwaad op haar te zijn, maar ik doe mijn best. Ze vond dat ik het verdriet er niet ook nog eens bij hoefde te hebben, boven op alle stress met mijn geheugen. Zij moet er elke dag mee leven en ze gunde het mij om dat niet te hoeven.

Mijn moeder was er niet bij toen het gebeurde, maar ze heeft verteld hoe het ging. Jonas en ik waren met papa mee. Ik was zes en Jonas was twee. We waren naar de supermarkt en papa ging een karretje halen. Hij heeft ons twee minuten alleen in de auto gelaten. Hij liep alleen maar even de parkeerplaats over en toen hij terugkwam, was Jonas weg.

Mijn vader heeft mijn moeder zeker verteld dat ik iets gilde over een busje en wees op een busje dat net de parkeerplaats af reed, dus mijn vader sprong in de auto en ging erachteraan. Volgens mijn moeder was dat het enige wat hij kon doen. Maar een paar straten verderop reed het busje door een stoplicht dat op rood sprong toen papa en ik eraan kwamen. Hij probeerde het met plankgas. Toen kregen we een ongeluk. Mijn moeder zei dat onze auto total loss was en ik was behoorlijk zwaar gewond. Ik lag in coma en midden in de nacht, om 4.33 uur, ging ik dood. Ze hebben me natuurlijk gereanimeerd, maar mijn moeder denkt dat mijn geheugen daarom op dat tijdstip gewist wordt.

Daarna was mijn normale geheugen blijkbaar weg. Ik herinnerde me niets van het ongeluk. En niets over Jonas.

Mijn moeder heeft mijn vader eruit geschopt. Het was zijn schuld, vond ze, dat Jonas verdwenen was en ik in het ziekenhuis was beland. Waarschijnlijk gaf hij zichzelf ook de schuld.

Ik heb mijn moeder gevraagd naar de verjaardagskaarten van mijn vader in die grote envelop in de bureaula. Die heb ik vorig najaar in haar kast gevonden. Ze was een beetje kwaad omdat ik in haar spullen geneusd had, maar ze zei dat mijn vader drie keer geprobeerd heeft om contact op te nemen en dat ze elke keer zei dat hij ons met rust moest laten. Ze vertelde dat ze in die tijd enorm verbitterd was. Nu lijkt ze alleen nog verdrietig. Misschien moeten mijn vader en mijn moeder eens praten. Misschien moet ik ook eens met mijn vader praten.

Twee jaar na de ontvoering vond de politie een paar botten en kleren van Jonas in de bergen ten westen van de stad. Toen hebben we hem begraven. Dat is de begrafenis die ik me herinner.

Ik schrijf dit op zodat ik het elke avond voor mezelf

kan neerleggen. Ik weet dat het zwaar zal zijn om dit elke ochtend te moeten lezen, maar het is belangrijk. Ik moet het doen, voor Jonas.

Ik moet de herinnering aan mijn broertje levend houden. Dat ben ik wel aan hem verplicht.

Alles bij elkaar is het een schitterende ochtend in april.

Morgen is het maandag, dus vandaag is het weekend. Ik zit op een draaistoel bij de glazen tafel op de patio en drink een latte, die mijn moeder zomaar voor me heeft gemaakt. De zon staat aan de andere kant van het huis, dus ik zit in de schaduw, met een licht briesje in mijn warrige haar. Ik ben nog steeds in pyjama – een superzacht t-shirt en een dunne short met een trektouwtje in de taille – en heb wollige fleeceslippers aan. Ik herinner me niet dat ik die ooit heb ingelopen.

Ik heb net een overheerlijke geroosterde bagel met roomkaas op en ik heb een berg aantekeningen doorgelezen over een megaleuke jongen die Luke heet. Blijkbaar heb ik al bijna een half jaar iets met hem. Het is een te mooie dag om lang stil te staan bij het feit dat ik me hem niet lijk te herinneren, niet van vroeger en niet van later.

Ik zucht, een beetje zoals Sneeuwwitje voor dat hele gedoe met die appel, en pak het andere vel papier dat vanochtend op mijn nachtkastje lag. Het is vergeeld en smoezelig en ik kan me alleen maar afvragen hoeveel ochtenden ik dezelfde woorden al gelezen heb.

Ik zucht weer, schud mijn haar uit mijn gezicht, neem langzaam een slok van mijn koffie en lees.

De ene na de andere traan spat neer op de gelinieerde bladzijden in mijn handen terwijl ik lees over een nachtmerrie die echt bleek. Snel veeg ik het zoute water weg, zodat het de inkt niet oplost. Want zelfs nu mijn borst implodeert en er een diepe haat in me opkomt tegen die opgewekte vogeltjes en alles, weet ik dat ik dit vandaag moest lezen en dat ik het morgen weer moet lezen.

Lezen is herinneren voor mij.

'Wordt het ooit makkelijker?' vraag ik aan mijn moeder, voor ik het portier van de Prius opendoe. We staan op de afzetstrook van de school. Mijn ogen zijn rood en opgezet.

'Ik weet het niet, London,' zegt mijn moeder zachtjes. Ze legt haar hand op de mijne. 'Voor mij wordt de pijn mettertijd minder. Ik weet niet hoe het bij jou zal uitpakken. Voor jou is het elke dag weer nieuw.'

Mijn moeder kijkt me gekweld aan als ze dit zegt. Ik geef geen antwoord. Ze aarzelt, alsof ze iets wil zeggen, alsof ze een inwendig debat voert. De kant die iets wil zeggen, wint.

'Liefje, ik vind dat je moet overwegen die aantekening weg te doen,' zegt ze voorzichtig.

'Nee.'

'London, denk nou even na. Jonas zou niet willen dat je elke ochtend zo'n verdriet hebt om hem. Hij zou niet willen dat je elke dag opnieuw om hem moet rouwen.'

'Hoe weet je dat nou? Hij was nog maar zo'n ukkie.'

'Een vrolijk ukkie! Een ukkie dat altijd lachte en jou aan het lachen maakte en je grootste fan was. Ik zal je de video's nog eens laten zien, als je wilt.'

'Zijn er dan video's?'

'Natuurlijk, London,' zegt mijn moeder zacht. 'Hoe dan ook, ik weet gewoon dat hij, zo klein als hij was, zijn grote zus niet zo ongelukkig zou willen zien.'

Ik maak mijn gordel los en doe het portier open, klaar om naar school te gaan.

'Het voelt gewoon alsof ik het hem verschuldigd ben,' zeg ik zachtjes. 'Om me hem te herinneren, vandaag en alle andere dagen.' Ik citeer mijn eigen aantekening van vanochtend, maar het is echt hoe ik me voel.

Mijn moeder zucht diep. Achter ons toetert een auto en ik weet dat ik moet uitstappen. Ik weet dat ik op weg moet naar mijn normale dag op school.

Mijn moeder werpt een boze blik op de ongeduldige ouder in de auto achter ons en kijkt dan weer naar mij. Haar hand ligt nog steeds op de mijne.

'Waarom, London?' vraagt ze. 'Waarom ben je hem dat verschuldigd?'

Ik trek mijn hand weg en doe het portier open. Met één voet al op het trottoir en mijn schooltas in mijn hand zeg ik tegen mijn moeder: 'Omdat ik nog leef en hij niet.'

'London? Eh, London? Pardon, London Lane, ben je daar nog?'

Ik kijk op en zie twee rijen koekeloerende scholieren en een licht geïrriteerde meneer Hoffman. Ze kijken me allemaal verwachtingsvol aan.

Ik heb de vraag compleet gemist, maar na een snelle blik op het bord begrijp ik wat hij wil weten.

'F-accent,' mompel ik, blij dat ik de goedaardige delen van de briefing van vanochtend ook heb onthouden en niet alleen die inktzwarte delen die als kankercellen door mijn gedachten woekeren.

'Goed zo. Dan mag je nu weer gaan slapen,' zegt Hoffman met

een knipoog die te nadrukkelijk cool bedoeld is.

Arme meneer Hoffman. Hij zal nooit cool worden. Een meisje met poedelhaar dat voor me zit leunt zo ver achterover in haar afgetakelde, krakerige stoel dat haar krullen op de bladzijden van mijn opengeslagen schrijfblok vallen. Het warrige bos haar verbergt niets, want ik heb geen aantekeningen gemaakt. Mijn blanco schrijfblok en mijn vulpotlood zijn rekwisieten, net als de rugzak onder mijn stoel en zelfs, als ik eerlijk ben, de schoolboeken die erin zitten.

Desondanks veeg ik haar haren van mijn papier, waarop ze zich met een grimmige blik naar me omdraait. Ze haalt haar vingers door haar kapsel. Dan gaat de bel.

Ik pak mijn spullen bij elkaar en loop naar de uitgang van het lokaal. Dan voeg ik in in de leerlingenstroom die zich al roezemoezend van het ene lokaal naar het andere beweegt.

Als ik mijn kluisje heb weten te bereiken, zie ik verderop in de gang Jamie staan, in haar eentje. Ik doe het metalen deurtje zo ver open dat ik haar in de spiegel kan zien.

Jamie rommelt wat met haar boeken, zet haar tas op de grond en pakt een lipglossje van de bovenste plank. Ze doet nauwgezet haar lippen, hijst haar tas op haar schouder en slaat haar kluisje dicht.

Ze draait zich mijn kant op en aarzelt. Net als ik denk dat ze naar me toe zal komen om iets te zeggen, draait ze zich bruusk om en loopt weg door de gang. Als ze weg is sla ik mijn eigen kluisje dicht en volg haar, twintig passen achterop, wensend dat we arm in arm liepen.

Jamie werpt me achterdochtige blikken toe vanaf de overkant van ons tafeleiland. We moeten samen een fictieve reisroute uitstippelen voor een tweeweekse vakantie in Mexico. Het geeft een beetje afleiding en normaal gesproken zou ik daar helemaal voor zijn. In mijn latere leven ga ik veel reizen. Maar vandaag interesseert het me niets.

'Wat nou?' sis ik tegen haar. Ik heb hier geen zin in.

'Niks,' zegt ze, een beetje van haar stuk door mijn onkarakteristiek heftige reactie.

Ik trek de reisgids van Mexico naar me toen en sla hem zomaar ergens open, in het hoofdstuk over Isla de Mujeres. Ik kan alleen maar in de lach schieten. Ik weet nog dat ik daarnaartoe ga. Met Jamie. Een Jamie die iets meer rimpels heeft, maar nog steeds een schoonheid is.

Bladerend door de afdeling hotels kom ik foto's tegen waar ik een déjà-vu gevoel van krijg. Een hotel op een privé-eiland, omringd door de helderste, blauwste oceaan die een mens zich maar kan voorstellen.

Het doet me denken aan Lukes ogen, die me vanochtend tijdens het huiswerkuur aanstaarden.

Ik ga vanzelf iets breder glimlachen.

'Wat is er zo grappig?' vraagt Jamie pissig.

'Niks. Dit hotel ziet er gewoon wel mooi uit,' zeg ik. Ik draai het boek om, zodat zij het ook kan zien.

Ik vraag me af of dit diep in mijn onderbewuste de oorsprong is van ons idee om er eens helemaal uit te gaan. Ik vraag me af of iets in mij zich vandaag zal herinneren als Jamie en ik ons reisje uiteindelijk plannen.

'Gaat wel,' zegt Jamie schouderophalend, met haar blik op het paradijselijke hotel. 'Ik heb wel beter gezien.'

Ik trek het boek weer naar me toe en begin aan onze opdracht. Jamie blijft een paar tellen stilzitten en verrast me dan met een vraag.

'Is alles goed met je?' vraagt ze.

Ik kijk op.

'Ja, hoor. Hoezo?'

'Het lijkt net of je gehuild hebt,' fluistert ze bijna, en ze kijkt om zich heen of niemand ons kan horen. Ik ben blij dat ze me blijkbaar niet voor schut wil zetten.

'Ja,' zeg ik, en nu is het mijn beurt om mijn schouders op te halen. 'Er zijn een paar dingen gebeurd.'

'O,' zegt Jamie. Ze kijkt omlaag naar haar schoot. Heel even denk ik dat mijn herinnering niet klopt, dat het niet nog een paar weken zal duren voor we weer vrienden zijn. Maar ineens is Jamies opwelling van medeleven ook weer verdwenen, net zo snel als ze gekomen is.

'De les is alweer half voorbij. Geef maar hier. Ik doe het wel,' zegt ze. Ze grist het boek uit mijn handen en gaat meteen in de weer met een imaginaire reisplanning voor een reisje dat ze – al weet ze het nog niet – ooit zelf zal maken... met mij.

Ik voel me vreemd gesterkt als ik mijn beste vriendin zo alleen aan onze gezamenlijke opdracht zie werken. Ik weet dat ze wil vragen wat er met me is. Ik weet dat ze het erg vindt dat ik me rot voel. Ik weet dat ze me mist.

En het is heel motiverend om dat allemaal te weten.

Ik krijg mijn beste vriendin terug.

Maar eerst doe ik iets aan die relatie die haar niets dan ellende zal brengen.

38

'Waar gaan we naartoe?' vraagt Luke.

'Rij nou maar gewoon,' zeg ik. 'Bij het stoplicht linksaf.'

Luke doet wat ik zeg en protesteert dan pas. 'Ik dacht dat je na school mee naar mijn huis zou gaan, in plaats van in de buurt te surveilleren.'

'Grappig, hoor,' zeg ik. Ik wijs en commandeer: 'Daar rechtsaf en dan langzamer gaan rijden. Ik moet het huisnummer zien te vinden.'

Op een papiertje staat: 'Mountain Street 1553'. Niet te geloven wat je allemaal kunt vinden in het telefoonboek.

'Daar is het,' zeg ik, terwijl ik me in een reflex lager in mijn stoel laat zakken. 'Dat witte huis daar rechts. Met die zwarte luiken. Rij er maar voorbij en parkeer iets verderop.'

Luke schudt zijn hoofd, maar doet wat ik vraag. Hij parkeert het busje in en zet het in de parkeerstand. Ik buig me voorover en zet de radio zachter, hoewel hij al zacht stond. Dan draai ik hem uit.

'Ze zouden minstens bionische oren moeten hebben om dat te horen, hoor,' zegt Luke lachend.

'Ssst,' zeg ik, mijn nek verrekkend om het huis achter ons te zien.

'Hier, probeer dit,' zegt Luke. Hij doet de zonneklep aan mijn kant omlaag. Er zit een spiegeltje achter. Ik verstel het en nu kan ik het huis zien zonder me om te draaien.

'Dank je,' zeg ik zacht.

'Geen dank,' zegt hij. Hij kijkt me nieuwsgierig aan. 'En nu? Wat doen we precies?'

'We observeren het huis en wachten,' zeg ik.

'Waarop?' vraagt Luke.

'De Boodschapper,' antwoord ik.

'De Boodschapper,' herhaalt hij toonloos. Hij leunt achterover in zijn stoel en staart blind uit het raam.

Een paar huizen voor ons rijdt een auto een oprit op en er komt een vrouw uit, die worstelend met twee armen vol tassen haar huis in probeert te komen. De wind wil blijkbaar niet dat ze het haalt. Hij verblindt haar met haar eigen haar en trekt aan haar schouders.

Ik probeer de situatie uit te leggen aan Luke.

'Ik moet te weten komen wie er bijles volgt bij de vrouw van Rice,' zeg ik.

'Hoe weet je dat ze bijles geeft?' vraagt Luke.

Ik rol met mijn ogen en antwoord: 'Omdat ik het weet. Jessie Hensen vertelt me volgend jaar dat de bijlessen wiskunde van mevrouw Rice beter zijn dan de lessen die we op school van mevrouw Hanover krijgen.'

'Wie is Jessie Henson?' vraagt Luke, die de kern van mijn verhaal blijkbaar totaal gemist heeft.

'Gewoon een meisje met wie ik volgend jaar wiskunde heb,' zeg ik geïrriteerd. 'Ze komt naast me zitten. Ze kletst nogal veel.'

'Dus wacht even, je wilt te weten komen wie er bijles bij mevrouw Rice heeft, zodat je haar man aan diegene kunt verklikken?' vraagt Luke. Eindelijk valt het kwartje.

Ik knik kort.

'Maar zal die persoon dan niet tegen mevrouw Rice zeggen dat hij het van jou heeft?' vraagt Luke confuus.

'Niet als ik slim ben,' zeg ik.

'Nou snap ik het,' zegt hij, maar ik vraag me af of hij het meent. Hij trommelt met zijn handen op het stuur alsof hij zich verveelt.

Er gebeurt helemaal niets bij het huis van Rice en ik word met de seconde minder enthousiast over mijn missie.

Ik verander zuchtend van onderwerp.

'Hoe denk jij over hypnose?' vraag ik.

'Daar denk ik eerlijk gezegd nooit over,' zegt Luke, terwijl hij me aankijkt met zijn zachtblauwe ogen.

'Denk er dan even over na. Denk je dat ik me onder hypnose meer zou kunnen herinneren?'

'Meer wat? Verleden of toekomst?'

'Maakt niet uit,' zeg ik, maar ik meen het niet echt. Herinneringen aan de toekomst voelen normaal aan. Die ene herinnering uit het verleden in mijn hoofd is net een splinter. Ze hoort daar niet.

'Misschien zou een hypnotiseur je geheugen over mij kunnen opfrissen,' mompelt Luke. Hij kijkt weer uit over de straat.

'Misschien wel,' zeg ik. Ik richt me weer op het huis achter me. 'Zou het niet fijn zijn om met iemand om te gaan die 's ochtends nog weet wie je bent?'

'Tuurlijk,' zegt Luke. 'Maar aan de andere kant ga ik je dan misschien wel vervelen.'

'Onmogelijk,' antwoord ik. 'Maar wat denk je?'

'Ik denk dat jij daarover moet beslissen,' antwoordt Luke.

Zijn vrijblijvende reactie irriteert me. Ik kijk zijn kant op om even met mijn ogen te rollen en kijk dan weer naar het huis.

Nog steeds niets.

'Ik wil wat jij wilt, als het over je geheugen gaat. Ik hou toch wel van je, hoe dan ook,' zegt Luke.

Ik draai me naar hem om en onze blikken versmelten.

Ik vraag me af of mijn hart de score misschien beter bijhoudt dan mijn hoofd. Misschien voel ik daarom zo veel voor Luke, hoewel ik hem technisch gesproken pas vanochtend heb ontmoet, tijdens het huiswerkuur.

Iets trekt mijn aandacht en verpest het moment. Er komt een witte auto voorbijflitsen, die alleen maar bestuurd kan worden door iemand zonder enig inzicht in de toekomstige gevaren van roekeloos rijgedrag.

Hij draait zonder af te remmen de oprit van het witte huis met de zwarte luiken op: Mountain Street 1553.

De Boodschapper is gearriveerd.

Ik wacht opgewonden af terwijl de automobilist de motor afzet, zijn of haar spullen pakt en het portier opendoet. Ik laat het spiegeltje links liggen en draai me om in mijn stoel om het beter te kunnen zien. Er komt lang blond haar uit de auto.

Ik tuur naar de auto en slaak dan een kreunende zucht.

De Boodschapper is Carley Lynch, wat alles meteen een stuk ingewikkelder maakt. Ik was van plan om de Boodschapper subtiel op Jamie en Rice af te sturen, zodat hij ze kon betrappen. Maar nu het Carley is, moet ik mijn plan aanpassen.

Carley Lynch zou nooit iets doen op mijn aanraden.

'Wat ga je nu doen?' vraagt Luke een half uur later. Hij mikt een sierkussentje de lucht in en vangt het weer op, steeds opnieuw. Ik zou hem het kussen het liefst uit handen grissen en het uit het raam gooien.

'Ik weet het niet,' zeg ik, terugdenkend aan al die keren dat Carley haar mening over mij zal uiten, variërend van keren dat ze alleen maar chagrijnig naar me kijkt tot de speciale gelegenheden waarop ze sarcastische opmerkingen maakt over mijn kleren, de manier waarop ik loop of het feit dat ik besta.

'Kun je niet denken aan wat je zult doen en dat gewoon doen?' zegt Luke, die nog steeds zit te gooien met dat stomme kussen.

'Luke!' schreeuw ik tegen hem. 'Denk je dat ik er zo mee zou zitten als ik wist hoe ik het oplos? Mijn herinneringen aan Jamie en

Rice eindigen een stuk later en behoorlijk rottig. Dat probeer ik nu juist allemaal te veranderen. Ik tast ook maar wat in het duister, ja! Misschien kun je proberen te helpen in plaats van de hele tijd met dat stomme kussen te gooien.'

Lukes laatste worp landt net op dat moment weer in zijn handen en in plaats van het kussentje nog eens op te gooien legt hij het weg.

'Sorry,' zegt hij. Hij gaat rechtovereind zitten en kijkt me aan.

'Kom bij me zitten.'

'Wil ik niet,' zeg ik als een boze kleuter, maar Lukes warme ogen en zijn lieve lach slijpen de scherpe kantjes van mijn boosheid. Even later hang ik met hem op mijn bed en brainstormen we over manieren om een prematuur eind te maken aan Jamies affaire.

We zitten nog steeds op mijn bed als mijn moeder aanklopt en binnenkomt. Het is 21.45 uur. Ze is laat thuis en ik was haar eerlijk gezegd straal vergeten. Net als het avondeten en de tijd en wat dan ook.

'O, Luke!' zegt mijn moeder. Ze ziet hem liggen, languit op mijn beddensprei.

'We smeden een plan,' leg ik uit als ze een waarschuwende blik mijn kant op stuurt. Het is geen fantastische uitleg, maar iets anders heb ik zo snel niet paraat.

'Fijn, maar waarom gaan jullie daar morgen niet mee verder? Het wordt al laat,' zegt ze.

'Hoe laat is het?' vraagt Luke. Hij buigt zich voorover, zodat hij de wekker op het nachtkastje kan zien.

'Bijna tien uur,' antwoordt mijn moeder.

Luke schuift bliksemsnel naar de rand van het bed en schiet zijn schoenen aan.

'Ik moet weg,' zegt hij. 'Mijn moeder krijgt een hartverzakking.'

Hij staat op, komt op zijn hurken voor me zitten en kust me dan op mijn mond, pal in het zicht van mijn moeder.

Lef. Daar hou ik wel van.

Dan trekt hij snel zijn jas aan, wuift naar ons allebei en rent de kamer uit. Ik hoor hem van de trap af denderen en de deur uit gaan, die met een klap achter hem dichtvalt.

'Sorry,' zeg ik tegen mijn moeder als hij weg is. 'Ik had helemaal niet door hoe laat het al was.'

'Het is niet erg, liefje,' zegt ze. Ze strijkt mijn haar glad. 'Luke is een fijne jongen.'

'Ja, ik vind hem echt leuk,' zeg ik. 'Volgens mij hou ik van hem.'

Ik vraag me af of mijn moeder me nu een preek gaat geven over kalverliefde en kuisheid en nog meer gênant gedoe, maar ze doet het niet. Verbazend genoeg zegt ze alleen maar: 'Ik weet het wel zeker.'

Na een knuffel laat ze me alleen in mijn kamer. Ik heb een goed gevoel over vandaag en ik wou maar dat ik het voor altijd vast kon houden.

Maar ik ga aan de slag. Zonder Lukes opwindende aanwezigheid om me af te leiden en met behulp van mijn aantekeningen sla ik aan het brainstormen. Uiteindelijk is het zonneklaar wat ik moet doen: het roddelcircuit inzetten.

Met wat onbewuste hulp van Gaby Stein, de toekomstige redenaar Christopher Osborne, Alex Morgan en uiteindelijk Carley Lynch moet Jamie te redden zijn.

Als alle dominosteentjes tenminste de goede kant op vallen.

Volgens de gedetailleerde instructies uit mijn aantekeningen van vanochtend schuif ik het opgevouwen briefje in het kluisje van Gaby Stein, twee seconden voordat de leerlingen binnendruppelen om zich om te kleden voor gym. Zonder te laten merken dat ik kijk, zie ik Gaby het briefje vinden. Ze leest het en bloost.

Op dat moment weet ik dat het eerste dominosteentje omvalt. Gaby zal tijdens de lunchpauze naar het ICT-lokaal gaan, op zoek naar Christopher. Die daar dus mooi niet zal zijn, als er tenminste geen krankzinnig toevallige samenloop van omstandigheden optreedt. Maar ik weet uit mijn aantekeningen dat Jamie en Rice er wel zullen zijn.

Zo'n roddel is te sappig voor Gaby om hem voor zich te houden.

Vijf lesuren later arriveer ik vroeg in het lokaal voor Engels, waar ik met smart ga zitten wachten op de komst van Gaby en mijn volgende dominosteentje, de verschrikkelijke Alex Morgan.

Gaby komt het eerst binnen en ik zie in één oogopslag dat ze ze betrapt heeft. Ze barst bijna uit elkaar van dit kakelverse geheim. Ik probeer mijn opwinding te verbergen als Gaby rap tegen Alex begint te fluisteren zodra die verschijnt. Nog voor de bel gaat – en voordat mevrouw Jenkins haar kan wijzen op het sms-verbod tijdens lesuren – typt en verzendt Alex een boodschap met haar mobiel. Ik kan alleen maar hopen dat die voor Carley bedoeld is.

Na school vraag ik Luke me naar een adres uit mijn aantekeningen van vanochtend te rijden.

'Al weer?' vraagt hij.

Ik haal mijn schouders op. 'Blijkbaar,' zeg ik.

Luke doet het, maar hij kijkt niet blij. Als we er zijn, parkeert hij iets verderop en wijst naar het huis in kwestie. Een paar minuten later racet een witte auto de oprit op. Carley Lynch stapt uit.

'Waar wacht je dit keer op?' vraagt Luke.

Ik tuur naar Carley, om het zeker te weten, en dan geef ik antwoord.

'Daarop,' zeg ik, wijzend met mijn vinger.

'Op Carley?'

'Niet op Carley. Op haar gezicht. Haar houding. Ze kijkt zorgelijk.'

'Dus?' vraagt Luke. 'Wil dat dan zeggen dat ze het weet?'

Ik haal diep adem en blaas opgelucht uit. Een kleine overwinning.

'Ja,' zeg ik tegen mijn vriendje. 'Ze weet het.'

'En nu? vraagt hij.

Ik kijk in zijn ogen, zo blij dat ik hem in mijn leven heb.

'We gaan,' zeg ik.

'Dat was het? Daarvoor zijn we gekomen? Om Carleys gezicht te zien?'

'Yep,' zeg ik.

'En verder doe je niets?'

'Nee. Hoeft niet.'

Luke schudt zijn hoofd. Hij start de motor en manoeuvreert de auto bij de stoep vandaan.

'Klinkt als tijdverspilling,' mompelt hij.

'Ik hoop van niet,' zeg ik zacht.

'Ik hoop het ook niet, voor Jamie,' antwoordt Luke. 'Ik kan gewoon niet geloven dat dit alles is wat je eraan doet.'

'Nou ja, er is nog iets,' zeg ik.

'Wat dan?' vraagt Luke.

'Ik ga vergeten dat dit ooit gebeurd is.'

40

Er staat vanochtend een politieauto voor de Meridan High School. Dat is ook niet iets wat je elke dag ziet. De leerlingen fluisteren. Carley Lynch wordt omringd door een groep troostende vriendinnen in de centrale hal.

Het is allemaal een tikje verontrustend.

Als ik bij Spaans arriveer, zie ik dat Jamie er al is. Ze hangt met gekruiste armen over haar tafel en haar kin ligt op haar armen. Ze ziet eruit alsof ze gehuild heeft.

'Wat is er, J.?' vraag ik zachtjes. Ik ga naast haar zitten.

'Wat denk je?' vraagt ze zonder me aan te kijken.

Ik denk vooruit naar gefluister over Jamie in de gangen. Een vijandig aandoende rechtszaal. Een getuigenis. Een veroordeling.

Ik lieg.

'Ik weet het niet, Jamie, maar echt, ruzie of niet, je kunt altijd bij me terecht. Ik zal er altijd zijn om tegenaan te praten.'

Jamie kijkt me aan met rode ogen en een pafferig gezicht. De bel gaat en mevrouw Garcia start een Spaanse film. Als die een paar minuten bezig is, wendt Jamie zich weer tot mij.

'We zijn betrapt,' fluistert ze. Er wellen verse tranen op in haar ogen. 'De politie heeft hem vanochtend opgehaald. Carley Lynch, dat kreng, heeft het overgebriefd aan de rector. Jij vindt dit vast het beste nieuws dat je de hele dag zult horen.'

Ik hou haar blik even vast en fluister dan terug.

'Nee,' zeg ik oprecht. 'Ik vind het zo erg voor je, Jamie.'

Ze wendt haar blik af en zegt even niets. Totdat ze toch iets zegt.

'Ik geloof je niet,' fluistert Jamie, zo zacht dat ik haar bijna niet kan horen. Haar kin zakt weer af naar haar armen.

Ik herinner me aantekeningen over Jamies regel dat ik niets over haar toekomst mag vertellen. Als er al een moment bestaat om die regel te overtreden, dan is het nu wel.

'Jamie,' fluister ik. 'Het komt allemaal goed. Echt. Geloof mij maar.'

Luke en ik lopen hand in hand de parkeerplaats over. Het is lunchtijd. Het is vreemd windstil en daardoor voel ik me nog raarder dan ik me al voelde. Het weer is te rustig voor zo'n turbulente dag.

'Ik kan gewoon niet geloven dat ze betrapt zijn,' zeg ik tegen Luke als we in zijn MPV stappen.

'Uh-huh,' zegt hij met een vreemde blik in zijn ogen.

'Wat "uh-huh"?' vraag ik.

'Niks,' zegt hij.

'Ik vind het afschuwelijk voor haar. Ik bedoel, ik heb mijn aantekeningen gelezen. Ik was behoorlijk over de zeik over dat gedoe tussen hen. Maar ik kan gewoon niet geloven dat hij naar de gevangenis moet. En die arme Jamie... Ze moet naar de rechtbank. En iedereen gaat haar ermee treiteren. Ik herinner het me precies.'

'Je had je ergere dingen kunnen herinneren,' zegt Luke.

'Ik herinner me ook ergere dingen,' zeg ik terug, en ik denk aan de aantekening over mijn broertje van vanochtend. Op dit moment lijkt Jamies vergissing niet eens zo enorm.

'Maar goed dat het schooljaar bijna voorbij is,' zeg ik.

'Hoezo?' vraagt Luke, terwijl we de parkeerplaats af rijden.

'Volgend schooljaar heeft bijna niemand het er meer over,' verklaar ik. 'Dan kan Jamie zich weer een beetje normaal voelen. Meestal, tenminste.'

Ik zucht de zware zucht van hen die weten wat er komt.

'Het is mooi weer,' zegt Luke, om van onderwerp te veranderen. 'Zou een picknick helpen?'

'Ja,' zeg ik en ik zie me al in het gras liggen en de hele lunchpauze in zijn ogen kijken. 'Ja, dat denk ik wel.'

'Wil je Jamie vragen of ze ook zin heeft?' oppert Luke.

'Wat lief bedacht,' zeg ik. 'Dat is een geweldig idee.' Ik haal mijn telefoon tevoorschijn en sms een uitnodiging. Jamie antwoordt meteen. Vooruitgang. *Ik lunch thuis. Boek vergeten. Toch bedankt. Echt. Betekent veel voor me.*

Ik glimlach en sms terug: *Altijd welkom, J.*

'Komt ze?' vraagt Luke.

'Nee. We staan er alleen voor.'

Tien minuten later zit ik in Lukes MPV op Luke te wachten op de parkeerplaats van een supermarkt, terwijl hij eten haalt.

Ik wou dat hij een beetje opschoot.

De lentezon beukt op me in door de voorruit en de hitte en de stilte vertragen mijn ademhaling en ontspannen mijn spieren. Ik staar vaag voor me uit. Met een half oog zie ik een jonge moeder met een baby op de arm de winkel in gaan en een paar minuten later weer buiten komen met een doos luiers. Een lange man en een klein vrouwtje lopen haastig door de schuifdeuren. De man kijkt onder het lopen op zijn horloge. Twee kinderen, zo te zien zonder toezicht, rennen de parkeerplaats over en de winkel in. Ik vraag me af waar hun moeder is en laat mijn zware hoofd naar links rollen.

Een gezicht vlak voor de autoruit brengt me met een ruk terug in de werkelijkheid.

Zo meteen zal ik beseffen dat die vrouw waarschijnlijk de moeder is van de twee uitgelaten jongetjes die ik net zag. Zo meteen zal me opvallen dat haar MPV, die naast ons geparkeerd staat, bijna hetzelfde is als die van Luke en dat ze alleen maar even 'het nieuwere model wilde bekijken', zoals ze me bij wijze van uitleg zal toeroepen. Zo meteen zal mijn hartslag weer langzaam terug naar normaal zakken.

Maar nu, op dit moment, ben ik verstijfd van angst. Ik ben doodsbang voor het grote gezicht van de vrouw, omlijst door haar twee handen zodat ze door de getinte ramen kan kijken. Op dit moment doe ik, bevangen door irrationele paniek, de deuren op slot en schuif ik op naar het midden van de auto, zodat die vreemde persoon me niet te pakken zal krijgen.

Vreemde persoon?

Te pakken krijgen?

Terwijl ik het denk, weet ik dat het nergens op slaat.

Maar dan valt er ineens iets op zijn plek.

Ik zie mezelf als klein meisje. Mijn vader is de parkeerplaats overgestoken en trekt een karretje uit de rij. Naast me zit een peuter, ingesnoerd in zijn autostoeltje. Het is mijn broertje Jonas. Ik speel kiekeboe met hem. Hij giechelt.

Een vrouw klopt op het raampje aan mijn kant. 'Ik ben een vriendin van je moeder,' hoor ik haar zeggen door het glas. 'Doe eens open, zodat ik dag kan zeggen,' zegt ze liefjes. 'Dan kun je meteen mijn puppy zien,' zegt ze dan en ze houdt een grote tas omhoog met een klein hondje erin.

Ik ben dol op honden, vooral piepkleine hondjes.

Ik maak mijn gordel los. Ik klim over de voorstoel naar voren en zie mijn vader verderop bij de karretjes. Alles is goed. Hij is vlak in de buurt. Hij vindt het vast ook leuk om mama's vriendin te zien.

Ik klik op de knop van de sloten, zoals ik ook altijd doe als ik net doe alsof ik auto rij in de garage. Alle sloten klikken open.

Voor ik de man zie, hoor ik Jonas gillen. Hij houdt niet van vreemden. Ik draai me om en zie dat de man hem uit zijn stoeltje haalt. Jonas vindt het niet leuk. Hij huilt en schopt om zich heen. Dan wordt zijn gegil zachter, omdat hij weggaat.

'Papa!' schreeuw ik, als ik zie dat mijn mama's vriendin en die man Jonas in een busje zetten. Ik mag nooit uit de auto stappen op een parkeerplaats, maar ik doe het toch. 'Papa!' schreeuw ik en ik blijf schreeuwen tot hij me hoort en komt aanrennen.

Papa luistert naar wat er gebeurd is en rijdt heel snel achter het busje aan, maar we botsen tegen een auto en meer herinner ik me niet.

De tranen rollen over mijn wangen als Luke weer naast me in de auto komt zitten.

'Breng me alsjeblieft naar huis,' zeg ik zachtjes, en dat doet hij.

'Is alles goed met je?' vraagt mijn moeder. Ze komt op me af rennen. Als ze bij de stoel is waarin ik als een balletje opgerold lig, gewikkeld in een geweven deken en ook anderszins proberend me zo veel mogelijk van de wereld af te schermen, beweegt de rug van haar hand instinctief naar mijn voorhoofd toe.

'Ik heb geen koorts,' zeg ik en ik schud haar af. 'Alles is goed, ik heb alleen je hulp nodig.'

Ze doet een stap naar achteren in haar nette werkkleren en op haar hoge hakken en kijkt me alert aan.

'Oké…' zegt ze.

'We moeten naar de politie,' zeg ik zonder omhaal, hoewel mijn stem ietwat gedempt klinkt omdat de deken is opgekropen tot over mijn mond. Ik duw hem weg en ga rechtovereind zitten.

'Waarom moeten we in hemelsnaam…'

'Ik weet wie het gedaan hebben. Ik weet wie Jonas heeft ontvoerd. Ik zag ze in mijn herinnering.'

De geschokte blik in mijn moeders ogen verbaast me niets.

"Ze"?

'Ja, "ze". Een man en een vrouw. Ik zie ze zo voor me. Ik kan de politie helpen ze te vinden.'

'Kalm aan, liefje,' zegt mijn moeder. Ze gaat op de bank rechts van me zitten. 'Vertel eens wat er gebeurd is.'

Ik vertel en de tranen beginnen weer te stromen. Het is allemaal mijn schuld.

'Liefje, het is goed,' fluistert mijn moeder. Ze buigt zich naar me toe en streelt over mijn haar. 'Je hebt niets verkeerd gedaan.'

'Wel!' jammer ik. 'Ik heb de deuren opengemaakt! Het is mijn schuld dat hij weg is. Het is mijn schuld dat hij dood is!'

Ik trek de deken weer over mijn gezicht en huil tot ik geen traan meer overheb.

'Stil maar,' blijft mijn moeder continu herhalen en ik zou haar bezorgde gesus het liefst van me afschudden. Ik verdien het niet. Hoe kan ze nog van me houden nu ze weet dat het mijn schuld is dat Jonas dood is?

Zal ze nog steeds van me houden als ze de rest van het verhaal hoort?

'Mam, dat is nog niet alles,' zeg ik door mijn tranen heen. Hoe afschuwelijk mijn herinnering uit het verleden ook is, het is voorbij. Wat ik nog niet verteld heb, is het deel uit de toekomst dat nog niet gebeurd is. Het weegt zo zwaar op me dat ik nog dieper wegzink in mijn stoel.

'Wat is er dan, London?' zegt mijn moeder op gedempte toon. Ze veegt mijn haren opzij en veegt mijn tranen af, die prompt vervangen worden door nieuwe. 'Je kunt me alles vertellen.'

Omdat ik het zo wanhopig graag aan iemand wil vertellen doe ik mijn mond open en pers de woorden er krakerig uit.

'Luke gaat ook dood.'

Zo zacht dat mijn moeder zich naar me toe moet buigen om me te verstaan vertel ik haar over de toekomstige herinnering die bovenkwam bij het zien van de gezichten van de boosdoeners.

Ik vertel dat het over vijf, zes jaar moet zijn, te oordelen naar mijn spiegelbeeld in de etalage van een winkel in de grote stad, in een straat die ik niet herken. Luke is er ook.

Ik hou een gescheurd papiertje in mijn hand geklemd waar een adres op gekrabbeld staat. We wachten tot er iemand naar buiten zal komen. We zijn nieuwsgierig. We zijn van plan om naar de politie te gaan.

Er komt een man uit het herenhuis. Hij heeft nette schoenen van een nepmerk aan en een blazer, zodat hij er helemaal niet uitziet als een kidnapper en een moordenaar, maar ik weet de waarheid, toen en nu.

De man loopt verend over de straatkeien, slaat een zijstraat in en verdwijnt dan in een steegje. We volgen hem zonder dat we dat van plan waren en na een paar verkeerde afslagen voelt de bedrijvige stad, die eerst zo veilig aanvoelde, ineens niet meer zo veilig. Luke en ik willen weg, maar het is te laat.

De man weet dat we er zijn.

'Wat mot je?' schreeuwt hij tegen ons. Hij lijkt dronken of stoned. Hij is duidelijk niet erg stabiel.

Eerst zeggen we niets. Dan flap ik er, als de eerste de beste idioot in een horrorfilm, woorden uit die ik het liefst weer in zou willen slikken.

'Je hebt mijn broertje meegenomen,' roep ik met valse overtuiging.

'London,' fluistert Luke hard. Hij knijpt in mijn hand. Luke is verstandig.

'O ja, denk je dat?' zegt de man. Hij komt langzaam dichterbij.

Ik weet met elke vezel van mijn lichaam dat we in dodelijk gevaar verkeren. Dit was de verkeerde beslissing.

De man kauwt op een tandenstoker, die hij heen en weer beweegt in zijn mond alsof hij volkomen op zijn gemak is.

Luke doet instinctief een stap naar voren, alsof hij me wil afschermen van die man. Die staat nog maar een meter of drie van ons af.

'Laten we gaan,' zeg ik zachtjes tegen Luke. Ik ben doodsbang. Ik doe een paar stappen terug en trek aan zijn hand.

Zonder enige waarschuwing reikt de man achter zich, onder zijn jasje, en zijn rechterhand komt zwaarbeladen weer tevoorschijn.

Hij heeft een pistool.

Ik huiver als ik dit gedeelte aan mijn moeder vertel en ze schuift naar het uiterste puntje van de bank, zodat ze een troostende hand op mijn knie kan leggen.

Mijn mobiel zoemt omdat er een sms'je binnenkomt en ik weet zonder te kijken dat het van Luke is. Ik negeer het.

'Vertel maar verder, toe maar,' zegt mijn moeder bemoedigend.

Ik vertel dat de man zijn pistool op ons richt, zonder enige aarzeling. Natuurlijk heeft de moordenaar een wapen. Hoe hebben we zo stom kunnen zijn?

'Nu kan ik jullie natuurlijk niet meer laten lopen, hè?' zegt de man. Zijn ogen staan klein en duister.

Hij zet nog een stap met zijn pistool op ons gericht en Luke moet weten wat er komt, want op dat moment doet hij iets heldhaftigs. Of stoms.

Luke laat mijn hand los, duwt me weg in de richting van de uitgang van het steegje en schreeuwt zo hard hij kan: 'Wegwezen, London!'

En ik doe mijn best.

Maar de kogels houden me tegen.

Mijn moeder heeft haar hand voor haar mond geslagen en ik vertel haar de rest: de wereld die stilvalt als het schieten ophoudt, de ritmische voetstappen van de man, die wegvlucht, de minuten waarin ik denk dat ik doodga en omhoog staar naar de sterreloze stadshemel. Het gutturale gekreun dat me uit mijn trance haalt en me op mijn stervende vriendje wijst.

Ik stop om een paar keer diep adem te halen en vertel mijn moeder dan over Lukes laatste ogenblikken. Geen laatste woorden. Geen gevoelens. Alleen maar Luke, happend naar adem, rauwe doodsangst in zijn ogen.

42

Ik snotter me een weg door het eind van het verhaal, met lopende neus, overstromende ogen en schokkende schouders. Het is besmettelijk en mijn moeder en ik huilen samen om het verleden en de toekomst.

Als er geen tranen meer komen reageert mijn moeder zo bruusk dat ik ervan schrik. Ze slaat op haar bovenbenen en staat op.

'Opstaan,' commandeert ze.

Ik heb me inmiddels zo ingegraven in de kussens dat iemand me makkelijk voor een meubelstuk zou kunnen aanzien.

'Opstaan, London,' zegt ze nog een keer.

'Ik kan niet,' fluister ik.

'Jawel,' zegt ze. Ze buigt zich voorover om me overeind te helpen. Ze kan maar een van mijn handen vinden, maar die pakt ze vast en ze begint te trekken, zodat ik wel moet opstaan.

'Je had gelijk, we moeten naar de politie,' zegt ze, terwijl ze mijn wangen afdroogt met haar handen. 'Je had gelijk. We hebben hulp nodig. We gaan hier iets aan doen.'

'Het is zo gigantisch, mam, ik weet niet of we dat kunnen,' mompel ik.

'Zeker wel,' zegt mijn moeder, zo resoluut dat ik haar bijna ga geloven.

Ze laat me even alleen in de woonkamer en komt dan weer binnenrennen met haar sleutels.

Voor ik de kans krijg om er nog over na te denken trekt mijn moeder me al naar de auto.

'Kom, we gaan.'

Een van de goede kanten van het leven in een kleine stad is de mogelijkheid dat je moeder, lang geleden op de middelbare school, bevriend was met de man die nu hoofdinspecteur bij dc politie is. Wat de kans groter maakt dat hij misschien naar je luistert, terwijl anderen dat misschien niet zouden doen.

'En dat heb je je nu ineens herinnerd?' vraagt inspecteur Moeller. Hij kijkt heen en weer tussen mijn moeder en mij.

Moeller heeft misschien een bierbuik en een kaal hoofd, maar hij heeft een vriendelijk gezicht en in feite is hij onze enige hoop.

'Ja,' zeg ik braaf. 'Ik kan me de dag van de ontvoering nu heel goed herinneren. Ik zou instructies kunnen geven voor een compositietekening. Of in een boek kijken?'

'Ze zullen nu wel veel ouder zijn,' zegt de commandant zachtjes.

Hij weet niet wat ik zie.

'We willen het toch graag proberen,' zegt mijn moeder op warme toon. Na een luide zucht staat inspecteur Moeller op. Hij grist een ringband van een plank en mikt hem op het kleine tafeltje in de hoek. Dan haalt hij er nog twee uit een ander kantoortje, allemaal vol foto's.

'Begin hier maar, London,' zegt hij. Dan wendt hij zich tot mijn moeder en biedt haar een kop koffie aan. Ze stemt toe en hij laat ons even alleen.

'Ik geloof niet dat dit iets wordt,' fluister ik.

'Probeer het maar gewoon,' fluistert mijn moeder terug en ze tilt haar stoel naar het tafeltje waar ik zit. Ze tuurt samen met mij naar de gezichten van criminelen, hoewel ze de schuldigen nog niet zou herkennen als ze ze op straat tegenkwam.

De hoofdinspecteur komt terug en doet wat aan zijn administratie terwijl mijn moeder en ik crimineel na crimineel bekijken. Een uur later doet mijn kont pijn van de harde stoel en heb ik nog niets, behalve het griezelige gevoel dat je krijgt van zo veel figuren die je iets aan zouden kunnen doen.

Ik wil naar huis en ik wil er niet meer aan denken. Ik wil een Disney-film zien om mijn hersenen schoon te spoelen. Maar ik weet allang dat dat niet kan. Ik heb die afgrijselijke herinneringen terug en het enige wat ik ermee kan doen, is proberen de herinneringen die nog moeten komen te veranderen.

'Zullen we toch maar een compositietekening proberen?' opper ik nog eens.

'Zoals ik al zei zal dat stel dat je je herinnert inmiddels een stuk ouder zijn. Waarschijnlijk haalt het niets uit,' zegt Moeller.

'Kunt u er dan geen leeftijdsverhogende software op loslaten?' vraag ik. Ik zal mijn leven lang te veel detectiveseries kijken. 'Hebt u hier zoiets?'

De commandant moet een beetje lachen.

'Slimme meid heb je daar, Bridgette,' zegt hij tegen mijn moeder.

'Zeg dat wel,' zegt mijn moeder. Ze knikt instemmend.

Inspecteur Moeller kijkt weer naar mij. 'Ja, dat hebben we,' zegt hij. 'Ik weet alleen niet of dat werkt met een tekening. Bovendien is onze tekenaar al naar huis.'

Ik werp een blik op de industrieel aandoende wandklok achter hem. Mijn moeder doet hetzelfde.

'O, Jim, het spijt me dat ik je ophoud,' zegt mijn moeder. 'Je moet naar huis, naar je gezin.'

'Het geeft niet, Bridgette,' zegt hij met een blik vol medeleven. 'Voor jou doe ik alles. Ik herinner me de ontvoering als de dag van gisteren.'

Ik dwaal mentaal af en dwing mezelf me iets te herinneren waar we iets aan hebben. Er is wel iets: het vodje papier. Het probleem is alleen dat ik me dat herinner uit de toekomst.

Mijn moeder kletst wat met de commandant, terwijl ik op manieren broed om hem te interesseren in het adres. Uiteindelijk wint de optie 'liegen'.

'Toen het gebeurde, toen ze Jonas meenamen, liet die vrouw een papiertje in onze auto vallen en daar stond iets op,' flap ik eruit. Beide volwassenen zijn ineens een en al aandacht, mijn moeder omdat ze weet dat ik lieg en hoofdinspecteur Moeller omdat hij zo iemand lijkt te zijn die meteen reageert als iemand hem een stuk worst voorhoudt.

'Wat stond erop?' vraagt de bloedhond.

'Ja, ik weet het niet zeker, maar volgens mij was het een adres. Er stond iets van Beacon Street. Dat weet ik nog, omdat ik eerst dacht dat er "bacon" stond.' Ik knipper twee keer met mijn ogen als een onschuldig kind. Mijn moeder tuit haar lippen, maar zegt niets. 'Ik ben dol op bacon,' zeg ik erbij, hoewel ik me een totale idioot voel zodra de woorden mijn mond verlaten. Goddank negeert Moeller die opmerking.

'Geen stad?' vraagt hij.

'Nee,' zeg ik schouderophalend. Verwacht hij soms dat ik ál het werk voor hem ga doen?

'Goed, ik zal eens kijken,' zegt hij. Dan gaat zijn telefoon. Hij neemt op, praat even en hangt dan weer op. Mijn moeder staat op om te vertrekken. Ik doe hetzelfde. De hoofdinspecteur laat ons uit en schudt ons de hand. We vertrekken, ontmoedigd en uitgeput.

Halverwege de weg naar huis, nog voordat we onze bestelling bij de McDrive hebben voltooid, gaat mijn moeders mobiel. Ze neemt op, luistert even en rijdt dan weg, zonder eten. Voor ik kan vragen waarom, heeft ze de auto al gekeerd en rijden we terug naar het politiebureau.

'Hij zei dat hij het wel zou uitleggen als we er waren,' zegt mijn moeder, die stijf rechtop zit en het stuur vastklemt alsof het er elk moment af kan vliegen.

Inspecteur Moeller staat ons al op te wachten bij de balie. 'Fijn dat je er weer bent,' zegt hij, als we met zijn drieën terug stiefelen naar zijn kantoortje. Ik vraag me af waarom hij zo'n haast heeft.

Zodra we zitten, steekt hij van wal.

'Ik heb even snel gezocht op "Beacon Street" en het blijkt een straat in de grote stad te zijn,' zegt commandant Moeller. 'Een team van de plaatselijke politie houdt het gebouw al een tijdje in de gaten... verdachte activiteiten, waarschijnlijk. Een vriend daar zat nog aan zijn bureau en vertelde dat de ruimte onlangs gehuurd is door een echtpaar. Het is een kantoorpand in het oude gedeelte van het centrum en er zijn rare klachten gekomen, dus houden ze de boel in de gaten.'

'Wat voor klachten?' vraagt mijn moeder. Het valt me op dat ze haar handtas tegen zich aan klemt alsof het een zwemvest is.

'Huilende kinderen op de late avond... bij een bedrijf dat geregistreerd staat als een pandjeshuis,' zegt hij rustig. 'Het team heeft al twee keer een routineonderzoek gedaan en er waren geen bewijzen voor misdrijven. Maar zoals ik al zei houden ze een oogje in het zeil.'

Hoofdinspecteur Moeller houdt even op met praten en schraapt zijn keel.

Ik ben een beetje in de war. Mijn moeder misschien ook. Ik kan het niet goed zien.

'Wat betekent dit allemaal, Jim?' zegt ze hardop. 'Waarom wilde je dat we hier weer naartoe kwamen?'

'Dat is het hem net. Het ligt nogal gevoelig en misschien zit ik ernaast, maar deze nieuwe informatie heeft mijn belangstelling gewekt,' zegt de commandant. Hij leunt achterover in zijn stoel en haalt zijn hand door het beetje haar dat hij nog heeft. Hij kijkt op de klok en gaat verder.

'Je hebt toch nooit sectie laten verrichten op het lichaam van Jonas, Bridgette?'

De vraag komt als een klap in mijn moeders gezicht en heel even vertrekt het pijnlijk. Dan herstelt ze zich.

'Nee, dat weet je toch, Jim,' zegt ze. 'Het waren zijn kleren – absoluut zijn kleren – en met die mate van ontbinding, besloten we dat dat genoeg was.'

Mijn mond valt wagenwijd open. Heeft mijn moeder nog nooit een misdaadserie gekeken of zo? Misschien wilde ze het gewoon achter de rug hebben. Misschien moest ze het gewoon geloven van zichzelf, om hem daarna te begraven en verder te gaan met haar leven.

'Maar wat heeft dat ermee te maken?' vraagt mijn moeder een tikje geagiteerd.

'Ik weet het niet. Kinderen op de late avond… in een pandjeshuis waarvan de buren zeggen dat het overdag niet open is. Het is gewoon verdacht.'

'Zeg gewoon wat je bedoelt, Jim,' blaft mijn moeder en op slag gaat Moeller recht in zijn stoel zitten.

'Het is mogelijk dat het pandjeshuis een dekmantel is voor een illegaal adoptiebureau. Ik denk dat ze misschien kinderen stelen en verkopen.'

Mijn moeders mond valt open. 'Kinderen verkopen?' vraagt ze, duidelijk vervuld van afgrijzen.

Moeller wrijft in zijn ogen. 'Het gebeurt vaker dan je denkt. Mensen kunnen ze zelf niet krijgen en worden dan ongeduldig, omdat legale adoptieprocedures zo lang duren. Dan wenden ze zich tot illegale kinderhandelaren en schokken een paar duizend om een kleine te kopen, zonder gedoe.'

Mijn moeder is een volle twee minuten stil voor zijn woorden volledig tot haar doordringen. Eindelijk durft ze het hardop te vragen: 'Jij denkt dat ze Jonas gestolen hebben en hem aan nieuwe ouders hebben verkocht?'

'Het is mogelijk,' antwoordt Moeller. 'Ik wil geen valse hoop wekken, maar als het zo gegaan is...'

Mijn moeder grijpt mijn hand voor ze hem in de rede valt: '... dan zou Jonas nog in leven kunnen zijn.'

43

Mijn ogen zijn nog dicht, maar ik ben wakker. De lucht in mijn kamer beweegt.

'London?' fluistert mijn moeder.

Ik negeer haar.

Ze fluistert nog iets, maar niet tegen mij. Het klinkt zachter, alsof ze het tegen iemand in de gang heeft.

'Ik geloof dat ze zich verslapen heeft.'

'Ik geloof het ook,' fluistert de stem terug.

Ik wou dat iedereen zijn kop hield. Het kan nog lang geen tijd zijn om naar school te gaan.

'London, tijd om op te staan, liefje. Je komt te laat op school,' zegt mijn moeder op zangerige toon.

Eindelijk doe ik met een lange, duidelijk hoorbare zucht mijn ogen open.

Mijn kamer wordt verlicht door de ochtendzon. Blijkbaar heb ik gisteren de luxaflex niet dichtgedaan. De klok meldt dat het 7.00 uur is. Ugh. Mijn moeder staat in de deuropening met een vreemde blik in haar ogen. Ze onttrekt iemand anders aan het zicht.

'Wat doe je?' vraag ik, duidelijk geërgerd.

'Goeiemorgen, London,' zegt ze ongemakkelijk. Ze negeert mijn vraag. 'Wil je je aantekeningen lezen?'

Ik frons tegen haar en ze glimlacht terug als een deelnemer aan een missverkiezing.

'Nee,' brom ik. 'Wat heb je toch?'

De geheimzinnige bezoeker verplaatst zijn gewicht en de vloer kraakt. Ik ga rechtop in bed zitten en probeer om mijn moeder heen te kijken. Ze blijft even staan waar ze staat en gooit dan haar handen in de lucht.

'Oké, dan praat ik je wel even bij,' zegt ze. Ze komt binnen en gaat op mijn bureaustoel zitten. De bezoeker komt omzichtig binnen met koffie en een zak waarin hopelijk een scone zit. Ik bewonder zijn markante trekken, zijn doordringende ogen, zijn onberispelijke warrige haar.

'Hé, Luke,' zeg ik met een verleidelijke ondertoon, die mijn moeder hopelijk ontgaat.

Rechts van me stokt mijn moeders adem. Niet de reactie die ik verwachtte.

Luke kijkt verrast. Dan opgelogen. Dan sceptisch.

'Herinner je je hem?' vraagt mijn moeder.

'Ja, natuurlijk,' zeg ik, haar een blik toewerpend alsof ze helemaal gek is geworden.

'Echt waar?' vraagt Luke.

Nu frons ik ook al tegen hem. Wat hebben die lui vandaag?

'En je hebt vandaag nog niet in je aantekeningen gekeken?' vraagt mijn moeder ongelovig.

Ik wou dat ze ons alleen liet, want we kunnen de paar minuten die we nog hebben voor school wel beter gebruiken.

'Is die koffie voor mij?' vraag ik Luke. Ik strek mijn armen uit. Dan geef ik mijn moeder antwoord. 'Nee, nog niet. Hoezo? Waarom doe je zo raar?'

Er komt een malle, meisjesachtige giechel uit haar mond en Luke en ik lachen onwillekeurig met haar mee. Als we weer een beetje bijgekomen zijn, vraag ik: 'Wat is er zo grappig?' Waarna mijn moeder weer dubbelslaat van het lachen.

Luke komt de kamer binnen, geeft me mijn koffie en gaat naast me op het bed zitten. Hij kust mijn wang en zegt zachtjes: 'Je kent me nog.'

Ik denk aan de Luke van morgen. Ik herinner me hem van volgend jaar.

'Ik krijg het gevoel dat dat eerst niet zo was,' zeg ik op dezelfde zachte toon. Door haar lachen heen excuseert mijn moeder zich en ze laat ons alleen.

'Nee,' zegt Luke opgewekt. 'Maar nu wel en daar gaat het maar om.'

'Oké, laat me even bijlezen,' zeg ik, en ik gris de stapel aantekeningen van het nachtkastje. Als ik ze heb doorgenomen is mijn humeur omgeslagen.

'Luke, we moeten praten.'

'Vanwege gisteren?' vraagt hij met een gepijnigde blik.

'Ja,' zeg ik, dankbaar voor de details. 'Het is nogal ernstig.'

Luke verstrakt en draait zich naar me toe. 'Je maakt het toch niet uit, hè?'

'Nee,' zeg ik met een lachje. Ik veeg zijn haar uit zijn ogen.

'Zeg het maar,' zegt Luke somber.

Ik haal diep adem en vertel langzaam en zo precies mogelijk het verhaal over de herinnering die volgens mijn aantekeningen gisteren boven is gekomen. Ik herinner het me nog steeds, dus ik hoef niet meer naar mijn aantekeningen te kijken om alles uit te leggen. Ik vertel alles zo gedetailleerd mogelijk zonder dat ik afdwaal en blijf vertellen tot het bittere einde.

'En dan ga ik dood?'

'Ja,' zeg ik. Mijn ogen komen vol tranen. Luke en ik krijgen een geweldige relatie. We gaan het over trouwen hebben, maar hij zal de kans niet krijgen om me ten huwelijk te vragen. Voor het zover is gaat hij dood.

Alle kleur verdwijnt uit Lukes gezicht, maar hij huilt niet met me mee. Hij zit roerloos te zwijgen, diep in gedachten.

'Gaat het?' vraag ik als ik mijn tranen heb gedroogd.

'Ik weet het niet,' zegt Luke, die nog steeds geen vin verroert. Hij houdt zijn koffiebeker onhandig tegen zijn linkerbeen.

Ik neem hem over en zet hem op het tafeltje. 'Het spijt me dat ik je dit verteld heb.'

'Nee, dat hoeft niet,' zegt hij. 'Ik wil het liever weten.'

Ik weet niet of ik net zo denk over mijn eigen dood, maar dat geef ik niet toe. Luke gaat verder.

'Ik denk dat het beter is om het te weten, want dan kan ik het misschien tegengaan. We kunnen het samen tegengaan,' zegt hij met geforceerde overtuiging.

'Misschien,' zeg ik. Ik kijk hem aan.

'Nee, echt. Oké, ja, het is behoorlijk heftig. Ik ben een beetje… ik weet niet. Ik kan het nog niet helemaal bevatten. Maar denk je niet dat het een voordeel is, zo'n waarschuwing vooraf?'

'Maar, Luke, ik…'

'Nee, echt. Je hebt voor Page iets veranderd. En je hebt nog meer veranderd. Je kunt dit ook veranderen. Het gaat niet gebeuren,' zegt hij hartstochtelijk, alsof hij zichzelf probeert te overtuigen. Waarschijnlijk kun je ook niets anders doen met zulke informatie.

'Misschien heb je wel gelijk,' zeg ik rustig.

'Ik héb gelijk,' zegt hij, steeds luider. 'Je gaat de toekomst veranderen, je gaat me redden.'

'En als ik dat niet kan?'

'Dan gaan we gewoon dat steegje niet in. Geloof mij maar, het gaat niet gebeuren.'

Luke slaat zijn armen stevig om me heen en kust me zo hevig dat ik zijn verhaal bijna accepteer. Maar als hij me loslaat, zie ik het in zijn blik.

Angst.

In de hoop hem af te leiden bied ik hem mijn aantekeningen aan, zodat hij de gebeurtenissen van gisteren na kan lezen terwijl ik me klaarmaak voor school. Onder de douche vraag ik me onwillekeurig af of het wel goed was om het hem te vertellen.

Aan de andere kant: misschien heeft hij gelijk.

Misschien is het genoeg om te weten hoe je ellende kunt vermijden.

Ik reik naar mijn zachte, witte handdoek die aan het haakje hangt en één gedachte blijft ronddraaien in mijn hoofd: laat het alsjeblieft genoeg zijn.

44

Jamie kijkt onder Spaans naar me zonder haar gezicht te vertrekken, maar de rest van de dag verloopt somber. Ik dwaal door de school in een dikke mist en stel mezelf vragen die ik niet kan beantwoorden. Leeft mijn broertje nog? Zal Luke sterven zoals ik het me herinner? Zal ik ooit mijn vader ontmoeten?

Vreemd genoeg weegt de gedachte aan mijn vader vandaag het zwaarst. Ik herinner me iets van hem. En nu wil ik meer.

Ik wil een vader.

Ik wil míjn vader.

Voor ik naar bed ga slof ik op mijn pantoffels naar mijn bureau om mijn laptop uit te zetten. Net als mijn hand naar de muis gaat, verschijnt er een venstertje op mijn scherm.

LJH6678: Hoi. Ben je nog wakker?

Ik herken Lukes schermnaam meteen. Die zal hij houden zolang ik hem ken.

LondonLane: Yep, wou net naar bed gaan.

LJH6678: Ik zal je niet lastigvallen. Wou alleen
welterusten zeggen.

LondonLane: Je valt me helemaal niet lastig!

Ik sta voor mijn bureau naar het scherm te staren en wacht. Een
paar tellen later typt hij terug.

LJH6678: Ik ben blij dat je het verteld hebt.

LondonLane: Zeker weten? Ik weet het nog steeds
niet echt.

LJH6678: Het was het enige wat je kon doen.

LondonLane: Als jij het zegt!

Het schermpje blijft even leeg. Ik kijk op de klok en verplaats mijn
gewicht naar mijn andere voet. Dan buig ik me voorover en begin
te typen.

LondonLane: Ik moet gaan slapen…

LJH6678: Oké.

LJH6678: Wacht. London? Ik heb een vraag.

LondonLane: Oké?

LJH6678: Ik heb vandaag over alles lopen denken,
dat jij je onze hele relatie herinnert.

Ik laat me op mijn stoel zakken, zodat ik makkelijker kan lezen en sneller kan typen.

LondonLane: En?

Een klein vlindertje dwarrelt tegen mijn rib als ik op ENTER druk en Lukes antwoord afwacht.

LJH6678: En ik vroeg me af of je je echt alles herinnert.

Ik denk even na over zijn vraag en begin te typen.

LondonLane: Ik herinner me vast niet alles. Ik herinner me de toekomst zoals jij je het verleden herinnert. Je onthoudt de allerleukste en de allerellendigste dingen en een deel van alles daartussenin vergeet je, toch?

LJH6678: Zoiets, ja.

LondonLane: Bij mij net zo. Hoezo?

LJH6678: Herinner je je iets over seks?

Mijn hand schiet naar mijn mond en ik controleer snel mijn kamer op gluurders, hoewel ik weet dat ik alleen ben. Mijn maag maakt radslagen en wil daar niet meer mee ophouden.

Luke heeft vandaag te horen gekregen dat hij jong zal sterven en wat hij wil weten is iets over seks?

LJH6678: Nou?

LondonLane: De waarheid?

LJH6678: JA!

LondonLane: Ja.

LJH6678: Niet eerlijk.

LondonLane: Weet ik, maar luister. Jij hebt waarschijnlijk dingen waaraan je liever niet terugdenkt en dat doe je dan ook niet. Ik doe een beetje hetzelfde. Dan blijft alles tenminste een beetje... verrassend.

LJH6678: Nog steeds niet eerlijk. Wanneer gebeurt het?

LondonLane: Zeg ik niet.

LJH6678: Echt niet eerlijk.

Ik kijk weer op de klok, leun achterover in mijn stoel en rek me uit. De dag weegt zwaar op me. Ik moet slapen.

LondonLane: Luke, ik moet naar bed.

LJH6678: Ik weet het, ik weet het. Ik ook.

LondonLane: Zie je morgen?

LJH6678: Wil je een lift?

LondonLane: Tuurlijk.

LJH6678: Ik neem iets lekkers mee als je vertelt wanneer.

LondonLane: Je brengt sowieso wel iets lekkers mee.

LJH6678: Ik zal behoorlijk mijn best moeten doen om je te verrassen, London Lane.

LondonLane: Dat kan kloppen.

LJH6678: Slaap lekker, mooi meisje van me.

LondonLane: Slaap lekker, Luke.

45

Het is de laatste dag van het schooljaar, maar het had net zo goed de eerste kunnen zijn. Ik weet van volgend jaar hoe de school in elkaar zit, maar de rest is weg. Ik heb morgen geen wiskunde om me eraan te herinneren waar mijn tafeltje is. Ik loop volgende week niet naar mijn kluisje, dus weet ik niet waar het is. Luke kan me moeilijk als een soort geleidehond de hele dag de school door slepen.

'Gaat het wel lukken?' vraagt Luke en hij pakt mijn hand. Hij ziet er bijna net zo nerveus uit als ik me voel. We lopen naar binnen vanaf de leerlingenparkeerplaats met allebei een halflege caffè latte in onze hand.

'Het komt wel goed. Mijn moeder heeft alles voor me opgeschreven.'

'Goed van haar,' zegt hij. 'Heeft ze al iets gehoord?'

'Nee, nog niet,' zeg ik, met een zwaar gevoel in mijn borst, dat misschien wel nooit meer weggaat.

'Ik kan je in elk geval veilig naar je eerste uur brengen,' zegt Luke, die me meetrekt naar de centrale hal. We lopen comfortabel zwijgend naast elkaar, waarbij Luke me een paar keer opzijstuurt als ik bijna tegen andere leerlingen aan bots. Hij moet lachen als hij beseft dat ik naar hun schoenen kijk. Hij loopt mee naar de deur van het wiskundelokaal en kust me ten afscheid.

'Succes,' zegt hij.

'Dank je,' zeg ik terug, overweldigd door het verlangen om mezelf aan hem vast te ketenen en hem mee te nemen naar al mijn lessen. Maar ik verbijt me en ga naar binnen.

Na de les ga ik bij mijn kluisje langs om een boek te halen dat ik tijdens het huiswerkuur wil lezen. Luke had me de tip gegeven er een mee te brengen, aangezien mevrouw Mason blijkbaar kwaad wordt als we met elkaar praten.

Als ik aan kom lopen, zie ik dat Jamie me daar opwacht.

'Hé,' zegt ze zacht als ik halt houd voor het metalen deurtje.

'Hoi,' zeg ik. Verder zeggen we niets. Ik staar naar het slot van mijn kluisje. Zonder morgen als referentiepunt kan ik niet op de combinatie komen. Ik pak mijn telefoon, waar de code in staat.

'Dertig, tweeëntwintig, vijf,' zegt Jamie, voor ik de kans krijg het op te zoeken.

'Op jou zal ik altijd kunnen rekenen,' antwoord ik, draaiend aan het cijferslot.

'En ik heb altijd op jou kunnen rekenen,' zegt Jamie.

Ik kijk in haar ogen en weet dat het moment daar is: het is weer goed.

'Het spijt me dat ik zo kwaad op je was om... alles,' begint Jamie.

'Het spijt me dat ik van die rotdingen heb gezegd,' antwoord ik.

'Weet je nog wat je zei?' vraagt Jamie.

Ik krimp in elkaar als ik terugdenk aan dat deel van mijn aantekeningen. 'Ja,' zeg ik. 'Ik heb mezelf gedwongen het te onthouden.'

'Dat vind ik goed van je,' zegt Jamie. Ze wacht even en geeft me een snelle knuffel.

'Ik heb je gemist,' fluistert ze in mijn haar.

'Ik jou ook.'

'Liegbeest,' zegt Jamie met een grijns, als ze me weer loslaat. 'Je hebt niet eens herinneringen aan me. Hoe kun je me dan missen?'

'O, ik heb heus wel herinneringen aan je,' zeg ik. 'Wil je weten wat ik me allemaal herinner?'

'Nee!' roept Jamie met een lach. 'Hou je waarzeggerspraatjes alsjeblieft voor je!'

Jamie en ik geven elkaar een arm en beginnen te lopen. We lachen samen onder het lopen en ik voel me ondanks mezelf overweldigd door Jamies trouw. Voor we uit elkaar gaan, draait ze zich half om, zodat ze me aan kan kijken.

'Laten we alsjeblieft nooit meer ruziemaken,' zegt ze.

'Lijkt me prima,' antwoord ik, terwijl ik al weet dat dat, los van een paar kleine botsingen in onze studententijd, ook nooit meer zal gebeuren.

Ineens besef ik hoe blij ik ben met Jamies bereidheid om me te vertrouwen zonder te weten wat er komt. Zij kan tenslotte niet zien hoe alles zal lopen. Voor Jamie is onze vriendschap een grote gok. En toch blijft ze hangen. Ze blijft het risico nemen.

Ik slenter voor de laatste keer van dit schooljaar de bibliotheek binnen, blij dat mijn beste vriendin nog steeds op ons durft te wedden.

Uren later – als ik al twee keer het verkeerde lokaal binnen ben ge-
stommeld en iets te veel gezien heb van Mike Norris (de jongens-
wc bij het geschiedenislokaal is niet echt duidelijk aangegeven!),
nadat ik heb geluncht met Luke en een afsluitend grafisch vormgeefproject heb ingeleverd, dat ik waarschijnlijk net zo makkelijk
voor slechts $ 29,95 had kunnen aanschaffen via Spieken.nl, zijn
de laatste schooldag en het schooljaar voorbij.

Luke brengt me naar huis en houdt de hele weg mijn hand vast
boven de versnellingsbak. Ik heb het gevoel dat er meer is afgelopen dan alleen het schooljaar, maar mijn toekomstherinneringen
bewijzen dat ik me geen zorgen hoef te maken. Toch heeft onze af-
scheidskus iets bitterzoets.

'Niet te laat opblijven vanavond, hè?' roept hij, voordat ik de
deur achter me dichtdoe.

'Nee, meneer,' zeg ik lachend, terwijl ik niet probeer te denken
aan de reden waarom hij me morgen goed uitgerust wil hebben. Ik
weet het wel, maar ik zal het vanavond niet opschrijven.

Sommige dingen moeten een verrassing blijven.

Als ik binnenkom schrik ik me een ongeluk als ik mijn moeder
alleen aan de keukentafel zie zitten. Die is ook vroeg thuis!

'Hoe was je laatste dag?' vraagt ze in een geforceerde poging tot
een normaal gesprekje.

'Goed,' zeg ik. 'Ik heb uiteindelijk alle leslokalen gevonden. Ik heb dat project ingeleverd. Het ging zo goed als het maar kon gaan, denk ik. Wat is er, mam?'

'Ze willen dat we naar het politiebureau komen,' zegt ze zenuwachtig.

'Hebben ze iets gevonden?' Ik voel mijn hersenen krakend en wel stukjes en beetjes informatie uit mijn herinneringen en mijn aantekeningen bij elkaar zoeken om een compleet beeld te krijgen.

'Ja.' Mijn moeder staat op, klaar om te gaan.

We leggen de twaalf minuten die het duurt om van onze garage naar het politiebureau te rijden zwijgend af. We wachten twee minuten op hoofdinspecteur Moeller. Als we met zijn drieën in zijn kantoortje zitten, vertelt hij dat ze overtuigende bewijzen hebben gevonden.

Ik schuif op naar het randje van mijn stoel. Mijn moeder slaat haar hand voor haar mond, vermoedelijk om een opkomende gil tegen te houden.

We wachten.

Moeller schraapt zijn keel.

Ik zou het liefst over zijn rommelige bureau heen springen en de woorden uit zijn stembanden rukken.

Eindelijk zegt hij iets.

'Het kind dat jullie begraven hebben is Jonas niet.'

De woorden van hoofdinspecteur Moeller hangen zwaar tussen ons in; ik kan ze bijna in de lucht zien hangen. Niemand zegt iets. Niemand verroert zich. Als ik de spanning niet meer aankan, stel ik de volkomen irrelevante vraag: 'Wie was het dan?'

'Een jongen die rond die tijd is overleden aan kanker. Zijn lichaam is verdwenen uit het lijkenhuis.'

Eindelijk komt er geluid uit mijn moeders mond. Ze hapt naar lucht.

'Ik weet het, het is afschuwelijk,' zegt Moeller tegen mijn moeder.

'En wat nu?' vraagt ze dwars door de vingers voor haar mond heen.

'We hervatten de zoektocht naar Jonas,' zegt Moeller.

Mijn moeder ziet er een beetje uit alsof ze in shock is. Ze antwoordt niet, dus Moeller gaat verder.

'Ik heb de vrijheid genomen om een oude foto van Jonas te laten bewerken met onze verouderingssoftware. Die afbeelding kunnen we rondsturen, zodat de collega's in de buurt een oogje in het zeil kunnen houden.'

'Maar als hij niet hier in de buurt is?' vraag ik.

'We verspreiden hem ook in de rest van het land,' zegt hij tegen mij.

'Mag ik hem zien?' vraag ik.

'Natuurlijk,' zegt hij. Hij rommelt wat door de papieren op zijn bureau en diept een dikke, sleetse dossiermap op. Ik vraag me af hoe vaak die de laatste tien jaar open is geslagen.

Moeller bladert door het dossier en haalt er een foto uit van zo'n twintig bij dertig centimeter.

'Alsjeblieft,' zegt hij, terwijl hij hem over het bureau naar me toe schuift. Mijn moeder buigt zich naar mij en de foto toe, maar raakt hem niet aan. Geluidloze tranen rollen over haar wangen. Ze houdt zich zo muisstil dat ik nauwelijks merk dat ze er is.

Moeller geeft haar een tissue en laat ons alleen. Als hij weg is, pak ik de foto op om hem wat beter te kunnen bekijken.

Ik weet niet waarom, maar er komt een vreemde kalmte over me als ik hem zie: mijn broer. Mijn schouders ontspannen zich en ik adem langzaam uit.

Het voelt alsof het klopt.

Hij komt vertrouwd over.

'Herinner je je hem? Uit de toekomst?' vraagt mijn moeder

zo zwakjes dat haar stem wel die van een muis lijkt.

In een vlaag van plotselinge opwinding spit ik door mijn geheugen naar een herinnering aan mijn broertje, een andere herinnering dan die afschuwelijke, die van zijn ontvoering.

'Nee, mam. Nee,' zeg ik.

Haar tranen gaan sneller stromen. Ik troost haar niet, maar blijf staren.

Ik herinner me niets, maar toch...

Er zit ergens iets.

Iets. Als de clou van een mop die je aan het eind vergeten blijkt te zijn.

En op dit moment is dat 'iets' wat mij betreft goed genoeg.

47

Luke parkeert pal voor een bord met VERBODEN TOEGANG erop aan een prikkeldraadhek dat ons scheidt van de afgrond. Hij zet de motor af en de koplampen ook.

De stad onder ons fonkelt en ik adem de warme avondlucht in door het open raampje.

'Is dit de plek waar je me gaat vermoorden?' vraag ik plagerig.

'Vanavond niet,' zegt hij met warme stem. 'Dit is een herhaling.'

'Van wat?'

'Onze eerste date,' zegt hij. Hij kijkt me diep in mijn ogen. 'We waren in slaap gevallen en je was vergeten het op te schrijven. Ik heb je erover verteld. Waarschijnlijk heb je wel gelezen over de ochtend daarna…'

Ik begin te blozen.

'… maar je hebt het niet meegemaakt. Dus doe ik hem nog een keer.'

'Je bent geweldig,' zeg ik zonder er al te veel bij na te denken. Luke grijnst schaapachtig en loopt om het busje heen om pizza's tevoorschijn te halen.

Na het eten en de film stelt Luke voor om wat naar de sterren te kijken en daar stem ik volmondig mee in. Hij doet de raampjes dicht, omdat de avond snel afkoelt, en we liggen samen door het open dak naar het heelal te staren onder een deken die Luke gelukkig heeft meegenomen.

'Volgens mij moeten we erover praten,' zegt Luke, zijn gezicht naar de sterren gewend.

'Waarover?' vraag ik, maar volgens mij weet ik wel waar hij op doelt.

'Over jouw voorstel om het uit te maken.'

Ik schuif dichter naar hem toe, voor zover dat mogelijk is.

'Het is niet zo dat ik het wil uitmaken, ik zei alleen dat het misschien beter zou zijn. Voor jou. Het zou de toekomst kunnen veranderen, zodat jij niet vermoord wordt.' Ik zeg het zonder veel overtuigingskracht.

'Het kan nooit beter voor me zijn zonder jou,' zegt Luke. Hij draait zich naar me toe. Zijn toon is serieus. 'Begrijp je dat?'

'Ja,' zeg ik, want ik begrijp het maar al te goed. Misschien is het egoïstisch van me, maar ik geef me iets te makkelijk gewonnen. Ik wil hem ook helemaal niet kwijt. Misschien heb ik diep vanbinnen meer vertrouwen in mijn vermogen om dingen te veranderen dan ik wil toegeven.

'Laten we het er dan maar niet meer over hebben,' zegt Luke en hij pakt mijn hand.

'Goed,' fluister ik. Ik kus hem zacht op zijn wang.

'Maar herinnerde je je deze avond nu wel of niet?' vraagt hij.

'Waarschijnlijk wel, maar ik denk dat ik het niet voor mezelf wilde verpesten,' zeg ik naar waarheid. 'Er stond niets over in mijn aantekeningen.'

'En je herinnert je de zomervakantie?' vraagt hij.

'Ja,' zeg ik zachtjes.

'Dat is niet eerlijk,' zegt hij pesterig.

'Arme schat van me!' zeg ik. 'Maar jij hebt weer dingen die ik niet heb. Jij herinnert je nog hoe we elkaar ontmoeten. Ik zal nooit weten hoe dat toen voelde.'

Luke draait zich naar me toe en kust me eerst zacht en dan iets steviger, voor we weer op onze rug gaan liggen om naar de sterren te kijken. Ik kruip dicht tegen hem aan, deze jongen die ik nooit meer kwijt wil, en hoop maar dat ik hem op de een of andere manier zal weten te redden.

De herinnering aan zijn dood is er nog steeds, maar er is ook hoop. Op dit moment, in Lukes armen, voel ik me vooral zelfverzekerd en capabel. Ik ben vastbesloten om deze jongen te redden. Om de man die hij later wordt mee te maken.

Luke en ik blijven behaaglijk dicht tegen elkaar aan liggen, tot hij me zachtjes aanstoot.

'Volgens mij moeten we maar eens gaan,' zegt hij rustig. Het ziet ernaar uit dat ik even was weggedoezeld. 'Ik laat je niet nog een keer in slaap vallen zonder aantekeningen.'

'Waarom niet?' vraag ik. Ik rek me uit, kus hem op zijn wang en zeg met een stiekem glimlachje: 'Je hoeft je geen zorgen te maken, Luke. Ik weet morgen heus nog wel wie je bent.'

48

15 juni (woe.)

Kleding:
- Marineblauwe short en topje met stippen
- Rode bikini
- Witte slippers (eentje kwijtgeraakt bij het meer)

BELANGRIJK:
De politie heeft de ontvoerders van Jonas gevonden (ze 'werken mee', wat dat ook betekent). Mijn moeder heeft het al aan mijn vader verteld. Ze is emotioneel, maar dat is begrijpelijk. Ik ben zelf ook emotioneel. Ik heb een uur lang naar een ouder gemaakte foto van Jonas zitten staren in een poging om me hem te herinneren. Het lukte niet, maar toch is er iets... weet niet zeker wat het is.

Diversen:
- Hele dag met Luke doorgebracht... wat rondgedobberd op het meer op opgeblazen binnenbanden. Wat zitten zoenen op het water... en in de

auto... *en in mijn kamer, tot mijn moeder*
thuiskwam.
- *Jamie zit tot volgende week in LA.*
- *Ik moet mijn vader bellen.*

De zenuwen gieren door mijn lijf als ik langzaam en precies het nummer intoets.

Dit wordt ons derde telefoongesprek, al weet ik al dat het er veel meer zullen worden. Ik werd vanochtend wakker met een paar flarden herinnering aan hem, maar ik weet uit mijn aantekeningen dat die nieuw zijn.

Ik toets het laatste cijfer in en krijg vaag het gevoel dat ik misschien wel moet overgeven bij de eerste blikkerige beltoon. De telefoon gaat nog eens over en ik controleer of de deur wel dicht is. Derde beltoon, en ik vraag me af of hij het vergeten is.

Dan neemt hij op.

'Hallo?' zegt een diepe, schorre stem waarvan ik blij en verdrietig tegelijk word. We bouwen onze relatie weer op, in het echt en in mijn herinneringen, maar zijn onderliggende verdriet kan me niet ontgaan.

'Hoi, pap. Hoe is het?'

'Wel goed, hoor, liefje. En met jou?'

Dat doet hij altijd, is me opgevallen. Hij buigt het gesprek om naar mij. Hij praat niet over zichzelf. Nog niet, tenminste.

Maar dat komt nog wel.

Ik wrijf over de sierlijk bewerkte keverbroche die van mijn grootmoeder is geweest. Volgens een aantekening van vorige week is die kort na ons laatste telefoongesprek bezorgd door de post. Blijkbaar wilde hij me iets geven wat van haar was geweest.

Hij had hem gewoon kunnen bewaren en hem mee kunnen brengen als hij op bezoek komt, aan het eind van de zomervakantie. Het wordt een kort bezoekje, maar hij komt.

Hij weet dit nog niet, maar ik wel.

'Hier is niet zo veel nieuws te melden,' zeg ik opgewekt. 'Ik hang gewoon wat rond. Geniet van de zomer.'

'Dat is mooi,' zegt hij.

'Pap?'

'Ja, liefje?'

'Is alles goed met je?'

'Natuurlijk,' zegt hij snel, alsof vaders zich niet ellendig kunnen voelen. 'Waarom vraag je dat?'

'Nou, volgens mijn aantekeningen heeft mam je gebeld... over de kidnappers van Jonas.' Het voelt raar om over mijn moeder te praten. Uit de blikken die mijn vader tijdens mijn diploma-uitreiking op haar werpt, kan ik opmaken dat hij nog steeds intens veel van haar houdt.

'Volgens je aantekeningen, hè?' vraagt mijn vader met een vreemde bijklank in zijn stem. Mijn toestand is nog steeds iets heel vreemds voor hem. Hij heeft er niet al die jaren mee geleefd.

'Ja,' zeg ik zachtjes. 'Maar goed, ik vroeg me dus af hoe je je nu voelt.'

'Tja, nou. Ik denk dat ik van alles tegelijk voel, London,' begint hij. 'Net als jij en je moeder waarschijnlijk.'

Ik zeg niets, dus hij gaat verder.

'Je moeder zei dat de kidnappers namen en adressen noemen van mensen die kinderen van ze gekocht hebben, dus dat is bemoedigend nieuws.'

'Maar ze hebben nog niets specifieks over Jonas gehoord?'

'Nee,' antwoordt mijn vader. 'Stond dat niet in je aantekeningen?'

'Nee.'

'Ik zou zo zeggen dat ik me somber en hoopvol tegelijk voel,' zegt mijn vader en dat is precies hoe ik mijn eigen gevoelens op dit moment zou beschrijven. 'Ik weet het niet, London. De meeste erge dingen in het leven verwerk je niet zomaar even, dat kost tijd, maar uiteindelijk verwerk je ze toch. Het idee dat er op een dag een soort oplossing zou komen heeft me door een paar behoorlijk zware jaren heen geholpen.'

Ik weet niet goed wat ik moet zeggen en we blijven allebei even stil. Dan verander ik van onderwerp.

'Vertel eens iets over hem,' zeg ik bijna onhoorbaar.

'Over Jonas?' vraagt mijn vader, alsof hij niet weet over wie ik het heb.

'Ja,' zeg ik geduldig. 'Gewoon iets leuks. Iets wat ik misschien niet weet.'

'Hmmm,' zegt mijn vader, terwijl hij door zijn normaal functionerende geheugen bladert. 'Hij was dol op zoete aardappelen?'

Ik moet lachen en mijn vader lacht en heel even voelt het bijna aan als een normaal gesprek.

'Oké,' zeg ik door mijn lachen heen. 'En verder?'

'Hij kauwde altijd op je moeders mobiele telefoon... Nee, wacht, ik weet nog een goeie! Jonas was dol op stuiterballen. Hij waggelde altijd door het huis, op zoek naar alle ballen die hij maar kon vinden, of het nu echte ballen waren of alleen maar dingen zoals sinaasappels, die op ballen leken. Dan zei hij: "Ba, ba!", wijzend op een of ander rond ding dat hij wilde hebben, tot iemand het aan hem gaf. En met Kerstmis had je moeder de boom versierd, een paar weken voor de grote dag. Hij zal een jaar of anderhalf geweest zijn. Hij was zo braaf. Hij raakte de kerstballen niet aan, hoewel de meeste natuurlijk kogelrond waren. Goed, toen het eindelijk Kerstmis was, gingen we de cadeautjes uitdelen die onder de boom lagen en toen dacht Jonas blijkbaar: o, dus dit is de dag dat we eraan mogen komen! Hij hobbelde eropaf en griste zo veel mogelijk kerstballen bij elkaar, waarmee hij vervolgens probeerde te stuiteren op de hardhouten vloer.'

'En toen gingen ze stuk?' vraag ik.

'Natuurlijk,' zegt mijn vader grinnikend. 'Het waren de antieke kerstballen van je moeder. Ze spatten in piepkleine stukjes uit elkaar. Jonas vond het een geweldig geluid, maar naderhand werd hij wel iets voorzichtiger met stuiterballen. Maar goed...' zegt mijn vader. Dan valt hij stil.

'Mooi verhaal, pap.'

'Ja,' zegt hij met iets van nostalgie in zijn stem. 'Misschien moeten we er voor vandaag maar een eind aan breien. Ik heb buiten nog het een en ander te doen en ik wil je niet weghouden bij die vriend van je. Hoe heet hij ook alweer?'

'Luke,' zeg ik. Ik weet dat het niet lang meer zal duren voor mijn vader die naam zal onthouden.

'Dat is ook zo,' zegt mijn vader.

Ik heb zo'n gevoel dat het verhaal over Jonas hem verdrietig heeft gemaakt en dat hij niet zo veel zin meer heeft om te praten. En dat is ook wel oké.

Ik begrijp het, want ik begrijp hem beter dan hij kan bevatten. Het zit er allemaal in, in die fijne, verwrongen hersenpan van mij. Voor hij het zegt is het er allemaal al. Voor hij iets doet is het er al.

Ik ben dol op mijn vader en dat gevoel is voornamelijk gebaseerd op de relatie die we, zoals ik weet, uiteindelijk zullen krijgen. En daarom zit ik er niet mee dat hij één telefoontje afkapt.

'Oké, pap. We praten de volgende keer wel verder,' zeg ik.

'Lijkt me prima. Volgende week, zelfde dag?'

Mijn mondhoeken gaan omhoog. We zijn onderweg naar beter.

'Ja, pap,' zeg ik. 'Volgende week, zelfde dag.'

Het is even stil en dan:

'Ik hou van je, liefje.'

'Ik ook van jou, pap.'

Midden in de nacht schrikt de herinnering me op uit een diepe slaap. Ik knip de lamp aan en wacht tot mijn ogen aan het licht gewend zijn. Dan gooi ik de dekens van me af en zet het op een hollen.

'Mam,' fluister ik luid. Ze verroert zich niet.

'Mam?' zeg ik zachtjes, op normale toon. Niks.

Ik kom dichterbij en leg mijn handen op haar schouders. Ik schud haar lichtjes. Als dat ook niet werkt, schud ik wat harder en verhef ik mijn stem. 'Mam!'

Ze hapt naar adem, vliegt overeind en knippert woest met haar ogen.

'Wat is er?' roept ze. Haar blik beweegt van mij naar de deur, dan naar de muur, naar het raam en weer terug.

'Sorry,' zeg ik. Ik ga op de rand van haar bed zitten. 'Ik wou je niet aan het schrikken maken. Er is niks.'

Ze kijkt op de digitale wekker op haar nachtkastje. 'Waarom maak je me dan om twee uur 's nachts wakker?' vraagt ze.

Ik hou de foto van Jonas op.

'Hij ziet er in het echt niet zo uit,' zeg ik, terwijl mijn ogen vol tranen komen.

Ze kijkt me een seconde lang verward aan en dan wordt het duidelijk.

'Hoe weet je dat?' fluistert ze, omdat ze het zeker wil weten.

'Dat weet ik omdat we hem zullen ontmoeten, mam,' zeg ik en terwijl ik het zeg, laat ik de herinnering toe aan zijn kennismakingsbezoek aan ons, met Kerstmis. Ik herinner me de grapjes van mijn ouders dat ze de kerstballen maar beter bij hem weg kunnen houden, en zijn warme, heerlijke lach.

'Dus alles is goed met hem?' vraagt mijn moeder nog zachter, alsof ze bang is om het uit te spreken.

Ik knik. 'Ja,' zeg ik.

'Hoe weet je dat?' vraagt mijn moeder nog een keer.

Ik schuif naar haar toe en sla mijn armen om haar heen. Terwijl we elkaar omhelzen zeg ik met mijn mond tegen haar schouder: 'Dat weet ik omdat ik het me herinner.'

EPILOOG

Geschreven op zo. 10 juli; elke avond bij aantekeningen doen.

Luke schonk me zo'n blik vanavond, eentje waarvan ik helemaal wiebelig werd. We stonden met honderden anderen op elkaar gepropt bij Weezer (geweldig concert, overigens) en zonder een woord te zeggen en zonder me aan te raken of zoiets maakte Luke me duidelijk dat hij alleen met me wilde zijn.

Ineens werd ik emotioneel bij de gedachte hoe belangrijk die kleine momenten met Luke zijn. Oké, ik kan me er nog een hele hoop herinneren uit de toekomst. Maar nu, op dit moment, is het nieuw. Wie weet, misschien was dat wel de eerste keer dat hij precies zo naar me keek. En over minder dan twee uur ben ik het voorgoed kwijt.

Daar dacht ik over na toen ik thuiskwam. Ik herlas al mijn aantekeningen van de laatste schooljaren om te proberen de dingen die ik vergeten was in me op te nemen. Maar in plaats van mijmeringen over het verleden kwam er iets anders in me op, namelijk het enorme besef dat ik een stuk sterker ben dan vroeger.

Voor dit schooljaar waren mijn herinneringen aan het verleden en delen van mijn toekomst geblokkeerd, waarschijnlijk door de dood van mijn broer – of zijn vermeende dood – en Lukes dood in de toekomst. Om nog maar te zwijgen van mijn vaders rol in dit alles. Maar toen ik Luke leerde kennen, begon ik me ineens dingen te herinneren, al weet ik niet waarom. Hij zette een kettingreactie in gang waardoor ik uiteindelijk mijn broer en mijn vader terug heb gekregen en mijn relatie met mijn moeder ook beter werd. In zekere zin zou je kunnen zeggen dat ik dankzij hem mezelf weer ben.

Ik weet zeker dat ik dit soort gedachten waarschijnlijk eerder heb gehad, maar voor zover ik weet, heb ik ze nooit zo opgeschreven als nu. Het is al laat, maar ik doe het dit keer wel, omdat ik zo veel heb om dankbaar voor te zijn: een moeder die van me houdt, een vader die weer in mijn leven is verschenen, een geweldige beste vriendin, een broer die ik binnenkort zal ontmoeten.

En een geweldige, adembenemende vriend die me steunt en die me heeft geholpen te beseffen dat normaal zijn een overschatte toestand is.

Deze aantekening moet me herinneren aan alles wat het leven me gegeven heeft, van de mensen in mijn leven tot het vermogen dat ik en ik alleen schijn te hebben. Want het kan best zo zijn dat ik het verleden altijd zal blijven vergeten, maar wat ik vooral niet mag vergeten is dit:

dat ik de toekomst kan veranderen.

DANKWOORD

Niet vergeten de volgende mensen te bedanken...

Huiskomiek, gezinskok, voornaamste criticus en fantastische vader: mijn man. Loyaal en liefdevol, altijd bereid hetzelfde boek voor de zoveelste keer door te lezen, altijd met constructief commentaar. Je bent mijn beste vriend in de hele wereld. Dank je. Dank je.

Mijn prachtige dochters. Jullie hebben geen idee hoezeer jullie me hebben geïnspireerd. Jullie zijn de reden dat dit boek er gekomen is; toen ik jullie kreeg, werd alles mogelijk.

De clan. Mijn moeder, die bij de mededeling dat ik mijn eerste boek had verkocht alleen maar zei: 'Natuurlijk'; mijn vader, die dit verhaal liefdevol 'bizar' noemde en voorstelde het *Geklutste hersenen met spek* te noemen; mijn zus, die altijd mijn cheerleader zal blijven; mijn tweelingbroer, die acht jaar te laat geboren werd; en mijn middelste broer, die ook schrijver is. Het is een eer en een zegen dat ik jullie (plus jullie mannen/vrouwen/kinderen/honden) in mijn leven heb.

Niet vergeten de volgende mensen te bedanken...

Opa. Jij zei dat ik moest opschieten met dit boek, zodat jij het nog zou kunnen lezen. Ik hoop dat je bij het lezen van deze woorden zit te grinniken in je luie stoel.

De rest van mijn familie, bloedverwanten of anderszins, die me mijn hele leven op talloze manieren heeft gesteund. Jullie weten wel wie ik bedoel. Ik hou van jullie allemaal.

De *Vergeten* Boekenclub: Amy, Kristin, Judith en Deborah, vier geniale vrouwen die hun vinger opstaken om de eerste versies van dit boek te ondergaan. Jullie inzichten hebben Londons wereld mede gevormd. Heel erg bedankt.

De vrienden die mijn vragen tolereerden over van alles en nog wat, van bezoekuren in verzorgingstehuizen tot lesuren op middelbare scholen en het opgraven van lijken. Vooral Bill, mijn belangrijkste connectie in het middelbareschoolwezen.

Kings of Leon, vanwege hun nummer 'Use Somebody', en het plaatselijke radiostation, dat dit nummer continu herkauwde toen ik aan *Vergeten* werkte. Het zal me altijd herinneren aan Luke en London.

Niet vergeten de volgende mensen te bedanken...

De man die me bijna liet schrikken door binnen zeven minuten terug te schrijven: superagent Dan Lazar. Je handelde deskundig als je bent meer vragen af dan een kristallen bol en je schaamt je er niet voor om net zo gek op *Project Runway* te zijn als ik en wie weet slaap je wel nooit. Zonder jou zou ik nooit zover gekomen zijn.

De rest van de club bij agentschap Writers House: 'Fave' Stephen Barr, kampioenen buitenlandse rechten Cecilia de la Campa en Jennifer Kelaher, plus mijn vroege voorvechters Bethany Strout, Beth Miller en Genevieve Gagne Hawes.

Niet vergeten...

Mijn redacteuren bij Little, Brown: Nancy Conescu en Elizabeth Bewley. Nancy, dank je wel dat je in het begin zo voor me gevochten hebt en dat je me op het goede spoor hebt gehouden. Elizabeth, dank je wel dat je mijn hand hebt vastgehouden bij de finish. En allebei bedankt dat jullie bijna net zo veel van London en Luke houden als ik.

Ali Dougal en de rest van de club bij Egmont UK en andere redacteuren over de hele wereld die *Vergeten* in hun hart hebben gesloten. Bedankt voor jullie steun.

En uiteindelijk mijn lezers. Dank jullie wel dat jullie de tijd nemen voor Londons wereld. Dank jullie wel dat jullie een paar minuten extra de tijd nemen om dit dankwoord te lezen. Dank jullie wel dat ik dankzij jullie nog meer boeken wil schrijven.

Dank jullie wel.